ammann

Scott Bradfield

# *Planet der Tiere*

Roman

Aus dem Amerikanischen
von Manfred Allié

Ammann Verlag

Die Originalausgabe erschien 1995
unter dem Titel *Animal Planet* bei Picador USA, New York.


Satz: Gaby Michel, Gießen
Druck und Bindung: Wiener Verlag
ISBN 3-250-10328-4

Für Emma

I think I could turn and live with animals,
    they are so placid and self-contained …
They do not sweat and whine about their condition,
They do not lie awake and weep for their sins,
They do not make me sick discussing their duty to God.
Not one is dissatisfied …

*Walt Whitman*

## Erster Teil

# *Tiere hinter Gittern*

# 1
## Der Winterurlaub

Es ist seltsam – gerade im Zoo vergessen die Tiere, daß sie eine Gemeinschaft bilden. Je enger man sie zusammenpfercht, desto fremder werden sie sich. Durch Gitterstäbe getrennt, doch nicht voreinander verborgen, wagen sie nicht mehr, dem anderen ins Gesicht zu blicken, fürchten sich vor der Stimme des anderen. Sie sehen nicht mehr hinüber zu den Scharen der Menschen, die sie besuchen kommen, und meiden ihr eigenes Spiegelbild im Wasser der Tränken und in den funkelnden Futternäpfen. Sie werden alt, gemeinsam und doch jedes in seine ewige Zelle gesperrt, und am Ende gibt es nur noch zwei Dinge, auf die sie sich freuen – Regen und Schlaf. Denn beide bedeuten Orte für sie, an denen sie sich verbergen können. Orte, an denen ein Tier sich vor sich selbst verbirgt.

Das war im Zoo von London nicht anders, als Charlie der Rabe sich, inzwischen auch nicht mehr ganz der Jüngste, einmal ein paar Tage Ruhe dort gönnte. Charlie hatte sein ganzes Leben in der Luft verbracht, hatte manches gesehen, manches probiert. Er war in Asien gewesen, in Afrika, Alaska und am Nordpol. Er hatte die überquellenden Städte gesehen, die vergifteten Meere, die Schlachtfelder, auf denen Tiere ihr Leben gelassen hatten, die korrupte Welt der Politik und so viel Mißgunst und Ungerechtigkeit, daß es für eine ganze Milchstraße gereicht hätte. Nun wollte Charlie einfach nur noch einen Ort, an dem er ein Weilchen bleiben konnte. Einen Ort, an dem die Flügel stillstanden, doch nicht der Schnabel. Denn Charlie redete gern. Es war eine der wenigen Freuden, die er im Leben hatte.

»Ihr seid mir ja ein schöner Haufen hier. Ein schöner Haufen.« Charlie ließ sich auf einer großen, rußgeschwärzten Eiche mitten im Zoogelände nieder und betrachtete sie, einen nach dem anderen, mit unerschütterlicher Selbstgefälligkeit. »Da habt ihr eure eigenen vier Wände, was, Jungs? Unterhaltungsmusik, Frischfleisch, Rohkost, einmal die Woche werdet ihr abgespritzt, und wenn ihr brav seid, wirft euch womöglich sogar mal einer 'n Knochen zu. Ihr habt euch hier schon so lange verhätscheln lassen, ihr kennt überhaupt nichts anderes mehr. Ihr seid fett und faul geworden. Aber das ist nicht das Schlimmste. Das Schlimme ist, daß ihr keine Phantasie mehr habt. Die Phantasie, die ihr von der Natur bekommen habt, genau wie eure Beine oder die Zeichnung eures Fells. Ihr wißt nicht mehr, wie man von einem besseren Leben träumt, besser als hier in diesem blödsinnigen *Zoo*. Also, was habt ihr zu eurer Verteidigung vorzubringen, Leute? Habt ihr auch nur ein einziges Wort von dem gehört, was ich euch hier erkläre, hä?«

Überall im Londoner Zoo hörten die Tiere tagein, tagaus, was Charlie predigte, aber sie konnten sich nicht vorstellen, was das mit ihnen zu tun haben könnte. An Schildkröten, Aras, Pinguine, Nashörner. An Paviane, die sich durch die Bäume schwangen, an die eleganten Raubkatzen aus dem Dschungel, an eingeweckte Amphibien, träge Kopffüßer. Wenn jemand das Wort an die Tiere richtete, dann wollte er, daß sie etwas *taten*, und nicht, daß sie darüber nachdachten. Hier herüber. Tu dies. Friß das. Laß das sein. Für die Zooinsassen war Charlie, wie er da über ihnen auf dem Ast hockte, ein Wesen aus einer anderen Welt.

Schließlich war Charlie ja auch ein Vogel.

Charlie konnte *fliegen*.

Der Winter kam früh in jenem Jahr, und über die Tiere ergoß sich eine Menge schwieriger Wörter, die sie nicht einmal aussprechen konnten. Wörter wie Wirtschaftskrise, Arbeitslosigkeit, Sparmaßnahmen. Sie hörten von Firmen, die von ihren Managern übernommen wurden, Firmen, die von anderen Firmen übernommen wurden, von Firmen, deren neue Besitzer sie ausbluten ließen, von Privatisierung, der Europäischen Währungsunion, den Stimmungsschwankungen Prinzessin Dianas und der weltweiten ökologischen Krise. Die Wärter im Zoo sahen blasser und abgerissener aus als sonst. Der Boden wurde nicht mehr so sorgfältig gefegt wie zuvor, die Käfige nicht mehr so gründlich desinfiziert. Viele Tiere nahmen die Temperaturen als Vorwand, zogen sich zum Überwintern in ihre Gipsplattenhöhlen zurück und stellten den Wecker auf viertel vor Frühling. Andere fraßen sich einen Speckmantel an, mit Weißbrot und fetten Nüssen, und spürten, wie ihr Blut langsamer floß und ihre Gedanken träger wurden. Der Strom der Menschen, die zu Besuch kamen, schwand. Die Stimmen der Menschenkinder wurden unleidlicher, vorwurfsvoller.

»Mama, warum *tun* die denn überhaupt nichts? Warum sitzen die einfach nur da? Und wo stecken die Giraffen? Wo sind die ganzen Elefanten geblieben?«

Die Riesenpandas bekamen Schnupfen und mußten auf die Krankenstation.

Die Schlangen streiften ihre Häute ab und verkrochen sich unter Steinen und Holzscheiten, wo sie sich gemächlich und genüßlich dem Verdauen hingaben.

Das einsame Okapi, eins der scheuesten Tiere im Zoo, begann beim geringsten Anlaß zu weinen und war gar nicht wieder zu beruhigen.

Wanda die Gorillafrau saß den ganzen Tag in ihrem Käfig, ohne daß ihr sturer, massiger Gefährte Roy ihr auch nur einen einzigen Blick zuwarf. »Ich tue überhaupt nichts anderes mehr als essen«, sagte Wanda, zerpflückte dabei Selleriestangen und verzehrte sie Stückchen für Stückchen. »Ich sitze einfach nur da, werde von Tag zu Tag fetter und bin ständig schwanger. Also ehrlich – ist das etwa ein Leben für eine Dame?«

Der Tiger strich durch seinen Käfig, hin und her und vor und zurück, und die Kinder vor dem Sicherheitsglas scheuchten ihn. »Nur einen einzigen«, betete er vor sich hin, »und ich schwöre, ich will nie wieder um etwas anderes bitten. Nur einer von den kleinen, nicht zuviel Haare dran. Mehr brauche ich nicht zum Glück.«

Nur Scaramangus das Gnu ertrug gelassen alle Wechselfälle des Lebens, selbst solche, die auf schlechtes Wetter zurückzuführen waren. Stolz stand er inmitten seines Harems, den zu schützen und zu begatten er geboren war, sonnte sich im Licht und der Wärme seiner eigenen Selbstgefälligkeit. König der Tiere. Von den Menschen vergöttert.

»Ich bin ein Erwählter«, brüllte Scaramangus allmorgendlich den wenigen Besuchern entgegen. »Niemand kommt mir gleich. Ich bin der Liebling der Götter. Von all den Gnus in der Wildnis haben die Menschen *mich* erwählt, um meine Art der Welt zu präsentieren.«

So lebte die Gesellschaft der Tiere, wie sie es nun einmal verstanden. Sie folgten dem Rhythmus ihres inneren Ichs. Und kümmerten sich um niemanden sonst.

Den ganzen Tag lang saß Charlie der Rabe auf den Stromdrähten und blickte hinunter zu ihnen.

Mann, was habe ich für einen Dusel gehabt, dachte Charlie.

Es war, als ob der ganze Planet der Tiere im Schlummer läge.

Und als ob niemand auf ihm je wieder erwachen würde.

## 2

### Radiowecker

Doch dann, in einer düsteren Novembernacht, kamen die radikal-extremistischen Guerillas der Gruppe Animal Action! und sprengten mit Plastiksprengstoff und Dynamit das Zootor. Sie trugen schwarze Skimützen, schwarze Jeans, schwarze Rollkragenpullover und schwarze Lederhandschuhe, wie ein Trupp zweitklassiger Ninjas. Binnen Augenblicken hatten sie die Überwachungskameras, Alarmanlagen und Telefone außer Betrieb gesetzt. Ein paar kleinere Explosionen folgten; Käfigtüren öffneten sich, *popp popp popp*. Und dann, so lässig, als ob er ein Taxi herbeiwinkte, reckte der Anführer der Guerillas triumphierend die Faust zum mondhellen Himmel.

»Wir atmen alle dieselbe Luft!« rief er. »Wir lieben alle die Erde! Bedrohte Arten aller Länder – vereinigt euch!«

Die schwarzgewandeten Guerillas sprangen über die Drehkreuze und verschwanden in Richtung Regent's Park, sie hüpften und liefen im Zickzack, als hätten die gegnerischen Heckenschützen sie schon unter Beschuß.

Im Zoo war es nun wieder dunkel, alles war still, wartete, alles war angespannt.

Und alle saßen wie benommen in ihren verwüsteten Behausungen und warteten, daß etwas geschah, was längst geschehen war.

»Mamma mia«, krächzte Charlie der Rabe vom Dach eines der jüngst gestürmten Eintrittshäuschen. »Heiliger Sankt Rhinozeros.«

Charlie konnte kaum an sich halten. Er tanzte einen kleinen Salsa auf den Dachschindeln.

Endlich passiert was, dachte er.

Und ausnahmsweise etwas, womit er nicht im mindesten gerechnet hatte.

Charlie tauchte in die glitzernde Luft. Er spürte den feinen Nebel im Gesicht; er spürte das Summen des Mondlichts. Er sah hinunter auf den dreieckigen Grundriß des Zoos, auf die einzelnen Abteilungen, wo den Tieren nun einem nach dem anderen aufging, daß sie nicht allein auf der Welt waren.

»Krah krah«, sagte Charlie zu ihnen. »Krah krah krah krah.«

Die Wölfe beschnüffelten die Reste ihrer schmiedeeisernen Tür. Zogen sich zurück, beratschlagten, schnüffelten von neuem. Sie trauten der plötzlichen Freiheit nicht. Waren ein wenig unschlüssig, wer sie denn nun sein wollten.

Andere hingegen kannten solche Zweifel nicht. Wanda die Gorillafrau warf nur einen einzigen Blick auf ihren Gatten Roy, dann wußte sie Bescheid. Er war schon wieder eingeschlafen, schnarchte und bohrte sich dabei in der Nase. Wanda warf ihren angebissenen Apfel über die Schulter und ging hinaus.

Ganz gleich wohin, dachte sie. Überall ist es besser als hier.

Charlie zog weiter und weiter seine Kreise. Bewegung, Witterung, neuerwachtes Bewußtsein, lässiger Verstoß gegen alte Regeln. Sogar die noch schlaftrunkenen Elefanten erhoben sich vom Heu ihrer Unterkünfte. Das ist kein Traum, dachten die Elefanten. Etwas geht vor mit der Welt, und es ist kein Traum.

Zu seinem Erstaunen sah Charlie, wie sich vor seinen Augen eine Gemeinschaft der Tiere formierte. Wiederkäuer, Primaten, Nager, Raubtiere, Beuteltiere. Wilde Erdhörnchen und goldgelbe Löwenäffchen, Meerkatzen und Mungos, Wüstenfüchse und alte Warzenschweine. Alle traten sie in die fremde, neutrale Zone zwischen ihren Käfigen. Sie sahen ihre eigene Freiheit in den Augen der anderen.

Jeder von uns ist anders, ging ihnen auf.

Und doch sind wir alle irgendwie gleich.

Die Tiere versammelten sich im Amphitheater, wo Schimpansen die Lautsprecheranlage eingeschaltet hatten, und als Charlie eintraf, jaulten schon die Rückkoppelungen. Die Tiere antworteten in einem vielstimmigen schrillen Chor mit dem wilden Schrei des Dschungels.

In halsbrecherischem Sturzflug schnappte Charlie sich das Mikrofon, das Wanda in der Hand gehalten hatte, um aller Welt vom Bananenkonsum ihres Gatten Roy zu erzählen.

»Leute, wißt ihr, wie ihr euch anhört?« krächzte Charlie. »Ihr hört euch an wie ein Haufen *Tiere!*«

Charlies merkwürdig vertraute Stimme brachte die Meute zum Verstummen.

Zum ersten Mal in ihrem Leben erlebten die Tiere etwas, was sie sich zuvor nicht einmal hatten vorstellen können. Jemand sprach sie *an*. Und er erwartete, daß sie *zu*hörten.

»Habt ihr was zu sagen? Dann *sprecht*, Leute, und grunzt nicht und röhrt nicht. Ihr könnt doch sprechen, verdammt noch mal – dann tut es auch. In dieser Welt, da müßt ihr euch entscheiden, ob ihr das nun wollt oder nicht. Entweder lernt ihr, etwas aus eurem Leben zu machen, oder jemand anderes übernimmt das für euch. Und wo bleibt ihr dabei, Brüder, Mittiere? Ich will es euch sagen. Ihr bleibt, wo ihr gerade hergekommen seid. Ihr sitzt im Käfig, Mann. Pinkelt auf die eigene Türschwelle.«

Die Tiere vernahmen eine unbekannte, gemeinsame Stimme, die aus ihrer aller Kehlen erscholl. Ein einziger anschwellender, langgezogener Ton voller Unzufriedenheit, voller Qual, voller entsetzlicher Reue.

»Zum ersten Mal in eurem ach so erbärmlichen Leben könnt ihr frei sagen, was ihr denkt«, stachelte Charlie sie an. »Ihr könnt eure eigene Regierung aufstellen, euch eure eigene Verfassung geben, zurückfinden zu eurer eigenen Kultur. Mann, hat denn keiner von euch *Spartacus* gesehen? Keiner *Schlacht um Algier*?«

»Schp, schp, *schp*«, zischten die Schlangen.

»Al-*tschi*«, niesten die Pelikane, »al-*tschi, tschi*!«

Charlie ließ sich von diesem vorübergehenden Abflauen der Energie nicht irremachen.

»Also gut, habt ihr nicht. Aber ihr müßt ja auch nicht erst Filme im Fernsehen ansehen, bevor ihr wißt, daß sie euch die Freiheit gestohlen haben! Bleibt brav in eurem Käfig, sagen sie euch. Dann braucht ihr auch keine Angst zu haben, daß ihr *aus*sterbt. Was ist denn das für eine Logik? Ich kann euch sagen, was das ist. Es ist die miese, sture, nazimäßige, alles kaputtmachende Aggression der Menschen – nichts anderes ist das. Die rechte Hirnhälfte. Und haben wir *davon* nicht genug? Ich *frage* euch, Leute! Haben wir davon nicht *genug*?«

Anfangs war es nicht einmal ein Wort. Nur ein paar leise Töne. Etwas Zustimmendes. Gleichmäßig. Lang.

»Ich *höre* nichts!« rief Charlie. »Was seid ihr denn nun – blöde Viecher oder die *mächtigen Tiere des Dschungels*? Nicht so zaghaft, Jungs! *Wer* hat hier die Nase voll? *Wer* hat sich lange genug was vormachen lassen? *Wer* will sein Leben von nun an selbst bestimmen?«

Und da war es ein Wort. Ein ganzes Wort. Deutlich gerufen. Aus dem tiefsten inneren Ich der Kreaturen.

»Wir!« brüllten die Tiere. »Wir, wir, wir, wir, *wir!*«

# 3

## Der Geist der Zeit

Wir. Wir. Scaramangus das Gnu erwachte als letztes von den Tieren; mit einem Schreckenslaut sprang er auf und blinzelte hinüber zum fernen blauen Licht des Auditoriums.

Nicht wir, dachte Scaramangus. Nicht wir, die *anderen*.

Als Scaramangus das Haupttor erreichte, waren die Tiere schon dabei, den Eingang mit Picknicktischen und allerlei Holzstücken zu verbarrikadieren, stellten einfach alles auf den Kopf, was sie bisher unter einem Zoo verstanden hatten. Jemand hatte in einem Abfalleimer ein Feuerchen gemacht, andere hatten die Kühltruhen in Raffles' Bar und Restaurant umgestürzt, und Tiere lutschten gierig an gefrorenen Hot dogs und klebrigen Batzen Pizzateig.

Scaramangus stand derweil stolz dabei und ließ sich nicht mit hineinziehen. Diese Tiere, dachte er, machen eine Menge Lärm. Es waren Tiere, die nicht wußten, was sich gehörte. Und noch schlimmer, es waren Tiere, die nur so *taten*, als sähen sie ihn nicht. Doch Scaramangus wußte: im ersten Augenblick, in dem er nicht auf der Hut war, würde er, *zack!*, auf jemandes Speisezettel landen.

Scaramangus spürte das Paar Augen, das fest auf seine Keulen gerichtet war.

»He da, Mister«, ließ sich die Stimme hinter ihm vernehmen.

Das war hier nicht die feine Welt, wußte Scaramangus. Es war nichts anderes als der Dschungel, wo nur die Stärksten überlebten.

Er wandte sich um, scharrte und stieß einen Laut der Verachtung in die kalte Winterluft. Das war die Herausforderung. Nun galt es, sich zu bewähren.

Wanda die Gorillafrau war inzwischen mit einem zerrissenen Strohhut, karierten Leggings und einem großen grünen Nylon-Regenumhang angetan, die sie in einer Mülltonne gefunden hatte. Den Umhang hatte sie vorn offen, damit man ihr in den haarigen Ausschnitt sehen konnte.

»Hallo, Süßer. Kennen wir uns?« Wanda klimperte mit den Lidern und bot ihm mit schokoladenverschmierten Fingern die Überreste eines Kit Kat an. »Bist du eine Antilope oder so was? Tolle Hörner.«

Scaramangus atmete noch einmal, diesmal noch tiefer, tief durch.

»Ich«, klärte Scaramangus sie auf, »bin ein Gnu. Das stolzeste, mächtigste, ansehnlichste Geschöpf auf dem Planeten der Tiere.«

Wanda machte große Augen.

»Tats*äch*lich?« entgegnete Wanda. »Dann verrat mir mal eins. Wo hast du denn die ganzen Jahre ge*steckt*, hm?«

Keiner merkte, wie der Morgen kam. Irgendwie hatte er sich herangeschlichen.

Zuerst kamen die Hubschrauber; dann die ganzen Belagerungstruppen – Hundertschaften der Polizei, Bombenräumkommandos, Kameraleute der BBC. »Glaubt mir, wir wissen, daß ihr durcheinander seid«, rief Zoodirektor Heathcliff durch sein neues ultraleichtes Megaphon. »Wer wäre das nicht? Aber warum können wir nicht wie erwachsene Leute darüber reden? Wir wollen euch doch nur *helfen*.«

Der Zoodirektor trug ein kurzärmeliges, gestärktes weißes Hemd und eine marineblaue Baumwollhose mit Bügelfalten.

»Gaunerbande«, seufzte Charlie. »Ich wußte, daß sie zuerst mit ihrem falschen Mitleid kommen würden, um uns weichzumachen. Diese verlogenen Heiden machen wirklich vor *nichts* Halt!«

»Hört mir zu«, fuhr Zoodirektor Heathcliff fort. »Ich weiß, daß ihr großen Tiere schon für euch selber sorgen könnt. Aber denkt doch mal an die kleineren unter euch – die Koboldmakis zum Beispiel oder die süßen kleinen Pinguine. Die stehen ziemlich weit unten in der Nahrungskette, meint ihr nicht auch? Noch eine Nacht unter euch Fleischfressern, und – na ja. Seid doch mal ehrlich. Ein Zoo, in dem keiner aufpaßt, kann ganz schön unangenehm sein.«

Charlie spürte, wie die Stimmung der versammelten Tiere umschlug. Raubkatzen warfen verstohlene Blicke auf einzelne Schweine und Jungtiere. Die Wölfe hockten wieder beisammen und flüsterten und beäugten ein dicht zusammengedrängtes rotbraunes Knäuel Haselmäuse.

»Wenn wir Hilfe von euch Menschen brauchen, um unsere Angelegenheiten in Ordnung zu bringen, dann *holen* wir euch!« brüllte Charlie zurück.

»Gebt uns doch eine Chance«, rief der Direktor. »Wir *wollen* euch ja zu einem gehobenen Lebensstandard verhelfen, aber wir *haben* natürlich auch eine Verantwortung gegenüber dem Steuerzahler. Wir arbeiten an einer ganzen Reihe von Ideen, doch wenn wir sie umsetzen wollen, brauchen wir *eure* Hilfe.«

»Zum Beispiel?« fragte Charlie.

»Nun, die Marktorientierung. Wir teilen den Zoo in sogenannte Freie Unternehmerzonen ein. Wir vermieten euch für bestimmte Sonderaufgaben – ihr bringt Behinderten den Tee, geht einkaufen oder die Zeitung holen, vielleicht auch ein paar einfache Tätigkeiten in Läden oder im Baugeschäft. Wir geben jedem von euch die Chance, es mit harter Arbeit zu dem Lohn, den der Markt hergibt, im Leben zu etwas zu bringen. Und unter uns gesagt, Mr. Rabe, was meinen Sie wohl, welche Tiere von einem solchen Projekt profitieren werden? Nun, diejenigen mit abspreizbaren Daumen werden ordentlich abräumen, das liegt auf der Hand. Doch ein kluger Vogel wie Sie, der die Grundbegriffe der menschlichen Sprache und der Grammatik gemeistert hat – wenn mir so ein Vogel begegnete, dann würde ich sagen, dessen Chancen sind auch nicht schlecht. Verstehen Sie, was ich meine?«

»Aber klar.« Charlie stolzierte ärgerlich auf einem rostigen Stück Stacheldrahtzaun auf und ab. »Ihr wollt uns Tag für Tag in überfüllte Züge und U-Bahnen ohne Belüftung setzen, wo alle Leute uns anprusten. Ihr wollt jeden Penny, den wir verdienen, an Steuern aus uns rausquetschen, und statt daß ihr das Geld dann in Projekte investiert, die uns Tieren zugute kommen, haltet ihr damit die chemische Industrie und die Rüstungsindustrie in Gang. Hören Sie mal, Mann, glauben Sie wirklich, wir fallen auf Ihr Geschwätz von der Marktorientierung herein? Wir sind vielleicht Tiere – aber wir sind doch nicht *blöd*!«

Die Tiere brüllten Beifall und waren selbst überrascht, wie einig sie sich waren.

Die Bäume erbebten.

Der Himmel füllte sich mit Sauerstoff und Licht.

»Sagt nicht, wir hätten euch nicht gewarnt«, beschloß der Zoodirektor in seiner schicken Kluft die Rede. »Denn es gibt andere in meiner Dienststelle, die nehmen einen Volksaufruhr nicht so einfach hin wie ich. Wenn ihr es euch anders überlegt, fragt nach mir, Direktor Heathcliff – jederzeit. Und ich möchte euch Glück wünschen. Ihr werdet es brauchen.«

## 4

### Freie Arbeit, freier Grund

Von da an war es nur noch eine Frage der Zeit. Die Vorräte der Imbißbuden und die Schokoladenriegel hatten die Tiere schon verschlungen. Sie hatten im Büro des Hausmeisters und in den Besuchertoiletten Graffiti an die Wand gesprüht. Freiheit oder Tod! Gleichberechtigung für Tiere – jetzt! Freiheit für die Serengeti – sieben! Fresst die Reichen, sonst fressen sie euch! Die Tiere wußten, daß sie alles getan hatten, was in ihrer Macht stand. Sie hatten die Wahrheit so deutlich gesagt, wie sie es mit ihren ungelenken Zungen eben konnten.

»Könnte jedes Tier einmal mit einem Satelliten um die Erde fliegen, dann würden es alle verstehen.« Charlie schlürfte warmes Bier aus einer Halbliterdose, und ihm war träge und sentimental zumute. »Sie würden alle in dasselbe Dunkel blicken. Sie sähen alle dasselbe reflektierte Sonnenlicht, in dem der ganze Planet der Tiere erstrahlt. Die blaugrüne Erde, ein Kürbis, der sich langsam dreht. Ein flüchtiges, zerbrechliches Gut. Kranke, geschändete Wälder. Städte, halb gelähmt von ihren eigenen giftigen Ausdünstungen. Das Blau des Wassers, das an manchen Stellen grau und trostlos wird. Jedes Tier würde spüren, wie es aufgeht in diesem alles umfassenden Bewußtsein unseres Planeten. Verantwortungsgefühl kann man es eigentlich nicht nennen. Nur ein Gefühl der Zugehörigkeit. Eine Verankerung in Raum und Zeit. Jedes Tier würde mit einem Plumps wieder auf die Erde zurückkehren wie ein Geist, der in einen Körper schlüpft. Und jedes wüßte dann, daß wir alle zur selben Firma gehören und daß diese Firma nicht Dow Jones oder American Express heißt. Ein kleiner Planet randvoll mit unglücklichen, ungeschickten Tieren, die sich gegenseitig helfen wollen, so gut sie können. Das, Freunde, ist mein Traum. Wenn ich ohne einen solchen Traum fliegen wollte, na, da könnte ich mich niemals oben halten.«

Sie kamen am späten Nachmittag, zur Zeit der zweiten Fütterung. Mit einem satten Plumpsen gingen die Tränengaskartuschen nieder und zogen ihre Rauchschwaden über das Blau des Himmels, und Scharfschützen schossen von Kränen und Dächern mit Betäubungspatronen. Die großen Tiere gingen als erste zu Boden, als die Barbiturate in ihren Flanken und Keulen zu wirken begannen. Die anderen ergriffen panisch, vom Gas geblendet, die Flucht, rissen Zäune und Springbrunnen um, traten sich gegenseitig in den aufgewühlten grauen Staub.

Scaramangus sah, wie die Schranke zwischen sich und den anderen Tieren mit einem Male verschwand und drohte, ihn mit fortzureißen. Das Gedränge der Leiber, die ziellose Brutalität, die Angst, der hektische Zusammenprall von Tieren und Menschen. Scaramangus sah einen glitzernden Schlagstock auf sich zukommen und wandte sich verblüfft um.

»Halt!« wollte er rufen. »Sie haben ja keine Ahnung, wen Sie vor sich haben!«

Doch der Polizist hob zum zweiten Mal seinen Stock. Mit seiner häßlichen graugrünen Gasmaske sah er aus wie eine Kreuzung zwischen Elefant und Erdferkel.

»Sie wissen nicht einmal, wie ich heiße; Sie wissen nicht, auf wessen Seite ich stehe«, rief Scaramangus. »Für Sie könnte ich ebensogut ein Ozelot oder eine Ratte oder ein Papagei sein.« Scaramangus traute seinen eigenen Ohren nicht.

Ein vollgefressener Alligator, dachte Scaramangus, als er den Stock von neuem auf sich niederkommen sah. Ein Gepard, ein Rentier, Tausendfüßler, Fink.

Wieder und wieder kam der Stock. Was für Zeiten, dachte Scaramangus. Was für entsetzliche Zeiten.

Der Himmel war längst nicht mehr blau.

Und wieder kam der Stock.

Die nächsten acht oder zehn Tage wurden die Tiere unter Beruhigungsmitteln in ihren Gehegen und Käfigen gehalten. Keiner bekam Auslauf, keiner durfte zu den Kindern in den Streichelzoo. Es wurde mehr Getreide gefüttert und weniger Fleisch. Täglich blies der Wind Bögen der Morgenzeitungen in ihre Käfige, und die Tiere suchten eifrig nach Berichten über ihren kurzen Augenblick des Ruhms. Doch in der Zeitung war nur von Änderungen der Diskontsätze die Rede, von den Todesschwadronen der Dritten Welt, vom Export amerikanischen Tabaks nach Thailand. Berichte über Tiere gab es so gut wie gar keine.

Direktor Heathcliff hatte nun auch das Amt des Treuhänders übernommen und sollte die Schließung des Zoos abwickeln.

»Tja, Jungs«, sagte der neue Treuhänder eines Tages, wie stets mit grundvernünftiger, fester Stimme. »Ich habe euch ja gewarnt, nicht wahr? Ich habe euch gesagt, daß es wirtschaftlich in dem Laden hier ziemlich düster aussieht – und die Öffentlichkeit kann ja nicht *un*begrenzt für euch die Rechnungen zahlen, oder? Die Wahrheit ist – im September wird der Zoo hier geschlossen, und die meisten von euch werden schon bald anderswohin kommen. Ich denke mir, ein bißchen Luftveränderung wird euch allen guttun.«

Charlie hatte sich auf Scaramangus' Tor niedergelassen, doch Scaramangus, der in den letzten Tagen noch mehr Tranquilizer bekommen hatte als sonst, schien es nicht zu merken.

»Der springende Punkt«, fuhr Charlie fort, »ist der: Man kann keine ganze Nation einsperren. Nur einzelne Tiere kommen in den Käfig, immer nur ein oder zwei. Folglich entsteht eine Wettbewerbsgesellschaft. Tier gegen Tier, Mann gegen Frau, Habenichtse gegen die, die wenigstens etwas haben. Laß dir von denen mit ihrem Gerede von notwendigen Einschränkungen nichts vormachen, Mangus. Was hier eingeschränkt werden soll, das sind wir. Weil wir zusammen stärker sind als jeder für sich – vergiß das nicht.«

Scaramangus nahm düster wahr, daß Charlie auf dem Drahtzaun saß und vor sich hinschnatterte. Doch alles schien kleiner, schwächer und zerbrechlicher als vor der Revolution.

»Wer weiß, vielleicht haben die Japse doch recht«, plapperte Charlie und spazierte auf dem Draht hin und her. »Vielleicht hat tatsächlich eine Zeit begonnen, die einen Begriff wie Geschichte überhaupt nicht mehr kennt. Für die es unvorstellbar ist, daß wir gemeinschaftlich unsere Zukunft schaffen und daß wir nicht nur einer Firma verantwortlich sind, weil sie uns dafür bezahlt, sondern Mächten, die auf den ganzen Planeten Einfluß haben und von denen unser Körper, das Kleid, in dem wir stecken, nur geborgt ist. Es sind schwere Zeiten, in denen wir leben, Mangus. Da können uns die Zeitungen erzählen, was sie wollen – ich denke mir, es sind schon wirklich schwere Zeiten.«

Scaramangus erhob sich mühsam, stand auf unsicheren Beinen da und schüttelte sich den Staub vom Fell. Dann schüttelte er den Kopf, damit er ein wenig Blut ins Hirn bekam und die Kiefer sich lösten.

Vom Amphitheater, wo die Lokalpolitiker und Geschäftsleute der Stadt sich versammelt hatten, um bei der Versteigerung der Tiere, deren Privatisierung anstand, zu bieten, drang die Stimme des Treuhänders aus den Lautsprechern herüber.

»Als ersten Posten des heutigen Tages«, sagte der Treuhänder munter, »möchte ich Ihnen eine ganz besondere junge Dame vorstellen. Raus mit ihr, Jungs, damit die Gentlemen hier sehen können, was ich meine.«

Wanda, nun nur noch mit einer einzigen, halbzerdrückten Banane bewehrt, hatte die Stirn an die Stäbe ihres tragbaren Käfigs gelehnt und schnaufte leise vor sich hin.

»Freunde, was Sie hier sehen, ist eine grundsolide Investition«, sagte der Treuhänder. »Fast so intelligent wie ein Mensch – unser haariger Vetter aus dem Tierreich, der mächtige schwarze Gorilla. Kräftiger, freundlicher, die Bewegungen besser koordiniert als bei jedem Kind. Ein wunderbares Ausstellungsstück – auf dem Treppenabsatz in Ihrem Bürogebäude zum Beispiel. Oder nehmen Sie die junge Dame nächstes Frühjahr mit auf die Bahamas zur Aktionärsversammlung. Aber wir kommen zur Sache. Höre ich da jemanden tausend Pfund bieten?«

»Wer weiß, wer weiß, wer weiß«, stöhnte Charlie immer und immer wieder, damit er die Lautsprecherstimme nicht hören mußte.

Plötzlich spürte Scaramangus, wie alle Wut, die er je in seinem Leben verspürt hatte, aus ihm herauskam und sich auf das Tor neben Charlie setzte.

»Fünfzehnhundert also«, tönte der Auktionator. »Höre ich da siebzehn fünfzig?«

Überall im Zoo spürten die geknechteten Tiere, wie die Stimmung umschlug. Sie richteten sich in ihren Käfigen auf, um zu sehen, was im Amphitheater vorging, und sahen den Auktionator auf der Bühne, umgeben von bewaffneten Wachen.

Es war ja nur ein Wort, aber es war ein Wort, das Scaramangus kannte. Mit einem mächtigen Brüllen stürmte Scaramangus vor und warf sich mit der ganzen Macht seines Körpers gegen das Tor. Der Aufprall schleuderte Charlie hoch in die Luft, er schlug einen Salto, hatte im wahrsten Sinne des Wortes den Boden unter den Füßen verloren. Scaramangus stemmte sich mit den Hörnern gegen das Tor.

Es war das Wort.

Das Wort oder das Tor. Einer von beiden mußte nachgeben.

»Wir!« brüllte Scaramangus und stemmte sich mit Rücken, Schultern, Schenkeln und mit seinem Geist gegen das Tor. »Wir! Wir! Wiii-her! *Wir!*«

Er nahm neuen Anlauf. Er sah das Tor. Er sah die Welt hinter dem Tor. Er sah die fetten Männer in der Arena stehen, wie sie sich Staub von ihren dunklen Anzügen wischten und ihre bleichen Gesichter hinüber zu dem Wort drehten, das Scaramangus ihnen zurufen wollte.

»Wir!« brüllte Scaramangus. Und stürmte von neuem das Tor.

Überall im Zoo brachte das Wort die Tiere auf die Beine. Die Zeit war gekommen. Nun würden sie selbst mitrufen.

Und die Stimmen der Tiere erhoben sich.

## Zweiter Teil

# *Im ewigen Eis*

# 1
## Die grosse Kälte

Das erste Mal, daß Buster vom Aufstand im Londoner Zoo hörte, befand er sich eben in einem eisigen Schlagabtausch mit seiner Ehefrau Sandy.

»Dann er*kläre* es mir doch, Buster.« Sandy streckte ihm einen hölzernen Kochlöffel entgegen, als wolle sie ihm zu verstehen geben, daß das sein nächstes Mittagessen sein würde. »Wenn dein großer Kumpel Whistling Pete wirklich so ein toller Kerl ist, dann er*klär* mir doch sein Benehmen.«

Wenn es in einem Streit erst einmal so weit kam, dann wußte Buster, daß er ihn nur für sich entscheiden konnte, wenn Sandy es zuließ – aber Sandy ließ es natürlich *nie* zu. Also ging er gleich hinüber zu dem großen Radio und schaltete es ein, drehte den geriffelten Knopf auf der Suche nach dem BBC World Service. »Jetzt gib doch endlich Ruhe, Sandy. Jede Geschichte hat zwei Seiten.«

Er fand Popsender in allen möglichen Sprachen, ein Hörspiel bei den Australiern, statisches Rauschen und Testsendungen auf den Notruffrequenzen. Am Ende stieß er aber dann doch auf etwas, was eher nach seinem Geschmack war – Armed Forces Radio, wo Paul Harvey eben seine Zusammenfassung der Tagesnachrichten brachte.

»Guten Tag«, sagte Paul Harvey.

»Willst du mal hören, welche zwei Seiten es bei *dieser* Geschichte gibt?« Sandy schwang den Löffel nur um so energischer. »Ich kann dir sagen, welche zwei Seiten das sind, Buster. Die eine ist Whistling Petes Frau Estelle, die er betrügt, wo er nur kann, und die andere ist sein vernachlässigter Junge, Pete junior. Da hast du deine zwei Seiten.«

Buster ließ sich in seinem Polstersessel am Feuer nieder und betrachtete das polierte Holz des Radios. Es war das Hochzeitsgeschenk von Sandys Eltern und war der wertvollste Besitz geblieben, der die Maisonettewohnung in einem Igluwohnblock der antarktischen Halbinsel zierte.

»Laß gut sein, Schatz. Hier kommen die Nachrichten.«

Und wie auf Kommando sagte Paul Harvey: »London, England. ... Während die Westküste Amerikas ... sich auf weitere Unwetter vorbereitet ..., schlägt die königlich britische Polizei einen ... blutigen Aufstand im eigenen Lande nieder ... Und zwar im Londoner Zoo, Ladies und Gentlemen. Hier geht es um Löwen. Tiger. Elefanten. Alles, was Sie sich nur denken können. Sie haben zu den Waffen gegriffen. Gegen die Menschen. Gegen ihre Wärter. Doch nun zu weiteren Nachrichten des Tages.«

Auch Sandy lauschte der Radiostimme. Schon nach wenigen Worten ließ sie den Holzlöffel sinken, und ihre schwarzen Augen blickten in weite Ferne.

»Was sind Löwen, Buster? Und Tiger? Und vor allem – was sind Menschen?«

Sandy kam und ließ sich auf dem Schemel neben ihm nieder.

Gedankenverloren nahm Buster ihren Stummelflügel und streichelte ihn zärtlich. Buster hörte mit Begeisterung von fernen Ländern voller fremdartiger Tiere, von denen er nicht das geringste wußte, denn er war überzeugt, daß sie, wenn er nur lang und angestrengt genug an sie dachte, all seine unbestimmten Sehnsüchte erfüllen würden. So daß er nie sein gemütliches Heim in der antarktischen Vorstadt verlassen müßte.

»Wer weiß, Sandy? Aber jetzt leise, laß uns zuhören. Vielleicht erfahren wir es noch.«

## 2

## Pinguine zum Mittagessen

Buster träumte gern von exotischen Orten, doch sonst war er immer am glücklichsten, wenn er sich aus allem heraushalten konnte. Wahrscheinlich verstand er sich deswegen so gut mit Whistling Pete, einem Pinguin in mittleren Jahren, der in allem sein genaues Gegenstück war: Whistling Pete träumte nicht, er *tat*. Und folglich bandelte er mit jeder hübschen Pinguinette an, die ihm in die Flossen kam.

Jeden Morgen ging Whistling Pete zur Arbeit, schob die Karte in die Stechuhr und saß dann in seinem Büro, wo er Auftragsformulare abstempelte und sich nicht anders benahm als jeder andere Büropinguin auf der Pinguininsel. Doch kurz bevor die Sirene zur Mittagspause blies, begab er sich auf die Herrentoilette, besprengte sich Wangen und Bürzel großzügig mit Rasierwasser und ging dann zu einer seiner zahllosen verruchten Verabredungen mit den reizenden Pinguinetten des Geschäftsviertels. Sekretärinnen, Registraturassistentinnen, Rezeptionistinnen, Bürogehilfinnen, Mädchen für alles. Mit der Präzision eines Uhrwerks kam es für Whistling Pete zur mittäglichen ehelichen Untreue, und im Grunde war es längst eine schöne Routine geworden.

Er traf sich mit den Pinguinetten in aller Offenheit in der Eisschollenbar zu einem Drink und einem kleinen Imbiß und verteilte großzügig Blumen, Komplimente, Strümpfe und Pralinen. Dann watschelte er mit ihnen, so schnell ihre kurzen Beine sie trugen, zum Crystal Palace Motel nebenan, wo er Stammkunde war. Sie ließen sich vom Zimmerservice Champagner und Kaviar bringen und tobten sich auf der Bettdecke aus, soviel sie in einer Stunde nur konnten – manchmal waren es auch anderthalb. »So soll es sein«, brummte Whistling Pete dann oft. »So hat der Allmächtige Pinguin sich das gedacht, als er die süßen kleinen Pinguinetten schuf.«

Später duschten sie, schlüpften in ihre Fräcke und verließen getrennt das Motel, so als seien sie die diskretesten Pinguine der Welt. Gegen drei oder halb vier langte Whistling Pete wieder in seinem Büro auf der anderen Straßenseite an, und eine gar nicht so unangenehme postkoitale Melancholie hatte sich seiner bereits bemächtigt. Er fühlte sich träge, erschöpft, durch und durch friedfertig. Gerade die richtige Stimmung für ein langes verträumtes Nachmittagsschläfchen am Schreibtisch.

»Na, wie geht's, Bruder?« sagte Buster, wenn er gegen halb sechs zur Bürotür hereinlugte. »Gehen wir noch einen trinken?«

Whistling Pete sprang dann in seinem gefederten Bürostuhl auf. Er sah die Kladden und Aktenmappen, die internen Mitteilungen und die Bestellformulare für Büromaterial.

(In Wirklichkeit war er ganz woanders: bei Melody, Martha, Trudy, Dallas, Pippa, Dolores und Joyce.)

»Buster, alter Junge«, sagte Pete dann nach einer Weile, »steht etwa die Sonne nicht mehr am Himmel, oder dreht die Erde sich nicht mehr? Na*tür*lich gehen wir noch einen trinken. Und wenn mich nicht alles täuscht, bist *du* mit dem Bezahlen dran.«

»Immer nur zu Hause hocken, das ist doch nichts«, erklärte Pete später, als er mit Buster durch die sternklare Nacht ging. »Sicher hört sich das gut an. Schöne große Häuser, Gaszentralheizung, sanitäre Einrichtungen und so weiter. Handel und Wandel, umweltfreundliche Industrien, staatliche Schulen, Wahlen zum Gemeinderat, einer für alle, alle für einen und so weiter. Aber letzten Endes sind das doch alles Sachen, die sich die kleinen Mädchen ausgedacht haben. Die Frauen, alter Junge. Die Weibchen, die Sicherheit für ihre Brut wollen. Die Mädels bauen sich ein Nest, Buster, aber wir doch nicht. Wir Männer, wir sind Nestflüchter. Und ist das unsere *Schuld*, Buster? Das ist einfach unsere *Natur.*«

Die lange weiße Straße wand sich hinab ins Dorf, über dem der Duft von frischgebackenem Brot lag.

Whistling Pete legte die Flosse um Buster und drückte seinen Kameraden, dann wies er hinunter. »Sieh es dir an, Mann. Unser kleines Dorf im Schnee. In den alten Zeiten sind unsere Vorfahren hier über blanke *Felsen* gewatschelt, Mann. Sie haben Hunger gelitten, haben gejagt, sich gepaart und sind ohne ein anständiges Begräbnis und ohne gesicherte Hypotheken gestorben. Und was meinst du, wer auf die Idee gekommen ist, da *Häuser* zu bauen, Mann? Na die *Damen* natürlich. ›Laß uns doch hier mal ein paar Eisblöcke hinstellen, nur so als Windschutz‹, haben sie ihren armen alten, von Blähungen geplagten Männern gesagt. ›Laß uns doch gleich vier Wände machen, Schatz. Und einen Fußboden und ein Dach.‹ Wir Jungs hätten bis ans Ende aller Zeiten da auf dem Felsen gesessen und uns die Läuse aus den Federn gekratzt, wenn es nach *uns* gegangen wäre. Aber es *ging* ja nicht nach uns, Mann. Wir bekommen ja *nie*, was *wir* wollen.«

Buster, der ein ordentliches Quantum vom billigen Tequila intus hatte, watschelte ungewöhnlich resolut neben Pete daher und blickte verträumt zu den Lichtern am Himmel: Meteorregen, die Wirbel der Galaxien, Planeten, von Monden und tanzenden Staubwolken umgeben. Buster mochte Nächte wie diese: die unendliche Weite, die großen Gefühle.

»Eigentlich«, dachte Buster laut vor sich hin, »habe ich ja immer gern meine drei Mahlzeiten pro Tag, mein warmes Bett und all das. Aber wenn ich die Sterne da oben sehe, Pete, diese *Weite*, dann ist mir – ich weiß auch nicht wie. Es ist so eine Art Heimweh, Heimweh nach Orten, wo ich noch nie gewesen bin.«

Doch Pete hörte überhaupt nicht zu. Was ihm durch den Kopf ging, war nur: Melody, Marianne, Gwendolyn und Jane. Morgen mittag und nächsten Mittwoch um viertel vor eins.

»Wir Männer *bauen* vielleicht die Städte«, sagte Pete leise, kurz bevor sie an seiner weißen Haustür anlangten, an der gepflasterten Auffahrt, dem schiefen Briefkasten mit seinem Namen darauf. »Doch glaub mir, es sind die Mädels, die uns dazu bringen, drin zu wohnen.«

Als Buster zu Hause eintraf, fand er Sandy im Wohnzimmer sitzen, wo sie eben den letzten Schluck von einem großen Glas Sherry nahm und dem Radio lauschte. Sie blickte nicht auf, als er eintrat. Die schlimmsten Ehekräche, das wußte Buster, hatten er und Sandy, wenn er gar nicht da war.

»Das da kommt schon den ganzen Abend, Buster. Was hat das zu bedeuten? Was *sind* das für Leute?«

Buster nahm seinen heißen Kakao mit an den Kamin und hörte eine Weile lang zu, wie eine strenge, väterliche Stimme immer und immer wieder die gleiche Ansage brachte: »Tiere der Welt, legt die Waffen nieder. Tiere der Welt, laßt uns verhandeln. Tiere der Welt, ein Aufstand führt doch zu nichts. Tiere der Welt, wir kommen und geben euch die Freiheit.«

Buster schlürfte seinen Kakao und seufzte.

»Ein Hörspiel?« schlug er vor. »So wie damals bei Orson Welles – *Krieg der Welten*? Das wäre doch eine Erklärung.«

»Sie reden dauernd vom Londoner Zoo, Buster. Sie versprechen, daß so etwas nie wieder vorkommen wird.«

Buster brachte es nicht fertig, Sandy in die Augen zu sehen. Er konnte nur noch daran denken, wie sehr er sich mit diesem Haus gebunden hatte, der Hypothek, seinem ganzen Leben. Alles kam ihm plötzlich so seltsam vor. Wie ein Ort, an dem er noch nie gewesen war.

»Mach dir mal nicht zu viele Sorgen wegen Sachen, die du im Radio hörst«, beruhigte er sie. »Das Radio ist nicht die Wirklichkeit, Sandy. Das Radio gaukelt dir nur etwas vor.«

## 3

## Mordida Girls

Der Frühling kehrte zurück, und die fette weiße Sonne verschwand gar nicht mehr vom Himmel. Die Zeit wurde immer diffuser, grauer, man verlor jedes Gefühl dafür.

Nicht daß die Zeit Whistling Pete noch etwas bedeutet hätte – alles, was zählte, war die kurze Flucht in die Zeitlosigkeit, die er Tag für Tag in den Armen seiner wunderbaren Pinguinetten fand. Oft legte er an einem einzigen Nachmittag drei hintereinander flach, peng peng peng, wobei jede Runde mit ein paar Schlucken Jack Daniel's und einem Teller Kaviar begann. Bei der dritten oder vierten Runde war er oft so taktlos und schlief ein, und er träumte dann von weißen Sandstränden unter tropischer Sonne. Später erwachte er allein in dem dunklen Zimmer, betrachtete die dicken schwarzen Vorhänge vor den Fenstern und lauschte dem Zischen der Heizung.

Und dann klopfte plötzlich eine Hotelangestellte energisch an die Sperrholztür.

»Das Zimmermädchen«, sagte sie mit schwerfälligem holländischem Akzent. »Sollen wir das Bett machen, Mister? Oder sollen wir später wiederkommen?«

Wenn Pete endlich wieder in sein Büro gewatschelt kam, war seine Assistentin Nadine meist schon sehr übler Laune.

»Mr. Oswald von der Marketingabteilung war hier, und Joe Wozniak hat wieder wegen Ihrer Spesenabrechnung nachgefragt. Ich habe *versucht*, die Sache mit der Vertretersitzung für Sie zu vertuschen, aber ich müßte schon ziemlich bald ein paar von den Prospekten sehen. Oh, und Ihre Frau und der Kleine haben vorbeigeschaut – offenbar hatten Sie Ihrem Sohn versprochen, mit ihm fischen zu gehen. Sie haben fast eine Stunde gewartet, dann sind sie wieder gegangen.«

»Mist«, sagte Whistling Pete und ließ sich auf seinen Schreibtischstuhl fallen. Er suchte in beiden Westentaschen, ob sich vielleicht noch eine verirrte Zigarette fand, stieß aber nur noch auf einzelne Tabakkrümel und eine kleine weiße Visitenkarte.

HENRIETTA PHILPOTT
PUBLIC-RELATIONS-BERATERIN

stand auf der Karte, und er überlegte, ob er und Henrietta sich kannten. Oder demnächst kennenlernen würden.

»Ich hatte doch die ganze Zeit das Gefühl, daß ich etwas vergessen hatte«, sagte Whistling Pete.

Pete fand immer neue Entschuldigungen, doch nicht einmal er wollte sie noch hören.

»*Sicher* gehe ich mit Junior fischen«, beteuerte er. »Aber ich habe mich mit einem Vertreter von den Stroud-Inseln getroffen, und das hat länger gedauert. Was soll man da machen – soll ich etwa meine Arbeit vernachlässigen?«

»Nein, das will ich natürlich nicht«, sagte Estelle, die teilnahmslos an den Küchenschrank gelehnt stand. »Schließlich ist deine *Arbeit* doch alles, was dir noch etwas bedeutet. Du mußt es nur deinem einjährigen Sohn erklären, der dich vergöttert.«

»Ich mache es wieder gut, Kumpel, das verspreche ich dir.« Pete ging im Zimmer auf und ab, und Junior lag dabei auf dem Fußboden und widmete sich seinen Geographiehausaufgaben (Fischfangrouten unserer Polarwelt, 12. Auflage). »Wir gehen zelten, das ist die Lösung. Ein Wochenende auf den Süd-Orkneys. Nur wir beide und die Makrelen. Wir nehmen das neue Zelt aus Seehundfell, das wir schon lange ausprobieren wollten.«

Junior blickte nicht auf. Er tippte sich nur mit dem Bleistift an den Schnabel und blätterte eine Seite um.

»Das ist cool, Dad. Wir gehen einfach ein andermal fischen. Wenn du nicht soviel zu tun hast.«

»Natürlich habe ich die Spesenabrechnung«, erklärte Pete der Geschäftsführung im Besprechungszimmer. »Na*tür*lich habe ich die Spesenabrechnung.« Der Vorstand hatte ihn für die Mittagspause zu sich bestellt, und nun saßen die Direktoren an dem großen Konferenztisch und kauten ihre Fischfrikadellen und Kartoffelchips mit Krabbengeschmack.

»Es war nur so, na ja, die Leute von der Personalabteilung haben einen saumäßigen Finanzbericht vorgelegt, und bis Nadine und ich das in Ordnung gebracht hatten, mußte der Dienstplan für nächsten Monat gemacht werden, und, na ja, ich *weiß*, daß sich das alles nach ziemlich windigen Entschuldigungen anhört...«

Pete brach der kalte Schweiß aus, und ihm schwindelte ein wenig, so als fiele er durch einen warmen Luftschacht.

»... und na*tür*lich bekommen Sie die Berichte bis Freitag, und verstehen Sie mich nicht miß, ich will hier nicht die Schuld auf andere abwälzen, und Nadine ist ein prima Mädchen, aber das ist alles eine Frage der *Einstellung*. Ich meine, sie ist eine von denen, die immer alles auf das *System* schieben und die patriarchale Männerherrschaft und solche Sachen, und, na ja, es ist oft nicht leicht, Nadine zur Mitarbeit zu bringen, wenn es um ihre eigentlichen Aufgaben geht. Nicht daß ich Nadine für alles, was schiefgeht, ver*antwortlich* machen will, verstehen Sie mich recht. Ich will nur sagen, daß ich auch nicht *alles* in Ordnung bringen kann.«

Manchmal, wenn Pete abends die Schlafzimmertür verschlossen fand, klopfte er höflich wie ein zaghafter Bittsteller.

»Estelle?«

»Was ist?«

»Bist du da drin?«

»Natürlich bin ich hier drin.«

»Kann ich reinkommen?«

»Nein, kannst du nicht.«

»Ich falle fast um, Estelle. Ich muß mich hinlegen.«

»Dann leg dich auf die Couch.«

»Mir ist ganz komisch zumute, irgendwie niedergeschlagen. Ich habe Magenschmerzen, meine Leber ist geschwollen, vielleicht ist auch was mit meiner Milz nicht in Ordnung. Und ich habe einen

Ausschlag am Bein, der brennt wie verrückt. Ich bin fix und fertig, Estelle, und, na ja, ich dachte, vielleicht können wir miteinander reden.«

»Es gibt nichts zu bereden«, sagte Estelle ruhig, so als ob sie ihm einen Formbrief unter der Tür durchschöbe. »Zum Reden ist es, fürchte ich, zu spät.«

Whistling Pete lehnte sich an die Wand. Er konnte ihre Wärme spüren, wie Radium. Sie schien weit fort.

»Ach, Estelle«, seufzte Pete und spürte, daß sein ganzer Körper in sich zusammensackte wie ein angestochener Luftballon. »Vielleicht hast du ja recht, Liebling. Vielleicht hast du recht.«

Am gleichen Abend saß Buster später in einem anderen Teil der Vorstadt im Bett, betrachtete das Mondlicht im Fenster und lauschte den Motoren. Es war das Bett im Gästezimmer, und Sandy hatte seit fast zwei Tagen kein Wort mehr mit ihm gesprochen.

Eine Staffel silbriger Militärflugzeuge überflog die Pinguininsel, und Tausende von Flugblättern gingen nieder. Buster konnte spüren, wie sie hoch oben durch die Luft flatterten, auch wenn er sie nicht sehen konnte. Er brauchte nicht einmal aufzustehen, brauchte nicht in Morgenmantel und Pantoffeln zu schlüpfen und hinauszugehen.

Obwohl er es dann doch tat.

Er zog sich an und ging hinaus.

Alles war mondhell, und die weißen Blätter lagen in großen Schwaden überall im kleinen Dorf verstreut wie Himmelszeichen.

Und auf jedem Blatt stand dasselbe:

Wir kommen, um euch zu helfen
Ihr habt niemanden zu fürchten, es sei denn euch selbst

# 4
## Das Crystal Palace Motel

Ein paar Wochen darauf saß Buster in der Eisschollenbar und nippte an einem Erdbeer-Margarita, während Al, der rundliche Barmixer, sich mit seinem feuchten Lappen zu schaffen machte.

»Er ist jetzt jeden Abend drüben«, sagte Al. Er ließ den Zahnstocher von einer Schnabelseite zur anderen wandern und nickte in Richtung Crystal Palace Motel. »Tagsüber *und* abends, genauer gesagt. Und wenn er sich mal hier blicken läßt, verlangt er meistens nur eine neue Flasche Smirnoff, sagt nicht mal hallo oder so was. Er holt, was er braucht, und geht wieder.«

»Na, was soll's«, sagte Buster und ließ ein Stück Eis die Gurgel hinuntergleiten. »Meine Hilfe braucht er dann wohl nicht mehr. Er hat seine Mädels, die ihm die Zeit vertreiben.«

»Mädels«, sagte Al und goß sich ein Sodawasser aus dem Siphon ein. »Mädels und Gott weiß was.«

Es war drei Uhr nachmittags, und Buster hatte eben ein spätes Mittagessen beendet, Austern in Muschelsoße.

»Und Gott weiß was«, sagte Al noch einmal.

Er sah Buster dabei nicht an, und dieses Nichtansehen kam Buster wie ein Tadel vor.

Nach einem zweiten Margarita rief Buster in Petes Motelzimmer an, doch es meldete sich niemand. Er ging hinüber und fand den Knaben am Empfangstisch mit einem neuen Eishockey-Computerspiel beschäftigt. Er schwang das piepende Kästchen hin und her, als ob er in seiner Phantasie einen besonders schwierigen Slalom einen steinigen Abhang hinunterführe.

»Wohnt Whistling Pete noch in Zimmer 408?« fragte Buster. Buster steckte sich eine neue Zigarette an der alten an und drückte die alte Kippe im Sand des Aluminiumaschenbechers aus.

»Mist«, sagte der Rezeptionist.

Der Computer piepte verächtlich.

»So, Whistling Pete?« Er sah Buster von oben bis unten an. »Nicht gerade einer, der viele Freunde hat. Wohl einer von seinen Kunden, was?«

Ehe er sich versah, hatte Buster den pampigen kleinen Pinguin mit der Baseballmütze über die Theke gezogen und schlug ihn gegen den Aschenbecher, daß es schepperte.

»Was soll das heißen, du Rotzschnabel?«

»He, Moment, Mann, war doch nur ein Witz. Okay?«

Und Buster vernahm in seiner eigenen Stimme einen Tonfall, den er noch nie zuvor gehört hatte.

»Ich frage zum letzten Mal, und verkauf mich ja nicht für dumm. Wo steckt mein Freund Whistling Pete?«

»Na ja, das Paradies ist es nicht gerade«, gab Pete zu. »Aber sag mal ehrlich, wer will schon ein Paradies?« Er saß auf der Bettkante, auf der zerschlissenen, durchgelegenen Matratze, und kratzte sich durch die karierten Boxershorts an den Weichteilen. Überall im Zimmer lagen Flaschen, Zeitungen, zusammengeknüllte Tüten aus Fast-food-Läden.

»Warum gehst du nicht unter die Dusche, Pete? Zieh dir endlich mal was Sauberes an. Und dann bringe ich dich nach Hause zu deiner Frau und deinem Jungen.«

»Ich habe keine Frau und keinen Jungen mehr, Buster. Estelle ist mit Junior zu ihrer Schwester auf dem Fimbulisen-Eisschelf gezogen.«

Buster ließ sich nicht entmutigen. Wenn Pete jemals wieder Selbstvertrauen bekommen sollte, dann mußte er, Buster, es ihm beibringen.

»Erst einmal holen wir dich hier heraus«, sagte Buster. »Und dann bringen wir sie zu dir zurück.«

»Zu was willst du sie denn zurückbringen?« Pete pulte etwas Weißes, Klebriges aus dem Ohr und wischte es an das fleckige Laken. »Ist ja nicht gerade eine Sehenswürdigkeit, was von mir übrig ist. Und du hast sicher gehört, daß ich Spesengelder veruntreut habe. Und Nadine haben sie wegen *meiner* Unfähigkeit und meiner Gaunereien gefeuert. Das bißchen, das ich an Ansehen und Selbstachtung noch hatte, habe ich verloren. Und das Komische ist, es ist mir ganz egal. Es fehlt mir nicht. Am allerwenigsten die Selbstachtung.«

Es war Buster peinlich, und er wandte den Blick ab. Er sah das heruntergekommene Badezimmer: die Toilettenschüssel mit dem Sprung, die tropfende Spülung, die Handtücher am Boden, die schimmligen Vorhänge.

»Wir suchen dir eine neue Arbeit«, sagte Buster. »Wenn Estelle und Junior helfen, bringen wir dich wieder auf die Beine. Du kannst auch eine Kleinigkeit von mir bekommen, bis du dich gefangen hast. Wozu hat man denn Freunde?«

»Ach Buster«, seufzte Pete. »Merkst du denn immer noch nicht, wie der Hase läuft?« Mit einer kleinen ironischen Flossenbewegung wies er auf seinen Körper. Die deutlich sichtbaren Rippenbögen, die zerrupften Federn mit den kahlen Stellen, das schon halb erstorbene gehetzte Funkeln in seinen Augen. »All meine hübschen Fettpölsterchen sind aufgezehrt. Keine Arbeit, keine Familie, so gut wie keine Ersparnisse. Ein Witz ist das. Gerade weil unsere Zivilisation mir den Luxus des Denkens gestattet, verachte ich nun all ihre Errungenschaften, ohne die ich sonst nie zum Denken gekommen wäre.«

»Nicht doch«, sagte Buster. Er wußte, daß es schwierig wurde, wenn Pete erst einmal anfing zu reden. »Laß das, Pete. Steigere dich nicht auch noch hinein.«

Pete war aufgestanden und watschelte nun vor dem Bett auf und ab. »Aber das ist doch der springende Punkt, oder etwa nicht? Was baut man denn auf, wenn man eine Zivilisation begründet? Hübsche warme Häuser, hübsche warme Restaurants, hübsche warme Toiletten. Was gibt die Zivilisation uns, Buster? Temperatur. Wärme. Sauerstoff. Licht. Und was machen wir mit alldem, mit all dieser *Energie*, der Fettschicht, den Reserven fürs ganze Jahr? Wir verbrennen sie, mein Lieber. Wir schüren damit das Feuer in unseren Körpern, Tag und Nacht. Wir verbrennen unsere Reserven, Buster, und denken unsere Gedanken, und Ruhe finden wir erst, wenn wir tot sind. Die Zivilisation löst keine Probleme, Buster. Sie erinnert uns nur an all die Probleme, die wir nicht gelöst haben. An das, was wir nicht haben. An das, was wir nicht gewesen sind. An das, was wir nicht ausgegeben haben. An all die Mädels, mit denen wir nicht im Bett waren. Es ist nie zu Ende, Buster. Immer denke ich, daß es eines Tages endet, aber es geht immer nur weiter.«

»Quäl dich doch nicht so«, sagte Buster unglücklich. »Schalt ab, Mann. Schalt dein verdammtes Hirn einfach *ab.*«

In Petes Augen loderte ein Feuer, das alles verbrannte – sich selbst wie alles, was sie sahen.

»Aber Buster«, sagte er. »Wenn du wirklich abschalten willst, was du bist, dann mußt du so tun, als ob du gar nicht auf der Welt bist.«

Und dann ging Whistling Pete mit einem dumpfen Schlag zu Boden.

Sie begruben Whistling Pete in dem Teich, in dem er zum ersten Mal mit seinem Vater fischen gegangen war. In das Eis wurde ein Loch geschnitten, und dann versenkten sie Petes nackten Leichnam in den geheimnisvoll gurgelnden Wassern. Am Rande der kleinen Trauergesellschaft schluchzten einige wenige schwarz verschleierte Pinguinetten leise in ihre schwarzen Satintaschentücher.

Als der Grabdeckel aus Eis wieder aufgesetzt war, sprach jeder von Petes Freunden und Verwandten ein paar Worte. Meist waren es nur mühsam hervorgebrachte, ungelenke Beileidsbekundungen, etwas wie: »Wir werden ihn vermissen« oder »Keine Arbeit war ihm zuviel, und immer war er für seine Familie da«, begleitet von einer angedeuteten Verbeugung, so als unterzeichneten sie einen Formbrief. Der letzte, der vortrat, war Petes Vater, der am Morgen von der Kanariinsel, wo er seinen Ruhestand verbrachte, herübergeschwommen war. (Petes Mutter war zwei Jahre zuvor einem Skiunfall zum Opfer gefallen.)

»Whistling Pete war ein guter Junge«, sagte sein Vater mit brüchiger, stockender Stimme und versuchte von dem Bogen Kanzleipapier zu lesen, den er in zitternden Händen hielt. Er trug ein ausgebliches graues Flanellhemd, eine schwarze Strickmütze und eine Zweistärkenbrille mit Metallgestell. »Er hat stets seine Eltern geachtet, war ein guter Schüler und half seiner Mutter bei der Hausarbeit. Manchmal hat er es mit der Wahrheit nicht gar so genau genommen, aber so war er eben. Er fand die Wahrheit ein bißchen langweilig, und da wollte er sie eben ein bißchen schöner machen; das war doch gut gemeint, irgendwie. Manche Leute haben es vielleicht selbstsüchtig gefunden. Aber ich denke mir, er hat einfach alles gegeben, was er hatte, weil er das Leben so sehr geliebt hat.«

Plötzlich begann Mr. Pete zu schluchzen, und die ganze Trauergesellschaft verstummte.

Buster trat heran und flüsterte Mr. Pete etwas ins Ohr.

»Nein, nein, schon gut«, wehrte sich Mr. Pete und schüttelte seinen großen Bogen Papier in Richtung Buster, als ob er Fliegen verscheuchte. Dann wischte er die Brille an seiner Strickmütze ab, faltete das Blatt zusammen und steckte es in die Westentasche.

»Ich wollte nur sagen, daß Whistling Pete, als er klein war, immer anständig zu seiner Mutter und seinem Vater war, und so werde ich ihn im Gedächtnis behalten.«

## 5

## Das Land der Mitternachtssonne

In der Stille, die nun wieder in ihre Maisonettewohnung eingekehrt war, waren Buster und Sandy sorgsam, geradezu verbissen darauf bedacht, die Verantwortung für jegliche Arbeit, die anfiel, genau zu teilen.

»Nein, Liebling«, protestierte Buster zum Beispiel und lehnte sich vor, um ihr einen Kuß hinters Ohr zu hauchen, »heute bin *ich* mit dem Abwasch dran. Du hast letzte Woche zweimal hintereinander abgewaschen.«

Abend für Abend saßen sie im Wohnzimmer, nippten an ihrem Darjeeling, knabberten frischgebackene Lebkuchen und lauschten dem BBC World Service. Im Baltikum, an der Adria, in der Sahara, in Südafrika und Taiwan, überall ging die alte Ordnung in die Brüche. Währungen verfielen, Aktienkurse erreichten nie dagewesene Höhen. Präsidenten, Geschäftsleute, Hochstapler und Könige setzten sich groß in Szene. »Bevor die Zivilisation kam«, hatte Whistling Pete immer gesagt, »da hatten wir überhaupt keine Zeit zu sehen, was wir alles nicht hatten. Jetzt haben wir alle Zeit der Welt und können uns endlos Sorgen um Sachen machen, die wir doch nicht behalten können.« Seit der Beerdigung hörte Buster oft Petes Stimme; sie schlich sich von hinten heran wie der Widerhall einer Erinnerung.

Manchmal lag er nachts wach und lauschte den Düsenflugzeugen, die über den Himmel zogen. Manchmal erzitterte die ganze Wohnung, wenn wieder einmal eines die Schallmauer durchbrach.

»Sie verstärken die McMurdo-Marinebasis«, sagte er zu der schlummernden Sandy, »sie kommen mit riesigen Kriegsschiffen und Flugzeugträgern. Sie legen Atommülldepots an, Raffinerien, Funkstationen und Mannschaftsquartiere. Es kommen immer mehr, obwohl sie überhaupt nicht wissen, was hier draußen ist. Sie kommen überallhin, bis es nirgends mehr eine Ecke gibt, an der sie nicht sind.«

Morgens vor der Arbeit machte Buster lange Spaziergänge, wanderte ziellos durch das öde Land, fest in seinen Parka aus Seehundfell und in kratzige wollene Unterwäsche gepackt. Er wußte, das war der Traum, den Pete geträumt hatte, und als er versuchte hatte, ihn zu verwirklichen, hatte es ihn das Leben gekostet; und wenn er, Buster, es nun ebenfalls versuchte, würde auch er umkommen. Kein Traum von Wohlstand und Bequemlichkeit, sondern vom kargen Leben ohne festen Wohnsitz. Buster stieg auf Berge und durchquerte Flüsse. Er schlitterte über Eisflächen und Schollen, hüpfte von einer zerklüfteten Landspitze zur nächsten. Manchmal verirrte er sich und kam zu spät zur Arbeit und erhielt dafür drei inoffizielle Warnungen und eine offizielle Rüge. Noch eine Beschwerde über ihn oder noch einmal nicht zur Arbeit erschienen, und er könnte gehen. Sie würden sich auf keine Entschuldigung mehr einlassen.

Am Abend saß er mit Sandy zusammen, und sie mühte sich, ihn zu verstehen.

»Weißt du, was du da tust?« fragte sie. Sandy zündete Kerzen an und hatte ein Käsesoufflé im Ofen. Sie trug eine Perlenkette, Latex-Radlerhosen und eine Badehaube aus Plastik – sie wußte, daß sie in diesen Sachen wirklich umwerfend aussah.

»Eigentlich nicht«, antwortete Buster. Er saß am Kamin und wartete. Er konnte nicht sagen, worauf er wartete, aber er wußte, daß es bald kommen würde. »Allerdings versuche ich, mir nicht zu viele Sorgen zu machen. Wenn es geschieht, dann geschieht es eben.«

»Ich übernehme morgen nochmal den Einkauf, wenn es dir recht ist. Soll ich dir irgendwas mitbringen?«

Buster dachte eine Weile darüber nach, so als gelte es, ein besonders kniffliges Rätsel zu lösen.

»Eigentlich nicht«, sagte er zum zweiten Mal. »In letzter Zeit fällt es mir ziemlich schwer zu überlegen, was ich am nächsten Tag vielleicht brauche.«

Am folgenden Morgen kamen die Soldaten wie eine Erlösung.

Buster hatte einen großen Eisberg erklommen und stand allein hoch oben über dem Dorf, eine schüchtern-ehrfürchtige grazile Gestalt, und sah zu, wie aus den glitzernden Stahlbäuchen der Flugzeuge die Männer in ihren hellen Polaruniformen purzelten. In weißem Muster blühten die Schirme auf, und die Fallschirmspringer landeten, liefen und befreiten sich mit ein paar sicheren Griffen von ihren zusammensackenden Nylonglocken, zogen die Pistolen aus ihren Halftern und stießen im Chor ihre Schlachtrufe in die graue Luft.

In Grüppchen und Gruppen kamen die benommenen Pinguine aus ihren Häusern gewatschelt, rieben sich die Augen im grellen Licht der Suchscheinwerfer und Leuchtraketen. Sie hoben schon die Flossen, bevor sie noch wußten, wem sie sich ergaben oder warum. Naturgewalten, dachten sie wohl. Irgendein Teil der Welt, von dem sie nichts gewußt hatten und an den sie nicht gehörten.

Binnen weniger Minuten waren sie in Drahtverhauen zusammengetrieben, alle noch in Schlafanzug und Strickmütze. Sie gaben keinen einzigen Schuß zu ihrer Verteidigung ab, und nicht ein einziger Wut- oder Protestschrei wurde laut.

»Es ist nicht fair, alles nur dem Testosteron anzulasten«, hörte Buster eine Stimme aus dem Nichts sagen. »Es geht schließlich nicht um Männer gegen Frauen, nicht einmal um Menschen gegen Tiere. Es sind Tiere gegen Tiere, und *das* kann einem schon angst machen. Tiere kämpfen gegeneinander, gegen ihre innerste Natur.«

Eine frische Morgenbrise, die Eiswolken aufwirbelte, hatte diese Stimme herangetragen. Buster hatte schon seit Wochen mit so etwas gerechnet.

Er beobachtete, wie sich weit unten in dem winzigen Dorf die Jeeps und Panzer formierten. Arbeiter in orangeroten Parkas stellten hohe hölzerne Masten mit Bogenlampen auf.

Das wäre der Augenblick, ging es Buster durch den Kopf, an dem ein echter Held seine Komplotte zu Aufruhr und Meuterei schmieden würde.

»Man muß natürlich realistisch sein und einsehen, daß man in manchen Situationen einfach nicht viel tun kann«, sagte die Stimme hinter ihm. »Man kann sein Bestes geben, aber mehr auch nicht. Man tut sein Bestes und versucht dann, hinterher nicht allzu hart zu sich selbst zu sein.«

Buster blickte sich um. Der große schwarze Rabe saß auf einer halb geknickten Eisenstange.

»Was macht denn ein schwarzer Rabe am Südpol?« fragte Buster.

Der schwarze Rabe beobachtete die Fußtruppen unten im Dorf.

»Ja was meinst du wohl, was ich hier mache? Ich frier' mir den Arsch ab, das mache ich hier.«

# Dritter Teil

## *An den Enden der Erde*

# 1
## Gottes Wille

Sie kämpften sich durch wütende Unwetter und eisiges Schneegestöber. Sie kamen durch Gegenden, die so weiß waren, daß ihnen alles vor Augen tanzte. Sie kamen durch Gewitterstürme und Meteoritenhagel. Sie wußten nicht einmal, wohin sie unterwegs waren. Nur eins wußten sie – daß sie nicht zurückkonnten.

Am Ende erreichten sie einen halbverfallenen Handelsposten am Rande der Kantchung-Halbinsel, den ein drahtiger, geschäftiger Otter namens Dave betrieb.

»Was kann ich für euch tun, Jungs?« fragte Dave und bot ihnen einen Tisch direkt am glühenden Kohlenfeuer an. »Tee, heiße Schokolade, Straßenkarten, Unterkunft?«

»Im Augenblick-k-k m-m-möchten wir nur g-g-gern ein w-wenig am F-F-F-Feuer sitzen«, schnatterte Buster, dem vor Kälte der Schnabel klapperte. Er wedelte mit den Flossen, um das Blut in den Adern wieder zum Fließen zu bringen, und stampfte sich die dicke Eiskruste von den Stiefeln. »Ich g-g-glaube, mir ist das H-Hirn eingefroren.«

Dave wischte sich die Hände an seiner schmutzigen Schürze ab und beäugte Charlie mißtrauisch.

»Und du, mein Freund? Möchtest du etwas bestellen? Oder seid ihr zwei nur gekommen, um mir Gesellschaft zu leisten?«

Charlie warf einen grimmigen Blick auf die Speisekarte und schnippte sie dann über den groben Holztisch.

»Ein Doppelzimmer«, antwortete er knapp. »Zweimal Frühstück ohne Ei und zwei Lunchpakete zum Aufbruch. Und für den Augenblick, *mein Freund*, einen großen Jameson's, pur.« Charlie lehnte sich über den Tisch und erwiderte Daves starren Blick so starr, wie er nur konnte. Er stupste Buster mit seinem eisigen Flügel an.

»Und du? Ein Schnäpschen, damit dir wieder warm wird?«

»Ich w-w-weiß nicht, Ch-Ch-Ch-Charlie, ich k-k-k-kann mich einfach nicht entsch-scheiden.«

Charlie und Dave saßen sich weiterhin in einer Art Starrduell gegenüber. Überall in dem kleinen, vollgestopften Iglu roch es nach Urin, totem Fisch und verfaulendem Grünzeug.

»Dann *zwei* große Jameson's«, bestellte Charlie ohne das kleinste Blinzeln. »Und wie gesagt – kein Eis, verstanden?«

Daves Handelsposten machte zwar wenige, doch dafür um so einträglichere Geschäfte mit den einheimischen Wühlmäusen und Goldhamstern. Die dort ansässigen Nager konnten ihr Glück gar nicht fassen, stupsten sich gegenseitig und grinsten sich an, während Dave ihre Funde auf einer kleinen, einfachen Waage, Marke Trojan, wog.

»Drei Unzen Gold«, sagte Dave mit ruhiger Stimme. »Das wären, Moment« – er kritzelte bedächtig etwas auf einen gelben Schreibblock – »drei wunderschöne erntefrische Getreidekörner. Na, was soll's sein, Jungs? Reis, Maiskörner, Weizen oder was sonst?«

Die Nager bekamen ihre Einkäufe in weißes Wachspapier gewikkelt und kicherten auf dem Weg nach draußen unverhohlen.

»Stell dir das vor«, beglückwünschten sie sich vor der Tür, »der tauscht Steine gegen Essen! Nicht zu fassen, was es alles gibt.«

»Was sind die Wühlmäuse doch für Glückspilze«, murmelte Charlie zynisch nach seinem dritten Jameson's. Buster war eingeschlafen, den Kopf auf dem Tisch, und schnarchte laut. »Was sind das nur für Glückspilze.«

Charlie genoß den Augenblick angespannter Stille, den diese Bemerkung ihm einbrachte. Er konnte spüren, wie die Wut sich aufbaute.

»Hast du da vielleicht was dagegen, Kumpel?« Dave brachte seine neuesten Einnahmen in einem Stahlschrank in Sicherheit und schloß die Tür mit einem abrupten kleinen Schlag. »Man nennt das Handel, mein Freund. Tauschwert, festgelegt nach den Gesetzen der freien Marktwirtschaft. Die Wühlmäuse legen sich Vorräte für den Winter an, und ich lege mir ein wenig Geld auf die hohe Kante, damit ich früher in Ruhestand gehen kann – was könnte fairer sein? Ich will mir nämlich eine tropische Insel zulegen. Irgendwo im Südpazifik. Du kannst mir glauben, den Südpol hier, den habe ich so bis obenhin, daß ich kotzen könnte.«

Charlie wühlte tief in den Taschen seines Parkas und holte etwas hervor, eines der besten unter den Stücken, die er im Laufe der Jahre von Frisierkommoden, aus Juwelierläden und bei Straßenhändlern geklaut hatte.

»Wieviel würdest du mir dafür geben?« Charlie knallte es auf den Tisch wie ein Ausrufezeichen.

Dave kam herüber, eine funkelnde Optikerlupe ins rechte Auge geklemmt. Er ließ Charlies glitzernden Stein durch die Finger gleiten und schnalzte ein paarmal mit der Zunge.

»Nicht übel«, sagte er.

Charlie trank sein Glas aus und stellte es zum Nachfüllen hin.

»Die Menschen haben die Westküste überfallen und arbeiten sich in diese Richtung vor«, sagte er zu Dave und den in diversen Stadien der Teilnahmslosigkeit dasitzenden Besuchern des Handelspostens – ein paar betrunkenen Wühlmäusen, einem Fuchs mit steifem Bein und einem abgerissenen Eskimomädchen in einem Karibupelz, auf dem Moos wuchs, und einem Kleid aus Sackleinen voller Kaffeeflecken. »Sie haben Panzer, Stacheldraht, Elektrozäune, Geschichtsbücher, Handelsminister, Firmensprecher und einen Haufen dummer Soldatenjungen, die nur ihren Spaß wollen. Sie sperren jeden Pinguin ein, der ihnen in die Finger kommt, und gerade bringen sie ihnen bei, wie man mit Schneepflügen und Computern umgeht. Nicht mehr lange, dann werden die Pinguine vom Internationalen Gerichtshof anerkannt. Von da an müssen sie ihre Beiträge zum Währungsfonds leisten und bekommen eigene Arbeitsanzüge und Hubschrauber. Damit sind sie dann legitimiert und werden losgeschickt, um die Seehunde zu kultivieren, und die Seehunde wiederum kultivieren die Walrosse, und so weiter und so fort, ad nauseam et cetera. *Klick klick klick* – in Südostasien hat man es, glaube ich, den Dominoeffekt genannt.«

Dave fuhr sich mit dem bläulichen Diamanten über die Wange, so als tue es ihm wohl auf seiner rissigen, trockenen Haut.

»Tatsächlich?« erwiderte er gedankenverloren. Er träumte von seiner Insel im Südpazifik, wo er ein wunderbares Strandhotel mit Fünf-Sterne-Küche *(nouvelle cuisine)* und Satellitenfernsehen auf allen Zimmern errichten wollte. »Was du nicht sagst – Menschen, die ihren Spaß wollen? Was du nicht sagst.« Dave trommelte mit den Fingern auf die grob gehobelten Bohlen der Bar. Ta-ta-ta-ta-*tam*.

Er dachte noch einen Moment lang darüber nach, dann fügte er hinzu: »Da müßten doch ein paar gute Geschäfte für jemanden drinstecken, den wir hier sehr gut kennen.«

Buster träumte von Sandy, Estelle, Whistling Pete und Pete junior. Sie stiegen einen sanften, verschneiten Hügel hinauf und zogen an einem ausgefransten Seil einen Holzschlitten hinter sich her.

»Laß uns nach Hause gehen«, flehte Pete junior. »Ich will nach Hause, Dad.«

Buster wechselte Blicke mit Sandy und Estelle. Die beiden Frauen hielten sich bei den Händen, seltsam vertraut, und sie trugen graue Latzhosen und rote Flanellhemden.

»Laß uns noch ein wenig höher steigen, ja?« Whistling Pete wies mit seinem Fäustling auf eine Baumgruppe hoch oben, schon halb in den Wolken. »Nur noch ein kleines Stück, und dann gehen wir alle zusammen nach Hause, und es gibt Pfannkuchen und heißen Tee...«

Buster fuhr aus dem Bett in dem engen, stickigen Zimmer auf, und das Herz klopfte ihm von der Anstrengung, die er im Traum gespürt hatte. Die Luft war drückend und schwer, die Matratze feucht, klumpig und hart. Er wollte sein kratziges Kissen aufschütteln.

»Verdammt nochmal«, knurrte Charlie. »Nun paß doch auf. Das ist mein Rücken.«

»Verzeihung«, sagte Buster und setzte sich auf. Er griff zum Wasserglas auf dem wackligen Nachttisch. Der Wind wunderte sich und pfiff sein Lied.

Schon vor Morgengrauen zogen sie sich an und tasteten sich über die dunkle, schiefe Treppe nach unten. Auf dem Flur lag der lahme Fuchs und schnarchte. Eine schwache Kerze funkelte gelblich hinter der Bar, wo Dave der Otter auf einem Taschenrechner den Gewinn des Vorabends addierte.

»Guten Morgen«, sagte Dave gutgelaunt. »Und wie haben die Herrschaften die Nacht verbracht?« Daves Umgangston war um Klassen freundlicher geworden, seit Charlie ihm den bläulichen Diamanten überreicht hatte.

»Zwei schwarze Kaffee«, kommandierte Charlie. »Und zwar presto.«

Sie setzten sich wieder an den Holztisch, tranken Kaffee und aßen klitschige Teilchen, eine Art Croissants, dazu. Neben ihnen im Dunkeln saß das Eskimomädchen mit einer dicken zusammengeknäulten Angelschnur, die sie entwirrte und ordentlich um eine graue Pappröhre wickelte. Zwischen dem fettigen, verfilzten Haar und den schweißfleckigen Fellen, in die sie gewickelt war, konnten die beiden das Weiße ihrer Augen zu ihnen herüberblitzen sehen.

Das Eskimomädchen lächelte und zeigte ihre gelben Zahnstummel.

»Komm her und laß dich drücken, kleiner Schwarzer«, sagte sie und fuhr sich mit dem Handschuh aus Seehundfell über den rechten Schenkel. »Kostet dich nichts. Einfach nur, weil ich dich mag.« Sie sagte das so mechanisch, daß es wie die einfachste Sache von der Welt klang. Als sähe man Erbsendosen vom Fließband rollen.

Charlie ging nicht darauf ein, er war ganz mit seinem schwarzen Kaffee beschäftigt. Binnen Augenblicken bemerkte Buster, wie die amourösen Angebote sich in seine Richtung verlagerten.

»He, also ich meine, danke für die Einladung«, sagte Buster. »Aber weißt du, ich hab' die letzte Zeit eine Menge durchgemacht, und na ja. Ich glaube, das mit dem Sex ist einfach nichts mehr für mich. Ist das schlimm?«

Das Eskimomädchen strich seine Pelze glatt und wandte sich wieder der verhedderten Angelschnur zu. Sie wischte sich mit ihrem haarigen Arm den Schweiß von der Stirn.

»Ihr seid in die falsche Richtung unterwegs, ihr Spatzenhirne«, sagte sie nur mit einer Handbewegung in Richtung der weißen Einöde. »Da draußen gibt's nirgends Tische und Stühle. Keine Restaurants, keine Tankstellen. Keine Zeitungen, Regierungen, Vorstädte, Uhren. In so einer Gegend, da verliert man den Verstand. Das könnt ihr mir glauben, Vögel. Ich heiße Muk Luk, und ich kenne mich aus.«

Dave der Otter half ihnen Parkas, Schneeschuhe und Mützen anlegen. Er schnürte ihnen die Nylonrucksäcke fest und stopfte sie mit Lunchpaketen und Vorräten voll, zwei Flaschen Jameson's (die Banderolen in dubiosem Zustand), drei Stangen Esbit und einer Schachtel Streichhölzer.

»Schaut doch mal wieder vorbei«, sagte Dave und klopfte ihnen noch den Staub von den Schultern. »Vergeßt nicht – Daves Handelsposten ist *immer* für euch da.«

Muk Luk lud einen großen, prähistorisch wirkenden Fisch von ihrem Schlitten. Er hatte kantige, schiefe Zähne, farblose Barteln und groteske Auswüchse an den Flossen, wie geballte Fäuste.

»Tolles Essen«, sagte Muk Luk stolz. »Massenhaft Protein für mich und alle Freunde, die mitessen wollen.«

Charlie stolzierte an ihr vorüber, ein wenig unsicher auf den Beinen.

»Bye-bye«, sagte Charlie.

Der Sturm war vorüber, und der Himmel war wie blankgeschrubbt. Bleiche Gletscher säumten den Horizont. Ohne ein weiteres Wort machten Charlie und Buster sich auf den Weg in die Einöde.

»Ich hab' euch vor der Tundra gewarnt«, rief Muk Luk und folgte ihnen mit ihrem klapprigen Schlitten, den ein eifriger, ungeimpfter Husky namens Rick zog. »Grausige Mächte warten da draußen, Mächte, die noch viel gerissener sind als unser Freund Dave der Otter. *Nuk-nuk*, die Geister da draußen, die sind listig. Da draußen im farblosen Eis, da wird euer warmes Fleisch viele Bewunderer finden.«

»Danke für die Warnung, Muk Luk«, rief Charlie ihr über die Schulter zu. »Schreib uns mal.«

»Möge der Große Weiße Geist euch vor all den kleinen bösen Geistern bewahren, die da draußen lauern«, sagte Muk Luk. Mit einem dumpfen Scheppern der Töpfe und Pfannen brachte sie ihren Schlitten zum Halten und verabschiedete sich mit einem raschen Knicks.

»Paß gut auf dich auf, Schwarzer«, fügte sie leise hinzu. »Muk Luk findet dich süß, irgendwie.«

Charlie wirbelte bei jedem Schritt Eiswolken auf, die Buster in Augen und Gesicht brannten. Ringsum wurden Wetter und Landschaft immer diffuser.

»Übrigens, Charlie«, meldete sich Buster zu Wort, »wohin gehen wir denn nun eigentlich? Ich will dir nicht auf die Nerven fallen, aber das wüßte ich doch gern.«

»Es kommt nicht darauf an, wohin wir gehen«, antwortete Charlie. »Es kommt darauf an, was wir hinter uns lassen.« Charlie machte eine Handbewegung zum düsteren Horizont vergangener Zeiten, wo Muk Luk, ihr Hund und ihr Schlitten schon zu winzigen schillernden Flecken geschrumpft waren.

Muk Luk winkte noch einmal zum Abschied.

*»L'amant de neige«,* murmelte sie unglücklich. Sie wischte eine gefrorene Träne fort und sah den beiden kleinen Vögeln nach, bis sie im endlosen Weiß verschwunden waren.

Dann wendete Muk Luk ihren alten Schlitten und fuhr nach Hause.

»Das verstehe ich einfach nicht, Charlie«, sagte Buster und stolperte in seinen viel zu großen rosa Schneeschuhen über die verharschten Flächen. »Wenn wir die anderen warnen wollen, daß die Menschen kommen, warum gehen wir dann in Gegenden, wo es überhaupt niemanden zu warnen gibt? Ich meine nur, Daves Handelsposten ist ja nicht gerade Boston, Massachusetts, oder?«

»Die Antwort ist ganz leicht«, erwiderte Charlie und stapfte verbissen voran, als gelte es, Falschgeld einzustampfen. »Ich bin Aktivist, ich kämpfe für die Befreiung der Tiere, und mein Ziel ist es, meinen Brüdern überall auf der Welt ein tierwürdigeres Leben zu ermöglichen. Andererseits, weißt du, muß ich auch einfach mal *Ruhe* haben.«

Von Zeit zu Zeit flog ein stahlgrauer Militärjet über sie hinweg und hinterließ einen klaren, rötlichen Kondensstreifen. Wenn sie merkten, daß eine Maschine im Anflug war, krochen Buster und Charlie unter ihre weiße Tarndecke und knabberten verstohlen an feinen Butterbroten oder Vollkornkeksen mit Schokolade.

Charlie gestikulierte mit einer Weißbrotkruste.

»Das ist ein Mirage-F1CR-200-Aufklärer, Buster. Neun Meter Spannweite, Auftankmöglichkeit in der Luft, Infrarotkameras mit vollcomputerisierter Bildauswertung. Das Ding da fliegt besser, sieht besser, kämpft besser als jedes Wesen, das je in der Geschichte unseres armseligen Planeten der Tiere entstanden ist. Ich hab' ja nicht viel für die Menschen übrig, Buster, aber eins muß man ihnen schon lassen. In der Metallverarbeitung, da haben sie wirklich was los.«

Sie zogen durch Gegenden von unerbittlicher Kälte, wo Schneestürme tobten und sie die urtümlichsten Kulturen und seltsame, wilde Dialekte fanden, die nicht einmal Charlie ganz verstand. Einen nomadischen Stamm zottiger Eisbären mit Wolfsmasken, Halsschmuck aus Knochen und rauhen, vermoosten Rastalocken, der ein mit groben Krallen geschnitztes Totem namens Ah verehrte. Eine paranoide Molluskenkolonie, deren Bewohner nur zwei Worte kannten und nur die zwei Dinge, die damit bezeichnet waren: »Fortpflanzen!« und »Sterben!« Ein paar räudige Füchse, eine verrückte Meeresschildkröte, die sich mit einem Backblech paaren wollte, und einen einsamen Albatros, der in den Ästen eines abgestorbenen Baumes döste.

»Sie nennen sich Menschen«, versuchte Charlie sie zu warnen, gestikulierte mit dem Flügel oder zeichnete Bilder in den Schnee, wenn es nicht anders ging. »Sie haben zwei Arme, zwei Beine, zwei Augen und zwei Ohren. Sie gehen auf großen Füßen, gar nicht so viel anders als ich, nur daß sie dabei die langen Arme an den Seiten baumeln lassen. Sie können kaum schwimmen, sie brauchen teure Geräte dazu; sie können nicht fliegen, sie riechen nichts und sind potthäßlich. Aber auch wenn sie häßlich sind und eigentlich überhaupt nichts können, solltet ihr sie nicht unterschätzen. Also, Leute, jetzt sprecht mir mal nach: *Men*-schen, *Men*-schen! Ich sag's noch einmal: *Men*-schen! Und jetzt alle!«

Das ängstliche Grüppchen Stachelhäuter blickte sich verlegen um. Jeder hielt seinen Speer und Schild in einem anderen Winkel.

»Är-sche, Är-sche«, murmelten sie mit heiserer Stimme vor sich hin und traten dabei unruhig von einem Bein auf das andere. »*Är*-sche, *Är*-sche.«

»Nein, nein, nein, ihr Jammerlappen. Wie wollt ihr denn mit den Eroberern fertigwerden, wenn ihr nicht einmal ihren Namen richtig aussprechen könnt? Also los jetzt – und zwar *alle!* Ich *höre* nichts!«

Überall, wohin sie kamen, hielt Charlie flammende Reden, was viele der höherrangigen Wilden mißtrauisch machte. Dorfälteste und Medizinmänner hielten ihm Schrumpfköpfe entgegen oder versuchten ihm seine Redegabe mit Weihrauch oder schwelenden Fakkeln auszutreiben. Sie erklärten Charlie und Buster zu bösen Geistern, falschen Göttern, Hirngespinsten, Ausgeburten böser Alpträume, die in der Nacht über sie gekommen waren.

»Hechte im Karpfenteich«, erklärte Charlie seinen begriffsstutzigen Jüngern und allen, die zufällig vorüberkamen. »Sie nehmen euch eure Bildungschancen, nur damit sie im Vergleich klüger dastehen. Wenn sie wirklich soviel Macht haben, wozu müssen *wir* denn dann auch noch über die Klinge springen, hm? Ich will's euch sagen, ihr schwachsinnigen Urwelt-Dickschädel. Weil die Unterdrückung, die die Menschen bringen und vor der ich euch warnen will, dieselbe immergleiche Unterdrückung ist, mit der eure hiesigen Obermacker euch schon seit Generationen kleinhalten. Schreibt euch das hinter die Ohren, Jungs – Charlies Erstes Gesetz. Hier steht nicht Mensch gegen Tier oder Mann gegen Frau, nicht einmal Proletarier gegen die Bourgeoisie. Hier stehen *wir* gegen *die.*«

Nacht für Nacht weckte man sie, drängte sie, in ihre kratzigen Kleider zu schlüpfen, und stopfte ihnen noch ein wenig pappiges Brot und Pökelfleisch in die Taschen. Dann flohen sie durch die Dunkelheit, und Tiere in Kapuzen setzten ihnen mit flackernden Fackeln und heulenden Wolfsmeuten an langen Lederleinen nach.

»Heilige Makrele, Charlie«, klagte Buster einmal, als die Verfolger ihnen gar zu dicht auf den Fersen waren und seine Fettschwarten schwappten wie nasse Wäsche im Mistral. »Die wollen uns die Eingeweide rausreißen und sie uns auf Spießchen servieren. Es ist ein Ritual bei denen, Schnapp-den-Speck oder so ähnlich.«

»Schnapp und Schmeck«, korrigierte Charlie und zerrte Buster in eine eisige Öffnung, die sich unvermutet auftat, einen höhlenartigen Durchgang.

»Au, au, au, Charlie!« jammerte Buster und wand sich. Die obere Körperhälfte steckte im Dunkel, doch Bürzel und Füße ragten in die Luft, ganz der tobenden, böswilligen weißen Welt ausgesetzt. »Hilf mir, ich sitze fest.«

»Nun komm schon, Buster, keine albernen Spielchen bitte.« Charlie packte Buster am gesträubten Kragen, holte tief Luft und *zog*.

»Au, au, au, Charlie, glaub mir, ich sitze wirklich *fest*!«

»Du sitzt nicht fest, Dummkopf. Du bist nur zu verkrampft. Jetzt atmest du erst mal tief durch, und dann ent*spannst* du dich.«

»Entspannen, Charlie? Ist das jetzt etwa die Gelegenheit, sich zu ent*spannen*?«

Busters Pupillen waren vor Furcht so groß geworden, daß er nun in die finstere Höhle mit ihren Stalagmiten hinabsehen konnte. Hinter ihnen im Dunkel kam die Rotte tobender Wildschweine herangedonnert, und sie schwangen die flammenden Fackeln wie ein Mörder seine Keule.

»Alle Eindringlinge müssen sterben!« brüllten sie. »Und *ganz besonders* der Pinguin!«

Buster atmete tief durch, schloß die Augen und spürte, wie sein Darm sich mit einem Platschen entleerte.

Genau im gleichen Augenblick packte Charlie seinen Freund am Hals und zerrte mit aller Kraft – und mit einem quatschenden Geräusch landete Buster in der eiskalten Höhle, gerade als die Schweine oben über die Spalte hinwegstoben.

»Das war haarscharf«, sagte Charlie und ließ sich mit einem Seufzer auf Busters heftig atmenden Bauch sinken.

Gebrochenes Sternlicht funkelte in der Höhle wie Glühwürmchen. Buster roch den beißenden, säuerlichen Gestank seiner Fäkalien, ein großer brauner Fleck oben im Schnee.

»Wo sind wir hier?« fragte Buster.

## 2

## Liebeskummer

Muk Luk verbrachte ihre einsamen und sehnsüchtigen Tage nicht weit von Daves Handelsposten in einem gefährlich windschiefen Wohlfahrtsiglu aus Eis, Maschendraht und Styroporverpackungen. Sie war der einzige Eskimo ihres Stammes, der auf das Angebot der US-Behörden, ihr eine Sozialwohnung am Südpol zu stellen, eingegangen war (das Federal Housing Program sparte Unsummen, indem es nur Wohnungen an Orten anbot, an die nicht einmal die Bedürftigsten ziehen wollten), und es hatte nicht lange gedauert, bis sie in dieser fremden neuen Welt ihren ältesten, vertrautesten Gefühlen erlegen war, der Einsamkeit und der Abstumpfung. An manchen Morgenden war sie so niedergedrückt, daß sie gar nicht erst aus dem Bett kam oder es nicht zum Badezimmer schaffte, um sich die Zähne zu putzen. Sie lag stundenlang einfach nur da, kaute Trockenfleisch und betrachtete sich in einem kleinen Handspiegel, in dessen straßbesetztem Rahmen dick der Dreck saß.

»Du kannst dich noch so sehr rausputzen und noch so viel billige Kosmetika bei deiner Avon-Beraterin bestellen, du wirst trotzdem nie eine attraktive Frau werden«, erklärte Muk Luk ihrem Spiegelbild. »Ganz gleich, wie höflich du bist oder wie sehr du deine Körperflüssigkeiten Fremden anbietest, die Menschenmänner werden dich immer nur verachten, selbst die sexuell ausgehungerten Soldaten, die dich ab und zu hier in den Wetterstationen gebumst haben. Ohne den planmäßigen Einsatz von Daves Whisky, und beträchtlichen Mengen davon, hättest du wahrscheinlich über*haupt* kein Geschlechtsleben. Und wenn du mal ehrlich bist, zu viel ist so ein stockbesoffener Mann ja nicht mehr fähig. Na ja, etwas mehr als die diversen Säuger verschiedenster Provenienz, die du hier schon hergeschleppt hast – oder was eben als Säuger durchgeht –, können sie schon. Ein bißchen besser als die abgegriffenen Männermagazine, die du aus den Mülleimern der Soldatenquartiere holst, oder die verzweifelten Anrufe bei Telefonsex-Nummern oder die gasbetriebenen Vibratoren, die du dir von dubiosen Versandhäusern schicken läßt.«

Wenn sie so in ihren Handspiegel blickte, spürte Muk Luk die Leere in ihrem Herzen, und sie mußte weinen. Was sie sah, sprach all ihren Sehnsüchten Hohn – die haarigen pockennarbigen Wangen, die katastrophalen Zähne, die roten, triefenden Augen.

Ein paar kleine Lichtblicke gab es in ihrem Leben, doch nicht viele. Ihr Husky Rick, der bei ihr schlief und sie wärmte, auch wenn er zu allen Jahreszeiten seine hellblonden Haare in der vollgestopften Wohnung verstreute wie schmutziges Manna. Es gab das flackernde Leuchtschild von Daves Handelsposten auf dem Hügel und ab und zu einen Zigarettenstummel, der aus einem der Militärhubschrauber geworfen wurde, die ständig das Gebiet überflogen. Nachts, wenn billiger Alkohol ihr Mut machte, hatte Muk Luk manchmal sogar so etwas wie Epiphanien; sie stolperte hinauf zum Kamm einer Schneewehe und blickte empor zu den Sternen und Polarlichtern. Ein ganzes Universum vom Licht beherrscht, ein schwindelerregender Wirbel, ein physikalisches Phänomen. Unfaßbar ferne Planeten, von unbekannten Insekten, Vögeln, Blumen, Elefanten und Bäumen bewohnt. Von Unterseewesen, die von Plutonium und Silikon lebten, Wesen, die keinen Mund und keine Augen und keinen Verstand hatten, so daß ihnen alles egal war. Muk Luk lag auf dem Rücken auf dem zusammengedrückten Eis und bestaunte das funkelnde Universum, und dann verfiel sie wieder in ihre stumpfe, alles überwältigende Depression. Sterne zerplatzten dort oben und stürzten ab. Andere explodierten und lösten sich auf. Das Universum war im Grunde nichts weiter als ein einziges Gemetzel, eine unendliche Folge biologischer Zufälle und Katastrophen. Wenn man sich zu sehr von seinem eigenen Körper – der ja nun nicht gerade zum Verweilen einlud – entfernte, dann hatte nichts im Leben mehr einen Sinn. Dann gab es nur noch all das Licht, all die Bewegung, all die Weite, in der man niemals zu Hause war.

Wenn man über das Universum in all seiner Größe und Komplexität nachdachte, dann war es nur logisch, daß das eigene Unglück ohne jede Bedeutung war. Aber das Verrückte war eben, daß das schlicht und einfach nicht stimmte.

Eines Morgens spät im Winter lud Muk Luk eben Vorräte von ihrem Schlitten, als sie in der Ferne ein Motorheulen vernahm. Der schneidende Ton blieb immer am Horizont und schleppte eine lange Federwolke aus gefrorenen Abgasen hinter sich her.

Im Eingang zu Muk Luks Iglu wedelte Rick mit seinem stets optimistischen Schwanz und grinste.

»Du bekommst Besuch«, sagte er. »Was meinst du, Muk Luk, wie stehen die Chancen? Vielleicht kriegst du sogar einen ins Bett.«

Es war ein Standard-Militärjeep, und die beiden Männer trugen abgewetzte weiße Wollparkas, passende Hosen und große dunkle Sonnenbrillen. Ihre Gesichter waren von Sonne und Wind gegerbt.

»Lieutenant Jack Hollister, Ma'am«, stellte der Fahrer sich vor. »Navy-Aufklärungstruppe.« Der Motor des Jeeps blieb auf Touren, so als ob er es gar nicht abwarten könnte, anderswohin zu kommen. »Und das ist mein sowjetisches Gegenstück, Sergeant Juri Ruditjew.«

Hollister salutierte kurz und herablassend, während Juri sich mit hämischer Miene in dem heruntergekommenen Reservat umsah. Verwitterte, verlassene Fertigbau-Iglus. Umgestürzte Mülleimer, verrostete Stahlschlitten. Es stank nach tierischem Urin und ranzigem Walfett.

»Mann, ist das ein Dreckloch hier, meine Scheiße.« Juri hatte einige Monate zwecks Kulturaustausch im Westen verbracht und war nach wie vor ganz verliebt in die bildreiche, wohltönende Sprache der Menschen dort. »Stinkt zum Himmel. Echt zum Kotzen, ey.«

Leutnant Hollister holte ein großformatiges Hochglanzfoto aus der Patronentasche. Er reichte es Muk Luk, und sie wußte sofort Bescheid. Das war die Nachricht, auf die sie ihr ganzes Leben lang gewartet hatte, und sie ging ihr unter die Haut wie ein prickelnder Stromstoß.

»Den Kerl da schon mal gesehen?« fragte Hollister. Er schob seine Sonnenbrille in die Stirn, damit Muk Luk sein mißtrauischer Blick nicht entging. »Wir nehmen an, daß er mit einem kleinen schwarzweißen Pinguin unterwegs ist.«

Muk Luk hielt die Fotografie mit beiden Händen, wie ein Gesangbuch. Wenn sie die Stimme dazu gehabt hätte, hätte sie es singen können. Dann hätte die ganze Welt es gewußt.

»Wir wollen den beiden nichts tun«, sagte Hollister. »Wir wollen ihnen nur helfen, ein paar Sachen besser zu verstehen.«

Muk Luk warf noch einen letzten Blick auf das Bild. Dann verabschiedete sie sich in der Tiefe ihres nun warm gewordenen Herzens davon und reichte es mit einer so gleichgültigen Miene zurück, wie sie nur fertigbrachte.

»Nie gesehen, Fremder«, sagte Muk Luk dem Leutnant.

Und begann, die Vorräte weiter auf ihren Schlitten zu laden.

»Ob ich die schon mal gesehen habe?« echote Dave der Otter. »Teufel, ich wünschte, ich hätte sie nie zu Gesicht bekommen. Aber ich hab' nun mal Mitleid mit den Leuten, nicht wahr? Zwei Mittiere stehen vor meiner Tür, hungrig und frierend, na, und da bitte ich sie natürlich herein. Ich gebe ihnen ein warmes Bett, damit sie sich ausruhen können. Ich höre mir ihre herzzerreißenden Geschichten an. Darauf kommt's doch schließlich an in der Welt. Jüdisch-christliches Erbe, der ganze Kram.«

Leutnant Hollister räusperte sich und zog ein Ringbuch und einen stumpfen Bleistift aus der Tasche. Sergeant Ruditjew war ganz damit beschäftigt, sich ein weiteres großes Glas Stolichnaya einzugießen.

»Prost, ihr alten Suffköppe«, sagte Juri zu den abgerissenen Stammgästen der Bar, hob sein Glas in die Höhe und leerte es in einem Zug.

Draußen im leise rieselnden Schnee preßte Muk Luk ihre Nase an die eisige Scheibe, schirmte ihre Augen mit den Fäustlingen gegen das gleißendkalte Licht ab. Tote Fische hingen zum Räuchern in einem Drahtgestell über dem Kamin, und zwei reisende Schnapsverkäufer waren dabei, ein Grüppchen mißtrauischer Wühlmäuse zu einem Spiel mit gezinkten Karten zu überreden.

»Subversive Literatur, *das* wollten sie verkaufen«, erklärte Dave dem Leutnant, und je stolzer er auf seinen Part in diesem Drama wurde, desto großzügiger goß er sich und den beiden Offizieren nach. »Sie haben mir zwar nichts von dem Zeug gezeigt, aber es liegt doch auf der Hand, oder? Die beiden kreuzen hier auf, abgerissen und halbverhungert. Sie beachten die anderen Gäste gar nicht. Sie bleiben für sich und wollen nichts von Glücksspiel und Mädchen wissen. Sie tun so, als wären sie was Besseres, und reden einen Haufen politisches Zeug daher. Wollen euch anständige Burschen vom Militär schlechtmachen. Das übliche Geschwätz von der Unterdrükkung der Tiere und der ›sogenannten‹ freien Marktwirtschaft. Als ob wir das alles nicht schon tausendmal gehört hätten, was? Ein Haufen subversives Gerede, das keinem Tier je was genützt und nur überall Unruhe und sinnloses Blutvergießen gebracht hat. Ist doch genau wie bei euch Russen, stimmt's? Ihr habt ja am Ende auch eingesehen, daß das alles Unsinn war.«

Juri regte sich nicht, doch war dies wohl eher dem Wodka zuzuschreiben. Er starrte in sein leeres Glas, als treibe er durch ein Mikroskop chemische Studien.

»Nur überall Unruhe«, sagte Juri leise mit der verständnislosen Klarheit des Betrunkenen. »Und sinnloses Blutvergießen.«

Draußen im Kalten hörten Muk Luk und Rick der Husky, wie die beginnende Nacht über den verharschten Schnee auf sie niederfuhr wie ein Stachelrochen, ein funkenschlagendes Flattern der ionisierten Teilchen. Muk Luk spürte, wie die Kälte im Eis des Fensters klickte. Rick lief zwei- oder dreimal im Kreis, um sich warm zu machen.

»Also, entweder folgen wir ihnen jetzt«, brummte Rick ärgerlich, »oder wir gehen wieder ins Bett.«

Aber Muk Luk hatte sich natürlich längst entschieden.

Sie vergewisserte sich, daß die Türen und Fenster ihres Iglus doppelt verschlossen und verriegelt waren, daß der Esbitherd gelöscht und das Radio ausgeschaltet war. Dann wickelte sie sich in ihre gesamte schmuddelige und unordentliche Fellgarderobe und aß alles aus ihrem Kühlschrank, was sie nicht mitnehmen konnte.

Einige Minuten darauf hatte sie Rick den Husky vor den Schlitten gespannt und stob in einer großen Schneewolke davon.

»Ich bin ein Tathund«, schwadronierte Rick, als er erst einmal richtig in Fahrt gekommen war. »Ich unternehme lieber etwas, bevor das Selbstmitleid überhaupt eine Chance hat. Ich meine, daß man es überhaupt ver*sucht*, ist doch viel wichtiger als das, was am Ende dabei herauskommt, meinst du nicht auch? Andererseits wird mir unser warmes Bett natürlich fehlen.«

Sie flogen auf schmalen Stahlkufen dahin durch die weiße Welt. Nun fürchteten sie die starr daliegende Vergangenheit nicht mehr, sie waren unterwegs in eine beflügelnde Zukunft.

»Es gibt Sachen, die lohnen das Leben mehr als der eigene Kummer und das eigene Elend«, predigte Muk Luk dem ewigen Eis. »Und es gibt auch Sachen, die es eher wert sind, daß man für sie stirbt.«

## *3*

## Ein Diskurs über die Natur

Häßlich, brutal und schnell vorüber«, erklärte Leutnant Hollister und steckte sich eine Pall Mall zwischen die Lippen. »Das hat Thomas Hobbes über die Natur gesagt, Juri, und keiner hat es je besser ausgedrückt. Blutige Klauen und Reißzähne, da hast du die Natur auf ihre einfachste Formel gebracht. Eine einzige große Krankheit aus giftigen Insekten, hinterhältigen Schlangen, räudigen

Eichhörnchen und steiniger Erde. Wirf einen Blick auf die Natur, Juri, und was siehst du? Urin und Fäkalien überall. Verfaulende Leichen, madiges Fleisch. Weißt du, woraus die Natur besteht, wenn du erst einmal aus der schützenden Welt unserer Städte, Einkaufszentren und öffentlichen Schulen herausgekommen bist? Die ganze Natur ist eine einzige Jauchegrube. Ein Leichenschmaus für Kannibalen. Fressen und Gefressenwerden. Alle scheißen überallhin und fressen die ganze Landschaft auf. Also erzähl mir nichts von deiner scheißkommunistischen ›Mutter Natur‹, Juri. Das nehme ich dir nicht ab.«

Sie fuhren zurück zur neuen Militärbasis auf der Pinguininsel. Juri hatte den Kopf ans Armaturenbrett gelehnt und stöhnte jämmerlich vor sich hin. »Mamma mia«, röchelte er, »ich brauch' einen Einweiser für meinen Schädel.« Er hatte die ganze Nacht hindurch einen Wodka nach dem anderen getrunken und den ganzen Morgen damit verbracht, sie wieder auszukotzen.

»Weißt du, was wir mit Mutter Natur machen würden, wenn es nach mir ginge, Juri? Wir würden sie fesseln, mit dicken Stricken. Und ihr mit einem kräftigen Stock eins über den Schädel geben. Und dann würden wir sie in einen Eisenkäfig sperren, mit Fernsehen, Polstersesseln, ein paar Dosen kalorienarmem Pepsi. Und wenn Mutter Natur Randale in ihrem Käfig macht? Dann spritzen wir sie mit kaltem Wasser ab und kürzen ihr die Essensrationen. Denn darauf kommt es an, Juri: daß Mutter Natur lernt, was *Disziplin* ist. Sie sollte mal ein Weilchen Dienst bei den guten alten U.S. Marines tun.«

Panzerpioniere hatten eine kurze Pontonbrücke errichtet, die nun die Pinguininsel mit dem Festland verband. Es gab neue Asphaltstraßen und Schotterwege, neue Telefonverbindungen, und einige der wichtigsten Läden hatten aufgemacht. McDonald's. Burger King. Pizza Hut. Safeway. Wal-Mart und Unocal. Die Fischfabrik hatte geschlossen, und an ihrer Stelle stand nun die riesige Halle von Bob's Discount. Die Pinguine arbeiteten als Küchenhilfen in den diversen Fast-food-Läden oder hatten untergeordnete Büroposten auf der neuen Militärbasis.

»Burger King, das ist das Stärkste«, sagte Juri mit einem schwachen Funkeln in den Augen. Dann, kurz und präzise wie ein Kniefall, lehnte er sich über die Seite des Jeeps, um auch noch das letzte Tröpfchen galliger Flüssigkeit, das er in seinem zusammengekrampften Magen hatte, auszuspucken.

»Du weißt doch, wer diesen ganzen Scheiß mit der Liebe zur Natur angezettelt hat, nicht wahr, Juri?« Hollister stellte den Jeep vor der neuen Kommandozentrale ab, praktischerweise gleich neben der ehemaligen Eisschollenbar, die nun als Offiziersmesse diente. »Jean-Jacques Rousseau, der war es. Schon wieder einer von euch bescheuerten Europäern, Juri, aber nimm das um Himmels willen nicht persönlich. Hast du Jean-Jacques Rousseau gelesen, Juri? Ich sage immer: ›Kenne deine Feinde, bevor die Feinde dich kennen.‹«

Hollister zog die Handbremse und sprang aus dem Jeep. Auf dem Weg zur anderen Wagenseite, wo er Juri heraushelfen wollte, öffnete der schon seinen abgewetzten Parka.

»Also wirklich«, sagte Hollister, als er die Schweinerei sah, die Juri an der Flanke des frisch beschlagnahmten Jeeps angerichtet hatte. »Das ist aber nun wirklich verdammt unprofessionell.«

»Jean-Jacques Rousseau war der erste von diesen roten Spinnern, die von Kommunen und friedlicher Koexistenz und nuklearer Abrüstung und dem ganzen Scheiß geredet haben. War besessen von der verrückten Idee, daß die Natur eine wunderbare Sache ist. Geh zurück zur Natur, hat er gesagt. *Eins* werden mit Mutter Natur. Küß die Erde, bums die Indianer, heirate einen Baum. Jean-Jacques Rousseau war übrigens, wie er selbst eingestanden hat, ein Onanist, Lügner, Dieb und womöglich sogar homosexuell. Gott, manchmal weiß ich wirklich nicht, welche von beiden ich mehr hasse. Die verfluchten Kommunisten oder die verfluchten Schwuchteln. Homosexualität, das ist so – ich weiß auch nicht. So *natürlich*, müßte man sagen. So durchtränkt mit der ganzen Widerwärtigkeit der Natur, dem ganzen Schmerz und Durcheinander. Arschficker, Juri. Das sind die Leute, die unsere schöne Welt kaputtmachen. Eine Horde zurückgebliebener Typen, Tiere praktisch, die ein Loch nicht vom anderen unterscheiden können.«

Leutnant Hollister zog an seiner Pall Mall, ließ sich mitreißen von der warmen Rechtschaffenheit seiner eigenen Stimme. Er hörte Juri neben sich schnarchen; der Warteraum war in schreienden Farben gehalten und so hell ausgeleuchtet, daß es schon weh tat. Das war wirklich ein tolles Gefühl, dachte Leutnant Hollister. Ein tolles Gefühl, wenn man endlich verstand, wie das mit der Natur in Wirklichkeit war.

»Der General wird Sie jetzt empfangen.«

Leutnant Hollister blickte auf. Die Vorzimmerdame sah gar nicht schlecht aus für ihr Alter. Sie hatte einen Hauch Rouge aufgelegt und trug einen engen Spitzenrock, in dem ihr bemerkenswert dicker, wabbeliger Hintern gut zur Geltung kam.

Leutnant Hollister mochte Mädchen mit dicken Hintern. Gerade die einheimischen.

»Danke, meine Liebe«, sagte Hollister und gab dem schlummernden Juri einen kleinen Stups. Er spürte, wie seine Brust vor Selbstvertrauen schwoll. Es war, als ob man bei einem Glas Champagner die Perlen an der Oberfläche einatmete.

Das neugewonnene Selbstvertrauen nahm nun auch in Worten Gestalt an.

»Darf man fragen, wie du heißt, Schätzchen?«

Die Pinguindame bedachte ihn mit einem alles andere als erfreuten Blick.

»Ich heiße Sandy, Sir. Und ich will Ihnen gleich mitteilen, Sir, daß ich schon verheiratet bin.«

General Heathcliff war bester Laune. Erst vor zwei Wochen hatte er, nachdem er das Rationalisierungsprogramm im Londoner Zoo mit solchem Erfolg zu Ende gebracht hatte, diesen neuen Posten übernommen, der ihm einen höheren Dienstrang, besseres Einkommen und die freie Auswahl unter den Eingeborenenmädchen bescherte. So kam es, daß General Heathcliff sehr, sehr glücklich war. Da machte es ihm kaum noch etwas aus, daß er dafür in die Antarktis mußte.

»Das sind anständige Leute«, verkündete der General großmütig und ließ eine Dose Nüsse herumgehen. »Freundliche Leute. Einfache Leute. Wißt ihr, was so ein Pinguin sich vom Leben erhofft, Jungs? Ein leckeres Abendessen aus Grünzeug und Makrelen. Ein Klo, in dem er nicht friert. Und vielleicht noch ein bescheidenes

Eckchen draußen, wo der Schneepflug nicht hinkommt. Pinguine machen sich nicht verrückt mit viel zu großen und viel zu teuren Ambitionen, so wie wir Menschen. Mit unseren teuren Autos oder Luxusjachten. Pinguine genießen das einfache Leben auf eine Weise, wie es uns, dem korrupten Homo sapiens, niemals gelingen wird. Ich will ihnen das nicht verderben, versteht ihr? Wenn ich in ein, zwei Jahren von der Pinguininsel fortgehe, dann will ich es in dem Bewußtsein tun, daß ich diese Pinguine so süß und unschuldig zurücklasse, wie sie an dem Tag waren, an dem ich hier ankam. Versteht ihr, worauf ich hinauswill, Jungs? Begreift ihr eigentlich, um wieviel wichtiger die *Qualität* des Lebens ist als dessen *Quantität*?«

»Absolut, Sir. Genau, was ich auch immer sage.«

Hollister unterdrückte ein Gähnen, das aus seinen tiefsten Tiefen heraufdrang, aus dem Bauch und von den Zehenspitzen. Juri war wieder eingeschlafen und schnarchte leise an Hollisters linker Schulter.

Der General redete und redete, und das schmucke, unpersönliche Büro wurde immer blasser und undeutlicher.

»Ein wenig Wissen ist ein gefährlich' Ding, und davor möchte ich diese süßen kleinen Pinguine beschützen. Vor dem Wissen, Jungs. Vor dem intellektuellen Geschwafel, das ihren armen kleinen Köpfen nichts als Kummer bereiten wird.« Der General nagte an einer großen trockenen Paranuß. Er stand von seinem Platz auf und kam mit einem freundschaftlichen Schulterzucken zu den beiden herüber. »Und ich brauche euch ja wohl nicht zu sagen, daß es, auch wenn wir in letzter Zeit auf dem diplomatischen Feld international sehr erfolgreich waren, da draußen noch ein paar ziemlich unangenehme Zeitgenossen gibt. Leute, die zuviel reden. Leute, die glauben, sie wüßten auf alles eine Antwort. Leute, die keinen Sinn für das haben, was sich gegenüber Autoritäten gehört. Leute, die nicht an unsere freie Marktwirtschaft glauben. Ich denke mir, ihr Jungs wißt ziemlich genau, wen ich meine.«

General Heathcliff setzte sich auf die Kante seines schwarzen Lackschreibtischs. Ihm direkt gegenüber, an einer Pinnwand auf der Toilettentür, hing ein großformatiges Hochglanzfoto. Das Hochglanzbild zeigte das Gesicht eines großen schwarzen Raben. Darauf war eine kleine rote Zielscheibe gemalt, allem Anschein nach mit Nagellack.

Doch der General sah nicht das Foto an, sondern er blickte tief in Hollisters Augen und sorgte dafür, daß *er* es ansah.

»Manche Männer sind dazu berufen, Geschichte zu machen, Hollister. Solche Männer sind von Gott auserwählt oder von der Weltseele oder was weiß ich wem. Solche Männer müssen bereit sein, schwere Entscheidungen zu fällen.«

»Das ist mir bewußt, Sir.«

»Sind Sie einer von diesen Männern, Hollister? Sind *Sie* bereit, schwere Entscheidungen zu fällen, wenn die Geschichte Sie auserwählt?«

»Ich hoffe es, Sir.«

»Glauben Sie an Ihr Land, Hollister? Glauben Sie, daß all die kleinen Länder dieser Erde, Länder wie die Heimat unseres Juri hier, uns brauchen, damit wir sie schützen und ihnen ein Vorbild sein können? Die kleinen Länder *wollen* anständig sein, Hollister. Sie *wollen* sein wie wir. Aber dazu brauchen sie unser leuchtendes Beispiel, das ihnen den Weg weist. Gerade heutzutage, Hollister. Wo wir oft von so tiefer Nacht umfangen sind, daß wir die Hand vor Augen nicht mehr sehen.«

»Ich weiß, was ich zu tun habe, Sir, und ich bin voll und ganz dazu in der Lage.«

Juri schlummerte weiter und schnarchte Hollister stoßweise ins linke Ohr. In vielerlei Hinsicht war dies der glücklichste Augenblick in Leutnant Hollisters ganzem Leben.

Der General zuckte kaum merklich mit den Schultern und verschränkte die Hände im Schoß, so als schütze er zwischen den Händen ein verängstigtes Vogeljunges.

»Dann sagen Sie mir, was Sie brauchen, Junge. Sagen Sie es mir.«

Hollister betrachtete die nun halbleere Dose Planter's Mixed Nuts auf dem Schreibtisch des Generals. Er stellte sich vor, daß jede dieser Nüsse eine kleine Handgranate war, jede mit ihrem winzigen metallenen Stift.

Er sprach mit einer Überzeugung und Selbstsicherheit, wie er sie nie zuvor bei sich erlebt hatte.

»Ich brauche einen Sikorsky EH-60C Blackhawk, Sir. Ausgestattet mit einem GR-9-Abhörgerät und einem TLQ-27A-Störsender. Ich brauche die volle Luftabwehrausrüstung und Flammenwerfer im Leitwerk. Flakpanzerung. Ausnahmegenehmigung Code R. Ich brauche einen erstklassigen Schützen, wie Juri hier, und Raketen mit Sensor und einen Granatwerfer, Sir. Und das alles bis, sagen wir, morgen früh sechs Uhr, Sir, dann garantiere ich für den Erfolg. Unser großmäuliger Freund da an der Toilettentür?«

»Was ist mit ihm, Hollister?«

Diesmal war Hollister an der Reihe zu gestikulieren, und der General sah hin.

»Geben Sie mir eine Woche, Sir«, sagte Hollister, »und ich puste Ihnen den kleinen Unruhestifter vom Himmel.«

# 4

## Der Hang zur Utopie

Manchmal lag Buster nachts am prasselnden Feuer und dachte darüber nach, wie das Leben gewesen war, bevor er mit Charlie fortgegangen war. Damals, als das ganze Leben noch etwas so Unwirkliches gehabt hatte, war er jeden Morgen vor sechs aufgestanden und hatte den Mülleimer ausgeleert. Dann brachte er den Holzofen in Gang und schaltete die Gaszentralheizung ein. Bis er sich gewaschen hatte, machte Sandy ihm schon sein Frühstücksei und toastete ihm das Brot. Nach dem Frühstück ging jeder an seine Arbeit, und abends kamen sie nach Hause, hörten Radio und gingen wieder ins Bett. So wie die Insel, von der er stammte, vom Wasser, war sein Leben rings umgeben gewesen von einem Meer aus Routine, und Abenteuer hatte er nie gekannt. Manchmal vermißte Buster dies alte Leben und sehnte sich zurück. Zu anderen Zeiten hingegen schien ihm das alles schon weit fort und durch und durch sinnlos, wie die Bilder und Erinnerungsstücke im Album eines Fremden.

»Charlie?«

»Hmm?«

»Wenn das hier vorbei ist, wohin gehst du dann?«

Charlie drehte sich in seinem Knäuel aus Pelzen und Plastikplanen zu ihm um. »Wie meinst du das, wohin ich gehe?«

»Ich meine, wohin *gehst* du dann, Charlie? Du wirst doch nicht den Rest deines Lebens hier draußen verbringen wollen? In der *Antarktis*?«

Holzscheite prasselten und sanken in sich zusammen. Im Inneren des Feuers glühte es einen Moment lang heller, und ein seltsam mildes Licht fiel über ihr notdürftiges Lager. Etwas ganz Ungewöhnliches geschah, dachte Buster. Er fühlte sich beinahe *entspannt.*

Nach einer Weile antwortete Charlie: »Wenn ich es mir aussuchen könnte, dann wollte ich wahrscheinlich auf dem Land wohnen, Neuengland vielleicht oder Südfrankreich. An einen Ort, wo es Jahreszeiten gibt. Frühling, Herbst und Winter, weißt du. Und diesmal würde ich für immer bleiben, kein mühseliges Wanderleben mehr, ewig dieses Packen und Auspacken, die Kartons, die man bei anderen Leuten im Keller unterstellt. Ich bin genug durch die Welt gezogen, Buster. Ich hab' lange genug nach einem schöneren Fleckchen Erde gesucht. Wenn ich mich niederlasse, Buster, dann meine ich wirklich *niederlassen.*«

Buster stützte sich auf einen Ellenbogen und versuchte Charlie in die Augen zu sehen, doch Charlie hatte die Augen geschlossen. Er lag mit dem Rücken zum Feuer, und sein Gesicht war so schwarz und undurchdringlich wie ein Schattenriß.

»Hättest du dein eigenes Haus, Charlie? Wenn du irgendwo das ganze Jahr leben wolltest, bräuchtest du doch ein Haus, oder? Gäbe es da auch ein Gästezimmer, Charlie? Ich meine, wenn ich dich besuchen käme, hättest du dann Platz für mich?«

»Ich hätte ganze Etagen mit Gästezimmern, Buster, da mach dir mal keine Sorgen. Ich hätte ein Haus, in dem Dutzende von Freunden und entfernten Verwandten unterkommen könnten, Hunderte sogar. Und für jeden einen eigenen Schlüssel und eine eigene Heizdecke. Wenn da ein Sturmvogel käme oder ein Kardinalsvogel oder sogar so ein wandernder Pinguin wie du, Buster, den es in meinen Teil der Welt verschlüge? Aber natürlich wärst du mir willkommen, ganz gleich zu welcher Jahreszeit, da kannst du sicher sein. Ein Ort, an dem jeder sich nimmt, was er braucht, und gibt, worauf er verzichten kann.«

»Und wie stünde es mit Essen, Charlie? Und Vorhänge und Möbel?«

»Eine ganze Batterie riesiger Kühl- und Gefrierschränke, randvoll mit guten Sachen. Häagen-Dazs, Buster. Hot Dogs, Chili con carne, Sarah-Lee-Früchtekuchen, so viele Pringles, wie du nur essen kannst. Und Vorhänge gäbe es überhaupt keine, weil wir ja schließlich nichts zu verbergen hätten. Jedenfalls ganz bestimmt nicht unser Geschlechtsleben und unsere Körperfunktionen, die schlechte Laune und die kleinen Schönheitsfehler. Die ganze Welt soll uns zusehen, Buster. Was macht uns das aus?«

»Das würde uns nicht das geringste ausmachen, stimmt's, Charlie?« Buster atmete nun ein wenig schneller. »Und weil wir viele wären und jeder die anderen schützen würde, bräuchten wir auch keine Furcht mehr zu haben, nicht wahr? Vor Geheimdiensten oder Kindern mit Luftgewehren oder vor – na, du weißt schon, Charlie, ich will es nicht sagen. Aber nicht einmal vor *ihnen* bräuchten wir Angst zu haben.«

»Katzen«, sprach Charlie es unumwunden aus. Er klang so ruhig und gefaßt wie ein Rechenlehrer, der die Lösung einer Aufgabe verkündet. »Wir bräuchten uns wegen *überhaupt nichts* Sorgen zu machen, Buster, am wenigstens wegen Katzen. Wir wären, wie die Leute es ausdrücken, eine autarke, autonome, selbstbestimmte Gemeinschaft. Wir würden nicht einfach nur dasitzen und warten, bis irgendein Mensch oder Religionsführer die Entscheidungen für uns fällte. Wir wären schlicht und einfach *wir* selbst, wahrscheinlich das erste Mal im Leben. Und wenn es jemandem nicht gefiele, wie wir lebten oder uns benähmen, na, dann könnte er einfach *gehen.* Wir würden es ihm nicht übelnehmen. Wir würden ihm einfach nur zeigen, wo die Tür ist.«

In dieser Nacht schliefen die beiden so gut wie schon seit ewigen Zeiten nicht mehr. Als sie aufwachten, war das Lagerfeuer erloschen, und die warme Frühlingssonne lachte am blauen Himmel. Überall auf dem Dauerfrostboden hörte Buster das Klimpern des tauenden Eises.

Als sie das Lager abschlugen, betrachteten sie ihre wenigen Besitztümer mit einer ganz neuen Zuneigung, wie kuriose Kultgegenstände oder Briefe aus der Heimat. Zwei Plastiklöffel, zwei Gabeln.

Zwei zerbeulte Blechteller und eine eiserne Bratpfanne. Ein großes Paket getrocknetes Rindfleisch und ein kleineres mit Tabak, Marke Bull Durham. Eigentlich konnte man ja nicht sagen, daß man hier in der Einöde wirklich mehr vom Leben hatte, dachte Buster. Es war nur leichter, den Überblick zu behalten.

Die beiden machten sich mit frischem Mut auf den Weg. Zum ersten Mal seit Beginn ihrer Reise waren sie nicht begierig, irgendwo hinzukommen oder von irgendwo fortzukommen.

»Wäre das nicht irgendwie toll, Charlie, wenn diese große Weltrevolution der Tiere wirklich käme?« Buster war dieser Tage magerer, hungriger denn je, mit muskulösen Schenkeln und einem struppigen Dreitagebart. Er wußte inzwischen, daß ein Pinguin praktisch unbegrenzt laufen konnte, wenn er nur wirklich wollte. »Tiere, die in vollkommener Harmonie zusammenleben, das wäre doch ein ungeheurer Evolutionssprung für diesen Planeten. Keine Kommunen oder sonst etwas Simples in dieser Art, Charlie, sondern einfach eine freundschaftliche *Eintracht*, wie Musik, Charlie, nur schöner und dauerhafter. Bewohner unseres Planeten, die sich gegenseitig helfen. Pferde, Hunde, Vögel, Mensch und Vieh, Gorillas, Garnelen, Zander, Zebras und Giraffen, wie sie friedlich ihres Weges ziehen. Ihre Gedanken und Meinungen, ihr Essen und ihr Bett miteinander teilen. Wäre das nicht toll, Charlie? Wäre *das* nicht *wirklich* was?«

»Unbedingt«, antwortete Charlie. Leichteren Fußes denn je marschierte er Buster voran. »Ich hätte es selber nicht besser ausdrücken können.«

Es war ein großer Augenblick, dachte Buster, ein Augenblick, an dem sie von nichts als ihren Träumen leben konnten. Wäre es nicht wunderbar? Wäre das nicht wunderbar, wenn dieser Augenblick ewig währen könnte?

Natürlich währte er nicht. Nicht einmal bis zum nächsten Augenblick.

»Was ist das?«

»Was ist was, Charlie?«

Ein Lichtblitz. Ein erwartungsvoller Windhauch.

»Ich höre nichts, Charlie. Was hast du denn gehört?«

»Das«, sagte Charlie. Er hatte seinen Rucksack zu Boden geworfen. »Das.«

Dünn. Blechern. Voller tonloser Zwischenräume. Anfangs nur ein Rhythmus. Eine Ahnung von Melodie.

***Da*-di, *da*-di, da-di-da-di-*da*-di.**

»*Das*, Charlie«, flüsterte Buster. »Was ist das?«

**Haut se, da-di, *haut* se.**

Charlie schnallte schon ihre weiße Tarnplane vom Rucksack ab.

***Haut* se, *haut* se, *haut* se auf die *Schnauze*!**

»Fußballer?« sagte Charlie und verzog das Gesicht. »Das ist ja ulkig. Ich habe überhaupt nicht gewußt, daß es in der Antarktis Fußballspiele gibt.«

Sie sahen ihn, bevor sie das dumpfe Grollen hörten, eine schwarze gedrungene Form, die über die Ebene auf sie zugeschwebt kam, mit gläsernen Facettenaugen wie ein Insekt aus der Vorzeit. Ein Hubschrauber. Es war ein militärgrüner Hubschrauber, der da heranschwirrte.

Haut se,
haut se,
haut se
auf die Schnauze!

Die Stimme kam aus zwei riesigen Lautsprechern, die beidseits der Kanzel saßen wie zwei kurios geformte Augenbrauen. Das Dröhnen des Motors eilte dem Helikopter voraus, und dann plötzlich spürten sie den Luftzug vorbeirauschen, der ihnen die Federn mit einer heißen, trockenen Feindseligkeit sträubte wie ein Schlägertrupp, der sich in der U-Bahn an einem vorbeizwängt.

»Aber Charlie«, sagte Buster. Er bestaunte die rasende Gier dieses Dinges. Das *pft-pft-pft* der Rotorblätter hatte etwas Bezwingendes, Faszinierendes. »Was hat denn ein Hubschrauber hier draußen zu suchen?«

Im selben Augenblick breitete Charlie die weiße Tarnplane mit einer weit ausholenden Bewegung über ihre Köpfe. Sie öffnete sich mit dem *Wuff* eines Fallschirms und sank dann auf sie herab wie ein Leichentuch.

»Was glaubst du wohl, *wen* die hier suchen, Buster?«

Angst war etwas Kaltes, Mechanisches, dachte Buster, gar nicht das Fiebrig-Feuchte, das man erwartete.

Dann stob der Donner wieder von Eis und Fels auf, ließ ihre Plane flattern. Sie hörten nichts und sie hörten alles, und dann hörten sie wieder nichts, und der Schatten der Maschine dröhnte über sie hinweg wie ein kleines Unwetter, dem gleich darauf wieder blauer Himmel folgte.

**Haut se, da-di, *haut* se.**

***Da*-di, *da*-di, *da*-di-da-di-*da*-di.**

Nun war die Luft wieder kalt.

Die Sonne wechselte von Gelb zu Weiß.

Als die Rotorschläge abebbten, stieß Buster einen tiefen Seufzer aus. Er rappelte sich auf.

»Lieber Himmel, Charlie. Das war knapp –«

Doch in Charlies Augen sah er keine Erleichterung. Statt dessen kauerte Charlie nach wie vor angespannt unter der Plane und sah mit gerunzelter Stirn dem davonpolternden Helikopter nach.

»Hör doch hin«, flüsterte er. »Du mußt *horchen*.«

Als erstes sah Buster den Schatten, die Bewegung am Horizont.

Dann die Rotorblätter.

Dann hörte er die Stimme.

***Da*-di, *da*-di, *da*-di-da-di-*da*-di.**

»Sie haben uns auf dem Infrarotschirm«, sagte Charlie so ruhig wie eine Durchsage im Busbahnhof, die Fahrgäste möchten sich bitte zu Bucht 27 begeben. »Jetzt müssen wir laufen.«

Die Einsatzleitung hatte den Sikorsky nicht genehmigt, stellte aber am Ende immerhin eine Bell AH-1 Cobra zur Verfügung, mit General-Electric-Geschützuntersatz (dreiläufiges M-197-20-mm-Geschütz) und zusätzlichem 40-mm-Granatwerfer.

»Der Sikorsky wäre doch ein bißchen übertrieben, oder?« meinte der General. »Schließlich sind es ja nur zwei blöde Vögel.«

Der Cobra fehlten die technischen Finessen, die sonst Hollisters Hormonspiegel in die Höhe trieben. Aber es gefiel ihm, wie er hoch oben im Cockpit saß und hinunter auf den ungestümen Juri blicken konnte, der furios mit Waffen und Mikrofon hantierte.

»Jetzt sind die kleinen Biester geliefert«, rief Hollister und vollführte eine 360°-Drehung auf der Stelle. »Gleich gibt's Brathähnchen.«

Und dann scheuchte er die Cobra über das glitzernde Eis, daß die beiden fliehenden Vögel höchstens noch im Erdboden versinken konnten.

Es fühlte sich gar nicht an wie Furcht. Es war, als ob man ein Haushaltsgerät einschaltete oder eine geheimnisvolle Maschine tief im eigenen Inneren. Eigentlich fühlte es sich am ehesten nach Leben an. Ein vollkommener Ausdruck des Lebens.

»Lauf, Buster! Da drüben auf den Hügel! Lauf, wie noch nie in deinem Leben!«

Buster versuchte es schon, doch das halbgefrorene Eis saugte seine Energie auf wie ein Schwamm. Es war, als ob man eine abwärtsfahrende Rolltreppe hinaufliefe. Es war wie im Traum.

»Zur Kuppe und drüber!« brüllte Charlie. Er war hinter Buster, schob ihn am Hintern mit beiden Flügeln vorwärts. »Du schaffst es, Buster! Ich weiß, daß du es kannst!«

Die Kugeln trafen den Schnee mit einem dumpfen, platschenden Geräusch. *Plopp-plopplopp-plopp*. Es war beinahe komisch, das Geräusch dieser einschlagenden Kugeln. Fast hätte Buster gelacht.

Der Helikopter stieß auf sie nieder wie ein Engel des Jüngsten Gerichts, er zerhackte den Augenblick in lauter einzelne Stücke. Man hörte jeden Ton, den das Blut in den eigenen Adern machte. Man hörte jedes Flüstern.

»Du mußt daran glauben, Buster, auch wenn es dir noch so schwerfällt! Du mußt daran glauben, daß hinter dem Hügel etwas ist, was das Laufen wert ist, etwas, wovon du schon immer geträumt hast. Der vollkommene Staat, Buster. Ewige Liebe, massenhaft Sex, Geld wie Heu – ganz egal, was, Buster. Solange es nur *irgend etwas* ist. Aber ganz gleich, was es ist, du mußt schneller laufen als diese Kugeln. Schneller als diese sündhaft teure Maschine, die uns ans Leder will. Lauf schneller als die Zeit, Buster, darauf kommt es an, verstehst du? Wenn du auf etwas zuläufst, woran du glaubst, dann läufst du außerhalb der Zeit, außerhalb der Geschichte. Du läufst auf etwas zu, wohin nur dein Geist gelangen kann. Du mußt daran *glau-*

*ben*, Buster. *Glaub* daran, daß da hinter dem Hügel eine bessere Welt auf uns wartet!«

Buster spürte die harten, durchtrainierten Muskeln in seinen Waden und Seiten. Er war stark. Er war hungrig. Er war durch und durch Pinguin.

»Nur noch ein paar Schritte, Buster. Und dann spring, ganz egal, was auf der anderen Seite ist. Ganz egal, was auf uns wartet – *SPRING!*«

*Plopp-plopp-plopplopp-plopplopp-plopp-plopp.*

Der strahlendblaue Himmel. Das glitzernde weiße Eis. Und dann die Hügelkuppe, das Tor zu neuer Hoffnung. Höhe, Sauerstoff, Atmosphäre, Licht.

Sie spürten die Hitze und den Luftdruck der Rotorblätter im Rücken, als sie den Gipfel erreichten, und dann blickten sie hinunter auf die andere Seite. Perfekte Liebe. Vollkommenes Glück. Die beste aller Welten erwartete sie mit offenen Armen.

»Du bist das«, hauchte Buster, als er sich über die Kuppe stürzte und sein weicher runder Körper durch die Luft flog wie ein Zeppelin. »Also darauf wäre ich ja nie gekommen.«

Sie stand unterhalb der Kuppe, in ihr Gewirr aus Fellen gepackt. Die dickste, häßlichste, wunderschönste Eskimofrau, die man je in der ganzen Geschichte des Planeten der Tiere gesehen hatte.

Und sie stand da mit einem gewaltigen metallenen Speer, zum Wurf bereit.

## 5

## Gut gezielt

Das verharschte Eis kam Buster entgegen, als er platschte und rollte, in einem einzigen großen Gewirr aus Gliedmaßen und Erwartungen.

Als nächster kam Charlie über die Kuppe, der riesige Schatten des Helikopters umhüllte ihn schon. Wie aus dem Nichts spürte Charlie Muk Luks Hand auf der Schulter, und sie stieß ihn aus dem Weg.

»Duckt euch«, warnte Rick der Husky sie, der hinter dem Schlitten in Deckung gegangen war. »Und laßt die Lady tun, was die Lady am besten kann.«

Dann machte Muk Luk vier lange federnde Schritte über das Eis, auf Zehenspitzen, elegant, ausgewogen, majestätisch. In diesen wenigen Augenblicken war alles an ihr vollkommen, durch und durch.

»Vielleicht ist sie doch nicht so häßlich, wie ich immer gedacht habe«, sagte Buster noch, dann plumpste er erschöpft in den leblosen Schnee.

Der Hubschrauber kam über die Kuppe geschwebt wie ein stumpfgrüner Gott, zornig, majestätisch, mit mahlenden Rotoren, aus allen Rohren feuernd.

Dann flog der Speer durch die Luft.

Und Charlie staunte.

Es gab ein Krachen und Klappern, als der Speer durch eines der Rotorblätter ging und den ganzen Hubschrauber an den blauen Himmel pinnte wie einen gefangenen Schmetterling im Schaukasten.

Die Rotorblätter setzten einen Takt aus. Dann zwei. Drei.

Haut se,
haut se –

Dann vollführte die ganze Maschine eine spektakuläre Rolle rückwärts.

Und danach, für den Fall, daß jemand beim ersten Mal nicht hingesehen hatte, noch eine zweite.

»Muk Luk verabscheut alles, was mit Militär und Rüstungsindustrie zu tun hat«, sagte Muk Luk und schüttelte sich, um ihre angespannten Schultern zu lockern. »Muk Luk wünschte, sie würden ihr dummes Spielzeug nehmen und nach Hause gehen.«

Der Hubschrauber landete mit einem splitternden Krachen kopfüber im Schnee. Es folgte eine kleine Pause, so als ob er sich etwas überlegte.

Dann explodierte er mit einem kurzen Knall.

Glassplitter und Metallfetzen tanzten um die atemlosen Zuschauer wie Schneeflocken zur Weihnachtszeit.

»Donnerwetter, Muk Luk«, sagte Charlie. »Ich glaube, da bleibt jetzt nur noch eines zu sagen.«

Muk Luk schürzte die Lippen. Ölige Flammen flackerten in ihren Augen wie ein Bild der Stärke.

»Und was wäre das, schwarzer Vogel?«

Charlie zuckte anerkennend die Schultern.

»Guter Wurf, Lady.«

# Vierter Teil

## *In der weiten Welt*

# 1

## Tierphantasien

Über den ganzen Planeten der Tiere verbreitete es sich wie ein Lauffeuer.

»Charlie ist ihnen entwischt. Stellt euch vor, sie haben ihn mit der Air Force gejagt, und er ist ihnen tatsächlich ent*wischt.*«

»Ich hab' gehört, Charlie hat sie mit einer Bazooka vom Himmel gepustet.«

»Ein ganzes Geschwader – MiG-Jäger, bis an die Zähne bewaffnet mit schwerem Bordgeschütz und Raketen mit Thermosensor.«

»Das heißt, Charlie ist bewaffnet?«

»Und stinksauer.«

»Und er verteilt Waffen wie ein Dompteur Leckerbissen.«

»Charlie läßt sich von niemandem etwas vorschreiben.«

»Charlie läßt sich von keinem rumkommandieren.«

»Weil Charlie eben nicht auf den Kopf gefallen ist. Der läßt sich nicht für dumm verkaufen.«

»Charlie weiß, was Freiheit ist.«

»Charlie, der zeigt ihnen die Zähne.«

»Charlie, das ist der coolste Vogel auf dem ganzen Planeten. Er hat der Air Force die Stirn geboten, Mann. Er hat's mit der ganzen Scheiß-Air-Force aufgenommen und hat sie kleingekriegt!«

Es gab kleinere Aufstände in Südafrika, Sankt Petersburg und Bengalen. Ein paar Hafenstädte wurden von Seehunden, Walen und Delphinen belagert. In Texas trat eine mürrische Rinderherde in Hungerstreik.

»Von wegen Muh-Muh-Muh«, verkündeten die Rinder, die sich Schulter an Schulter auf den langen Betonrampen des Schlachthauses niedergelassen hatten. »Wir sind *kein* Fast food. Wir sind *keine* Döner-Kebabs auf vier Beinen. Wir sind vollwertige Individuen, die genauso ihre Träume von Glück und einem erfüllten Leben haben wie ihr, und in diesen Träumen werden wir nicht zu Big Macs oder Baconburgern verarbeitet. *Wir* sind Vegetarier – da könnt ihr Menschen das ja wohl auch sein.«

»Fragt euch doch nur mal eines«, gackerte eine aufwieglerische Legehenne in einem überfüllten Hühnerhaus in Bristol. »Würde Charlie sich so etwas gefallen lassen? Würde der sich in eine Holzkiste setzen lassen, sich mit fettem Zeug nudeln lassen, würde der zulassen, daß sein ganz persönliches, privates Ei auf einer weißen Plastikrutsche auf Nimmerwiedersehen verschwindet?« Sie hieß Elma, und am Nachmittag desselbigen Tages machten zwei Angestellte der Hühnerfarm, ohne mit der Wimper zu zucken, ihrem Leben ein frühes Ende mit dem Beil. Ihre letzten Worte waren einfach, doch zeitlos gültig. Ihr Echo lief um die ganze Welt.

»Wenn Charlie das kann, dann können *wir* das auch! Wir schaffen es! Wir können den Kampf aufnehmen, und wir können *siegen*!«

Es kam so schnell wie ein Gerücht, wie ein Gedanke, der einen anfliegt.

Niemand wußte, wo Charlie steckte, doch plötzlich war Charlie überall.

General Heathcliff saß in seinem Whirlpool auf der Sonnenterrasse, trank Starkbier und wartete auf seine Haarwäsche, ein allmorgendliches Ritual. Unter ihm auf der Pinguin-Plaza versuchten ein paar Studenten mit Transparenten die vom Überangebot der Waren benommenen Pinguine aus ihrem Trott zu reißen.

»Platz da, Kumpels«, sagte ein großer, helmgeschützter Militärpolizist und hob drohend seinen schweren Schlagstock. »Wir wollen doch niemanden auf den Bürgersteigen behindern, hm?«

»Mach *du* erst mal Platz«, rief eine Stimme irgendwo aus der Menge. »Mach *du* doch Platz, *Kumpel.*«

General Heathcliff war nicht so gut aufgelegt wie sonst. Bis zum Kinn im blubbernden Wasser untergetaucht, fühlte er sich merkwürdig losgelöst von seinem eigenen Körper, wie die Erinnerung an ein früheres Ich, die ziellos durch das Weltall treibt.

Die einheimische Bedienerin des Generals erschien an der Glastür. »Timotei oder Pert Plus?« fragte sie. Sie trug, wie es ihr aufgetragen war, einen weißen Seidenkimono, handbemalt mit Bananenblüten.

Über der Schulter hatte sie den Seersucker-Bademantel des Generals und ein passendes grünes Handtuch.

»Ist mir egal«, sagte der General, der beobachtete, wie die Dinge auf dem Platz sich zuspitzten. »Warum überraschen Sie mich nicht mal?«

»Nieder mit dem Yankee-Imperialismus!« löste sich eine Stimme aus dem Gewirr.

»Freie Pinguine statt freiem Handel!« rief eine zweite. Überall in dem schmucken Einkaufszentrum drehten sich Köpfe, um zu sehen, was los war. Die Passanten hatten weiße Plastiktaschen in den Flossen, mit den Markenzeichen von Sears, Ann Taylor und Walgreen's.

»Sucht euch gefälligst Arbeit!« fuhr eine Frau mittleren Alters mit einer Tüte mit Windbeuteln und koffeinfreier kalorienarmer Cola die Demonstranten an. »Als ich so alt war wie ihr, da habe ich mir meinen Lebensunterhalt verdient. Ich habe nicht für jedes Wehwehchen jemand anderen verantwortlich gemacht.«

Währenddessen trug auf der Veranda die Bedienerin des Generals das Shampoo auf.

Und General Heathcliff seufzte.

»Ah, das ist wunderbar, Kleines. Ein wenig tiefer. Ja, genau da. Ein wenig fester. Ja, *wun*derbar. Aaaah.«

Während Sandy das dünne Haar des Generals in eine dicke Schaumwolke hüllte, hörte sie, wie unten eine Flasche zu Bruch ging. Jemand rief »He!« Es kam zu einem kleinen Handgemenge. Dann sprangen weitere Militärpolizisten aus einem Mannschaftswagen und schwangen ihre Gummiknüppel und Reizgasdosen.

»Ich habe alles, was in meiner Macht stand, getan, um das zu verhindern«, sagte General Heathcliff und wedelte dabei mit den Armen, als seien ihm Flügel gewachsen. »Es ist ein Jammer, daß die Unschuld keinen Bestand hat. Vergessen Sie das nie, Sandy, ein wenig wissen ist ein gefährlich' Ding, na ja, und ein wenig *mehr* wissen –« Der General griff mit vielsagender Miene zum Bier. »*Mehr* zu wissen, das bedeutet entsetzliche Verantwortung.«

Er streckte sich und öffnete die Augen, so daß er mit Sandy einen bedeutungsschweren Blick tauschen konnte. Ob es ihr nun gefiel oder nicht, das Austauschen verführerischer Blicke gehörte zu Sandys Aufgaben.

»Haben Sie eigentlich eine Vorstellung, Sandy, mit welcher entsetzlichen Verantwortung ich Tag für Tag leben muß? Wie schwer es ist, die Pinguininsel frei von Unruhestiftern wie denen da zu halten?«

Der General gestikulierte mit schaumigem Arm zu dem Wurfbrett, wo das vielfach durchlöcherte Luftaufklärungsbild von Charlie nun Verstärkung durch zwei weitere bekommen hatte: Bilder einer pockennarbigen Eskimofrau mit stark vorstehenden Zähnen und eines harmlos wirkenden, gedrungenen Pinguinmannes mit schwarzer Strickmütze und schwarzen Wollfäustlingen.

»Solche Leute scheren sich nicht darum, wieviel Aufruhr und Unordnung sie mit ihren Aktionen verursachen, Sandy – das sind Anarchisten. Sie verachten alles, was unsere Welt schön macht. Die Liebe zum Beispiel, Sandy. Oder den Handel oder anständige Politik. Sie sind nicht menschlich genug für unsere Welt, deshalb wollen sie uns zu Tieren machen, die in *ihre* Welt passen.«

Sandy drückte dem General sanft den Kopf in den Nacken und stellte die Brause an.

»Kneifen Sie lieber die Augen zu, General«, riet sie ihm. »Das Shampoo brennt ein wenig.«

Draußen wurden die Demonstranten, blut- und tränenüberströmt, in Polizei- und Einsatzwagen gezerrt. Viele Kunden des Einkaufszentrums hatten sich längst wieder den Regalen mit Designerstrümpfen und Stephen-King-Taschenbüchern zugewandt. Ringsum begann der historische Augenblick bereits wieder zu verblassen. Von dem, was sich eben vor ihren Augen abgespielt hatte, blieb nichts als eine vage Erinnerung zurück.

Die lange Polarnacht ging zu Ende.

Und zumindest ein paar unter den Tieren wachten allmählich auf.

# 2
## Kulturbetrieb

In New York boten Verlagshäuser und Filmproduzenten bereits für die Rechte an Charlies Lebensgeschichte.

»Also, ich stelle mir das folgendermaßen vor«, sagte Bart Thompson, Cheflektor bei Worldco Books. Er hob die Arme, als dirigierte er eine unmögliche Symphonie. »Wir nennen es *Charlie – denn er weiß, was er tut*. Auf dem Cover zeigen wir ihn, wie er die amerikanische Fahne grüßt. Und er hat so ein blutbeflecktes Stirnband um, wie ein Revolutionssoldat oder so was.«

»Ich kann ihn in *Crossfire* unterbringen«, sprudelte Arnold von der Publicity.

»Ich krieg' Fenster bei Barnes & Noble«, rief Jane vom Marketing.

Sie saßen an einem langen Mahagonitisch mit verwelkten Crudités und Hüttenkäse-Dip. Der Verleger blickte finster in sein Scotchglas, flankiert von Vertretern zweier Filmgesellschaften mit Tochterfirmen im ganzen Land, World Wide und Ginormous. Die Männer am Tisch trugen allesamt Levi's und Cowboystiefel, die Frauen New-Age-Kosmetik und vernünftiges Schuhwerk.

»Wer vertritt ihn?« fragte der Verleger leise. »Finden Sie heraus, wer sein Agent ist, telefonieren Sie mit den Leuten. Sagen Sie ihnen, daß sie ein Buch haben, das wir wollen.«

Kreuz und quer über den Tisch tauschten die Angestellten vielsagende Blicke aus.

»Ich fürchte, Charlie *hat* keinen Agenten«, sagte Bart verlegen.

Es war schwer zu sagen, ob dieser Zustand nun gut oder schlecht für sie war, aber irgendwie machte er sie alle nervös.

Wieder trat eine lange Pause ein. Der Verleger zog die Schultern hoch und sprach dann nur um so leiser. Wenn ihr nicht kapiert, was mir durch den Kopf geht, machte er ihnen mit diesem Flüstern klar, dann muß ich es euch ja wohl erklären. Dummköpfe.

»Dann sollten wir vielleicht dafür sorgen, daß er einen *bekommt*«, sagte der Verleger. »Und zwar vielleicht *heute* noch.«

Der Verleger hatte ihnen mit sanfter Stimme erklärt, daß es nicht darum gehe, ein Buch zu kaufen, sondern um ein Marketingkonzept, und Bunny Fairchild von der C (für Creative) M (für Marketing) A (für Artistry) war genau die Frau, die ihnen so etwas verkaufen konnte.

»Es ist ein Buch über Amerika«, erklärte Bart ihr beim Lunch im Poule au Pot an der Ecke Lexington und Dreiundfünfzigste. »Ein Buch über Ungerechtigkeit. Ein Buch über das, was zwischen Menschen und Tieren in den letzten fünfundzwanzig Jahren alles schiefgegangen ist. Ein zorniges Buch, aber verständnisvoll, mit einem Haufen konstruktiver Ideen. Ein Buch für Leute, die sich nicht unbedingt als ›politisch‹ verstehen, die aber auch nicht das Gefühl kriegen wollen, daß sie nichts zu sagen haben. Ein Buch für Leute wie uns, Bunny. Leute, die gern Marketing machen, sicher. Aber Leute, die einfach nicht mehr still dabeisitzen und mit ansehen können, was in der Welt alles Schreckliches geschieht. Leute, die etwas *tun* wollen, damit diese unmenschliche Behandlung unserer Brüder und Schwestern, der Tiere, endlich aufhört.«

Bunny, die in ihrem Salade des épinards stocherte, wurde zusehends verwirrter. Als stellvertretende Direktorin der CMA war sie für die Finanzen zuständig (»Creative Financing«) und vertrat als deren indirekte Angestellte zugleich die Interessen der Worldwide Entertainment Corporation, die wiederum im Besitz eines internationalen Handelskonsortiums unter der Führung von Takiyaki Motors und der World Oil, Inc. war. World Oil besaß die Aktienmehrheit bei der Twentieth Century Unlimited, und diese trat neuerdings als Mutterfirma sowohl von International Meat Distributors wie auch von Worldco Entertainment auf.

»Also, jetzt nochmal ganz klar«, sagte Bunny, beugte sich über ihren öligen Spinat, damit sie Bart besser sehen konnte. Verwirrung ließ sie immer zu einfachen Worten greifen, so als sei ihr plötzlich etwas klargeworden. So kam es, daß sie überall im Ruf einer Frau stand, die genau wußte, was sie tat, und je weniger Ahnung sie hatte, was überhaupt vorging, desto mehr festigte sie diesen Ruf.

»Wenn ich es richtig verstehe, wollt ihr ein Buch, das sich kritisch mit der Fleisch-, Milch- und Landwirtschaft auseinandersetzt?«

Bart fuhr zusammen und blickte sich über beide Schultern erschrocken um. »Eigentlich nicht, Bunny«, flüsterte er. »Wir wollen ein Buch über *Ungerechtigkeit.*«

Bunny kniff die Augen noch etwas fester zusammen.

»Ein Buch über die Ausbeutung der Tiere?«

»Aber nein. Ein Buch, das Mitleid mit dem Leiden der Tiere zeigt.«

»Eine Abrechnung mit dem kapitalistischen Staat? Mit dem Warenfetischismus? Eine Entlarvung der brutalen Praktiken in der Lebensmittel- und Bekleidungsindustrie?«

»Nein, Bunny, nun hör mir doch mal *zu.* « Die Stimme des Cheflektors bekam etwas Gehetztes, Verzweifeltes. »Wir wollen eine weltweite Lizenz für das Buch, mit Zeitungsrechten. Fünf Jahre Option auf Film- und Trickfilmrechte. Wir wollen Produktunterstützung, garantierte Radioausstrahlung, unseren Anteil an den Werbeeinnahmen. Hier geht es um Tie-in-Marketing, Bunny. Brettspiele, T-Shirts, Grillschürzen, was weiß ich. Wir wollen, daß Charlie zu Worldco kommt, weil wir überzeugt sind, daß keiner seine Message besser rüberbringen wird als wir. Du kennst doch Charlie, Bunny. Auf dich hört er. Du redest mit ihm und legst ein Wort für uns ein, ja? Und bevor du auf andere Angebote eingehst, sprichst du noch einmal mit uns, abgemacht?«

Genau genommen hatte Bunny vor dem Tag, an dem Barts Leute ihre Leute anriefen, noch nie von Charlie gehört. Doch ihr Interesse an Charlie wuchs, Sekunde für Sekunde.

Bunny schüttelte ihre Serviette und faltete sie wieder zusammen. Dann holte sie mit dem kleinen Finger ein Stück Spinat zwischen den Zähnen hervor.

»Also habe ich das jetzt richtig verstanden«, sagte sie. »Die Firmen, für die du arbeitest, gehören demselben Knaben wie die Firmen, für die ich arbeite. Und der Knabe, dem deine Firma gehört, dem gehören auch ein paar hundert Schlachthäuser und Molkereien. Und du willst, daß ich dir einen Deal für ein Buch verschaffe, das sich mit allgemeinem Geschwafel für die Rechte der Tiere einsetzt, ohne daß irgend jemand sich bei den Leuten unbeliebt macht, von denen er seine Lohntüte bekommt. Stimmt das, Bart? Funken wir jetzt auf derselben Wellenlänge, oder ist das bloß meine Migräne, die mir wieder zu schaffen macht?«

Bart stieß einen langen, lautstarken Seufzer der Erleichterung aus. Er ließ sich in seinem Stuhl zurückfallen und nahm noch einen letzten Schluck Mineralwasser.

»Mensch, Bunny, du hast wirklich was los. Besser hätte ich das auch nicht sagen können.«

Als erstes machte Bunny am nächsten Morgen jedem anderen Verleger in der Stadt unmißverständlich klar, daß die Rechte an Charlies Biographie *nicht* zur Disposition stünden.

»Ganz richtig, Stan«, erklärte sie es dem Boß der Parimutuel Entertainment Corporation. »Ich habe ein Blankoangebot von Worldco, und im Augenblick halte ich es exklusiv. Das ist natürlich nicht die Art von Taktik, mit der man die Preise in die Höhe treibt, aber ich muß ja auch bedenken, was das Beste für meinen Klienten ist. Geld ist nicht alles, Stan. Das wissen wir doch nun beide.«

In der Third Avenue ging Stan Garfield auf wie ein wütender roter Luftballon.

»Was soll das heißen, ›Geld ist nicht alles‹? Was ist denn das für ein Scheiß? Wir machen *Geschäfte*, Bunny. Was ziehst du denn hier für 'ne Nummer ab?«

Bunny erklärte es National Books, Multi-National Books, New Modern Multi-National Books und Viking Penguin. Sie erklärte es Paramount, MGM, Columbia und Tri-Star. Jedem machte sie klar, daß sie im Augenblick nur mit Worldco verhandle. Dann stürzte sie davon, schon viel zu spät für ihre Verabredung zum Mittagessen um halb eins, und kehrte erst um zwanzig nach vier in ihr Büro zurück.

Sämtliche Lämpchen der Scall-Funktionen blinkten. Das Faxgerät rumorte wie eine Küchenmaschine und spuckte graue, unleserliche Nachrichten aus. Mehrere Telefone klingelten gleichzeitig, und Marge, Bunnys Sekretärin, war nirgends zu finden. Nach einer Weile entdeckte Bunny Marges handschriftliche Kündigung auf dem Schreibtisch.

»Wenn du Angst hast, dir den Arsch zu verbrennen«, sagte Bunny zu dem hastig bekritzelten Zettel, »dann darfst du nicht so nah an den Ofen gehen.«

Und dann erlebte sie, dort in dem tosenden Büro, einen irrwitzigen Augenblick der Klarheit. Nun verstand sie endlich. Der Nebel in ihrem Kopf lichtete sich. Was kam, war eine Klarheit ganz besonderer Art. Die Art von Klarheit, die Bunny gern für sich behielt.

»Hier geht es um mehr als um Unabhängigkeit für Tiere, Charlie«, sagte sie laut in den Lärm des Büros hinein. »Hier steht mehr auf dem Spiel, und zwar netto, nicht brutto.«

## 3

## Schiff ahoi!

Als arme Seeleute verkleidet, hatten Charlie, Buster, Muk Luk und Rick ein Handelsschiff gefunden, das sie nach Feuerland mitnahm. Sie schliefen im Lagerraum zwischen Ölfässern und Konservendosen, und das Dröhnen der Dieselmotoren ließ sie auch im Traum nicht los. Es waren grüne Träume, voller Palmen und sonniger Strände.

Spätabends wurde Charlie oft aus seinem Schlummer gerissen, wenn Muk Luk und Buster es miteinander trieben.

»Los, Pinguin!« forderte Muk Luk mit einer Vehemenz, die selbst Charlie ein wenig komisch fand. »Runter mit den blöden Handschuhen!«

»Bitte nicht, Muk Luk«, zierte Buster sich. »Du weißt doch, ich bin verheiratet. Wie oft soll ich dir das noch sagen –«

Dann, plötzlich wie die Begierde, verstummte Busters Schnabel – zum Schweigen gebracht von Eskimolippen, Eskimobrüsten, Eskimohänden, wer weiß was sonst noch. Ein animalisches Beben der Herzen, und ebenso bebten die Bettfedern. Charlie, allein auf seiner ächzenden Pritsche, drehte sich zur Wand und mühte sich, die zukkenden Schatten nicht zu sehen.

»Muk Luk hat gar nicht gewußt, wie sexy Pinguine sind.«

»Also wirklich. Du bist ab*scheu*lich.«

»Muk Luk ist nicht abscheulich. Muk Luk ist nur einsam. Und jetzt zieh deine Weste aus, bevor Muk Luk es für dich tut.«

Es folgte ein entsetzlicher, halb erstickter Aufschrei.

»Himmel, Muk Luk. Das ist keine Weste. Das bin *ich*.«

In einer Ecke des dunklen, öligen Laderaums seufzte Rick der Husky im Schlaf. »Endlich raus aus der Antarktis«, murmelte er. »Endlich nicht mehr den Arsch abfrieren. Kann's kaum erwarten.«

Die Seefahrt war allerdings kein reines Zuckerschlecken. Die Kojen waren wacklig und verrostet, das Essen drehte einem den Magen um, die Arbeit war schwer, die Mannschaft mürrisch und gemein. Jeden Morgen um viertel nach fünf wurden die Tiere unsanft geweckt, und dann hatten sie grade mal drei Minuten, um sich die Zähne zu putzen und sich kaltes, schmieriges Wasser ins Gesicht zu spritzen. Sie schlüpften in ihre hellgrauen Overalls und marschierten zur Kantine, wo jeder ein zerbeultes Aluminiumtablett und verbogenes Blechbesteck bekam. Dann gingen sie die Theke entlang und betrachteten das Angebot an dubiosen Speisen, wie in einem Museum des Ungenießbaren.

»Was ist *das*?« fragte Buster, die Augen rot und verquollen.

»Wurst mit Schmalz«, erklärte Muk Luk. »Davon bekommst du Mumm, Dickerchen.«

»Und das Grüne da? Sieht aus wie abgestandene Vanillesoße.«

»Eier, mein Süßer. Aus gefriergetrocknetem Konzentrat und Wasser. Muk Luk kauft es oft im Army-Navy-Store. Mjam.« Muk Luks Tablett bog sich bereits unter Stapeln von verbranntem Toast und einem großen Berg schwarzer fettiger Kartoffeln. Neuerdings war sie ausgesprochen munter, trug dick aufgetragene Lidschatten und besprühte sich mit Aqua Velva, das es im Schiffsladen zu kaufen gab. Erst am Vortag hatte sie, als sie das Deck schrubbte, ihre räudigen Pelze mit unverdünntem Industriereiniger gewaschen.

»Na, schau sich einer an, was die Hunde da angeschleppt haben«, meinte einer, der mürrischste und gemeinste unter den Matrosen, ein gewisser Zack Marmaduke. Zack setzte sich regelmäßig an den Nebentisch, funkelte sie drohend an und zog dann über sie her. »Soll das Dicke da mit dem Bart etwa ein *Mädchen* sein? Und die drei Kleinen mit den langen Nasen sollen *Männer* sein?«

Muk Luk, deren Fremdsprachenkenntnisse eher begrenzt waren, hielt Zacks Kommentare für Annäherungsversuche. Nun, wo es mit ihrem Liebesleben bergauf ging, sah Muk Luk sich als jemanden, der etwas zu bieten hatte.

»Tut mir leid, Seemann«, sagte Muk Luk mit schnurrbärtigem Lächeln. Sie legte den linken Arm um Buster, der auf der Stelle knallrot anlief. »Das Eskimomädel ist schon vergeben.«

(»Liebe Güte, Muk Luk«, flüsterte Buster und löffelte hastig seinen zähen Bohnenbrei. »Muß das denn wirklich jeder wissen?«)

»Die beiden sind füreinander geschaffen«, meinte Zack zu seinen Kumpanen. Es war ein übler Haufen, nichts als Schweißgestank und üble Laune. Ihre Tätowierungen zeigten Schiffswracks, Hula-Mädchen, Gestalten aus Comic strips oder anzügliche Bilderrätsel. »Eine dicke häßliche Wutz und ein gefiederter Freund mit fettem Bürzel.«

Aus tiefer Kehle begann Rick der Husky zu knurren.

»Reg dich nicht auf«, sagte Charlie und bot ihm den Rest seines altbackenen Doughnuts an. »Laß dir von denen nichts anhaben, Junge.«

»Grr«, sagte Rick zum zweiten Mal. Doch das Knurren wurde deutlich leiser, als Charlie erst einmal begann, ihn zwischen den Ohren zu kraulen.

»Solche Menschen, Rick«, erklärte Charlie, »die laufen ihr ganzes Leben mit einer gewaltigen Wut im Bauch herum. Sie müssen sich schlechte Verpflegung, schlechten Lohn, schlechte medizinische Versorgung gefallen lassen und obendrein noch fürchterliche Zeitungen. Nach einer Weile wissen sie gar nicht mehr, worauf sie überhaupt wütend sind.«

Zack packte seinen verbogenen Löffel wie eine Keule.

»Was sagst du da, Nigger? Was bist du eigentlich – so ein Gewerkschaftsaufwiegler oder so was?«

Charlies Zorn war dieser Tage sehr gedämpft, er hatte etwas Lethargisches. Nicht einmal die anderen Tiere wollte er noch herumkommandieren.

»Das hättest du wohl gern, Streithahn«, murmelte Charlie. »Das könnte dir gerade so passen.«

Es waren lange, neblige Tage voll harter Schufterei und gnadenloser Routine. Die Tiere rückten mit Mop und Seifenwasser den Stahlböden zuleibe und putzen das ganze Schiff. Sie rebelten Mais, schälten Kartoffeln, rollten Fässer und sammelten Abfall in große grüne Plastikbehälter. Sie schrubbten mit Stahlwolle den Urin und Dreck aus den Toiletten und verbrauchten eimerweise ätzende Lauge dazu. Am Nachmittag gestattete man ihnen eine fünfminütige Pause, in der es schwachen Tee und schalen Zwieback gab, und dann saßen sie beisammen, blickten zum trüben Horizont und malten sich aus, wie es wohl an Land sein würde.

Mehr als alle anderen stürzte sich Charlie auf diese Routinearbeiten und gab sich ihnen hin wie einer Bußübung. Er wirkte niedergeschlagen und verzagt. Er ging ganz auf in der monotonen Eindeutigkeit der Besen, der Mops, Schwämme und Scheuertücher. Bei den Mahlzeiten schaufelte er Löffel um Löffel in sich hinein, mit der gleichen unbeirrbaren Entschlossenheit, mit der ein Kind seinen Eimer mit Sand füllt. Selbst sein üblicher Jähzorn verflog. Nun schluckte er alles stillschweigend, wie es kam, ganz gleich, wieviel es war und was es war, wie ein Planet, der aus nichts anderem besteht als gepreßtem Staub.

»Was spielt das schon für eine Rolle, wohin man unterwegs ist, wenn man doch nie ankommt?« fragte Charlie sich. »Wen kümmert das schon, was man tut, wenn es doch alles vergeblich ist?« Schon seit frühester Jugend hatte Charlie im Leben etwas erreichen wollen. Glück, Erfüllung, Wahrheit, Schönheit, Gerechtigkeit, eine Familie, einen Triumph, Liebe. Aber nun regten sich Zweifel in ihm, ob all diese Ziele überhaupt wirklich existierten. Vielleicht waren sie genau wie die Mohrrübe, die man einem Pferd vor die Nase hält. Ein Ort, wohin man nur immer unterwegs war und wo man doch nie anlangte.

»Immer mit der Ruhe, Junge. Schwimm mit dem Strom. Such dir Arbeit, ein Zuhause, ein nettes Mädchen.« Charlies Vater, der mit einem ordentlichen Vorrat Bierdosen und Zigaretten in seinem Fernsehsessel im Wohnzimmer lag, hatte es nur gut gemeint. »Warum regst du dich denn wegen dem ganzen Zeug auf, das da in der blöden Zeitung steht? Militärputsch in Bolivien. Kolumbianische Gewerkschaften zerschlagen. Coca-Cola, General Dynamics, Consolidated Meat, die *New York Times*. Ja, die Welt ist nicht gerade vollkommen. Aber willst du dir davon dein Leben versauen lassen? Es gibt immer noch genug Schönes auf der Welt, Junge. Das wirst du schon sehen, wenn du mal ein Stück am Strand spazierengehst oder ein Rabenkind in den Armen hältst oder die Luft unter den Flügeln spürst oder wenn du einen großen Schluck wirklich eiskaltes Bier nimmst. Du mußt den *Augenblick* genießen, Junge, und die ganze gräßliche Weltgeschichte soll selber sehen, wo sie bleibt. Mach dich doch nicht verrückt, nur weil du die Welt ändern willst; so funktioniert das nicht. Die *Welt* wird *dich* ändern, Junge, wart's nur ab.«

Nachts, wenn die anderen schliefen, erhob Charlie sich leise aus seiner Koje und erkundete die abgelegensten Winkel des Schiffes. Ganze Vierteldecks, in denen es nichts als Schatten und Schmutz gab. Schlafende Matrosen in ihren winzigen, engen Kajüten, überall muffiges Bettzeug und Fast-food-Packungen. Porridge, der verdächtig in großen Suppentöpfen blubberte. Und darunter das immergleiche Poltern und Stoßen der Maschinen im Schiffsrumpf, eine Art abstruser, rhythmischer Singsang.

*Rum*-rum-rum-rum, *rum*-rum-rum-rum, *rum*-rum-rum-rum,
*Rum*-rum-rum-rum, *rum*-rum-rum-rum, *rum*-rum-rum-rum

Es war, als könne das ganze Schiff es gar nicht erwarten, Charlie die einzige Weisheit zu verraten, die es besaß.

Zwei Dutzend schwarze Vögel
In einem Kuchen drin,
Und als man ihn zerteilte,
Ein lieblich Lied erklang;
Zur Freude eines Königs
Ertönte ihr Gesang.

Wie sie so schnarchten, hörten sich die Männer wie wilde Wölfe an; die Lampen über ihren Köpfen flackerten und zischten. Charlie zog seine weiße Stoffmütze tiefer in die gefiederte Stirn und schlich an den Grüppchen von Seeleuten vorüber, die in Vorrats- und Lagerräumen finster beieinanderstanden. Er hörte, wie sie die unglaublichsten Gerüchte, Sehnsüchte, Wahnvorstellungen, Alkohol und Drogen austauschten, als handele es sich um Gemüse oder Socken. Dort unten war keiner jemals wirklich wach. Alle lebten dort ihr Unterwasserleben wie eine Art halbbewußtes Ritual.

»Wer da?« brummten die Seeleute.

Sie blickten wachsam auf, wenn Charlie vorüberkam, und versteckten ihre Joints oder Whiskyfläschchen in der hohlen Hand.

»Das ist der Nigger«, sagte ein anderer Seemann dann. »Wandert die ganze Nacht übers Schiff. Immer auf der Suche nach Action.«

»Ich werd' ihm mal zeigen, wo hier die Action ist.«

»Kleine Extravorstellung für ihn, Mann o Mann.«

»Bißchen Action gefällig, Nig? Zack Marmaduke stets zu Diensten. Schließlich ist Zack der Zeremonienmeister auf dieser öligen Schaluppe, oder etwa nicht? Der Nigger soll seine Action bekommen, Action, Action, Action, ob's ihm nun Spaß macht oder nicht.«

Wann immer Charlie diese drohend anschwellenden Stimmen hörte, beschleunigte er seine Schritte. Er schlug den Kragen noch höher, als ob der Kragen ihn vor Angriffen schützen könnte.

»Was liegt an, Nig? Bißchen Gesellschaft gefällig?«

Überall Schatten, Zigaretten glommen auf, Flaschen funkelten, und je weiter die Nacht fortschritt, desto heiserer wurden die Stimmen.

»Verdammt nochmal, bißchen Gesellschaft.«

»Bißchen Gesellschaft für den Nig. Von mir könnt' er's kriegen. Kein Problem.«

Und je weiter Charlie hastete, desto mehr wurde alles übertönt von der einen Stimme. Zwei Dutzend schwarze Vögel. In einem Kuchen drin.

Nie zuvor hatte Charlie sich so einsam gefühlt. Er lief schneller und immer schneller, und dabei hatte er keine Ahnung, wohin er überhaupt wollte.

In der Kapitänskajüte blieb die Tür meist bis Mitternacht angelehnt, und jeder konnte hören, was der Kapitän mit dem Ersten Maat und dem Bordfunker besprach. Charlie lungerte oft auf dem Flur herum und lauschte ein wenig, rollte sich seine hellen Zigaretten und spürte das Vibrieren der Motoren unter den Füßen. Einmal wurde Charlie sogar vom Kapitän auf ein Gläschen eingeladen.

»Du bist doch viel rumgekommen, Seemann«, sagte er und reichte ihm einen Scotch in einem Glas aus strahlendem Kristall. Die ganze Kajüte schwelgte in dubiosem Luxus: glänzender Chrom, poliertes

Teakholz, gewaltige Truhen und Tische aus dunklem Mahagoni. »Ist dir der Bursche hier mal irgendwo begegnet?«

Der Kapitän reichte Charlie ein graues, schlieriges Fax. Das Bild zeigte einen Raben mit scharfem, zynischem Profil und führte mit knapper, postmoderner Ironie seine besonderen Kennzeichen auf:

**GESUCHT**

**CHARLIE DER RABE**

BEKANNT UNTER DEM NAMEN
*Kumpel, Schwarzer, der Mohr, Charles, Charlie, Charlie der Rabe, Großmaul-Charlie, Mr. Besserwisser, Krah-Krah, der Rote Charlie und der Nigger.*

GESUCHT
*wegen Volksverhetzung, Entführung, Erpressung und wegen Erzeugung von übler Laune.*

BELOHNUNG
**$ 1.000.000.**

WARNUNG: DIESES TIER IST GEFÄHRLICH UND MIT JEDER ERDENKLICHEN FORM VON SUBVERSIVER RHETORIK BEWAFFNET. JEDE ANSPRACHE ERFOLGT AUF EIGENE GEFAHR!

Unterzeichnet war der Steckbrief vom leitenden Ermittlungsbeamten des FBI.

Charlie betrachtete das Fax nachdenklich. Dann strich er ganz sachte seinen angeklebten Spitzbart glatt.

»Nie im Leben«, sagte Charlie und tauschte das Blatt gegen ein Glas bernsteinfarbenen Scotch.

Es war guter Scotch. Dewar's.

Der Kapitän war ein massiger rotgesichtiger Mann, der Wohlwollen mit einer solchen Verbissenheit praktizierte, daß man es für eine Sportart hätte halten können. Seine Untergebenen, der Erste Maat und der Bordfunker, standen in der Ecke, die Gläser in der Hand.

Der Kapitän betrachtete noch einmal das Fax.

»Also, mir kommt das Gesicht verdammt bekannt vor«, sagte der Kapitän und zupfte sich an der Unterlippe, die von zu vielen losen Frauen und zuviel schlechtem Schnaps schrundig und voller Bläschen war. »Negroid, etwa sechzig Zentimeter groß, in Begleitung eines Pinguins und einer Eskimofrau. Hmmm. Also, ich weiß nicht, Seemann. Das klingt doch irgendwie vertraut, findest du nicht auch?«

Charlie trank seinen Scotch. Der Erste Maat betrachtete ihn nun mit der Miene eines Farmers, der Angst um seine Weizenernte hat.

»Ich bin viel zu beschäftigt«, sagte Charlie. »Da bleibt keine Zeit zum Nachdenken.« Er blickte den Kapitän an und gab mit diesem Blick alles zurück, was dieser ihm mit den Augen hatte sagen wollen. »Keine Zeit, um zum Beispiel über die diversen Verstöße gegen Arbeits- und Handelsrecht nachzudenken, die hier an Bord so geschehen. Oder vielleicht über das eine oder andere UN-Embargo, das umgangen wird, oder Zölle, die nicht gezahlt werden. Sie verstehen sicher, was ich meine, Sir.«

Der Kapitän lächelte und wischte mit einem fetten, phallisch erhobenen Zeigefinger Schweiß vom Rand seines Glases.

»Gut für dich, Seemann«, sagte der Kapitän. »Und so soll es auch bleiben – nur nicht zuviel nachdenken; dafür wirst du schließlich bezahlt, daß du nicht zuviel nachdenkst. Und vergiß nicht, wir Seefahrer, wir kümmern uns nicht darum, was ein Mann vielleicht einmal getan oder nicht getan hat. Uns interessiert nur, ob er seine Arbeit ordentlich macht. Stimmt's, Jungs?«

Der Erste Maat und der Bordfunker murmelten zustimmend. Es

war eher eine grundsätzliche Zustimmung, denn worauf der Kapitän eigentlich hinauswollte, das hatten sie beide nicht recht verstanden.

»Ich mag dich, Seemann«, fügte der Kapitän noch melancholisch hinzu. »Du bist einer, der für sich bleibt, und du hältst deinen Mund. Deshalb dachte ich, ich sollte dich vielleicht warnen.«

»Wie meinen Sie das, Käpt'n?«

Der Kapitän kratzte sein stoppliges Kinn, wandte sich seinen Seekarten und Gezeitentabellen zu und goß sich noch ein Glas Dewar's ein. Es war seine höflichste Art zu sagen, daß ein Gespräch beendet war.

»Morgen legen wir an, Seemann. Von da an müßt ihr, du und deine pelzigen Freunde, sehen, wie ihr durchkommt.«

Doch wie Charlie schon oft genug hatte feststellen können – der Kulturbetrieb war einfach unberechenbar.

Als sie im Hafen von Ushuaia an der Spitze der argentinischen Halbinsel einliefen, rechnete Charlie mit Militärjeeps, Handschellen, einem mitternächtlichen Standgericht. Doch was sich dort eingefunden hatte, um ihn und seine Freunde zu begrüßen, war etwas ganz und gar anderes.

»He, he, Charlie! Hurra, hur*ra*!« jubelten ihm die Einheimischen von den Docks und Molen zu. Blaskapellen spielten, die Luft schwirrte von Konfetti, und überall wurden eilig Spruchbänder im sanften Frühlingswind entrollt.

CHARLIE IST DIE NUMMER EINS!!!
CHARLIE INS WEISSE HAUS!!!
VIVA LE CHARLIE!!!

Überall auf den Bürgersteigen verkauften fliegende Händler T-Shirts, Kaffeebecher, Styropor-Bierdosenkühler, Kalender, Thermometer und Fanzeitschriften, alle mit dem Aufdruck I ♥ CHARLIE. Große Schwarzweißplakate zeigten Charlie in den verschiedensten rebellischen Posen: wie er, um den Kopf ein Che-Guevara-Stirnband, mit dem Maschinengewehr drauflosfeuerte, oder wie er sich, einen Zahnstocher im Schnabel, lässig an den Kotflügel eines 57er Chevy lehnte. Die Bildunterschriften verkündeten Dinge wie ICH ZEIG'S EUCH,

IHR DA OBEN! oder WER HAT DENN HIER DAS KOMMANDO? Jeder Artikel war für fünf Dollar zu haben, bei einem Herstellungspreis von ungefähr sieben Cent.

Als Charlie und seine Begleiter von Bord gingen, wurden sie umarmt, geküßt, gestreichelt, getätschelt, regelrecht verschlungen von einer vielsprachigen, vielrassigen, doch ausschließlich menschlichen Menge.

»Wir lieben die Tiere!« rief die Menge in einem verzweifelten Versuch, Aufmerksamkeit zu erlangen. Es waren durchweg Leute aus Mittel- und Oberschicht in Seersucker-Freizeitkleidung und T-Shirts mit aufgestickten Markenzeichen. »Und wir wollen, daß die Tiere uns lieben! Verrate es uns, Charlie! Verrate uns, wie man frei wird! Verrate uns, wie man Mensch wird! Verrate uns, wie man gut wird! Verrate uns, wie wir die Welt dazu bringen können, daß sie uns *liebt*, Charlie! Und verrate uns, wie *wir* die Welt lieben können!«

Charlie und seine Freunde waren von dieser Begrüßung wie vor den Kopf geschlagen. Sie gaben Autogramme, küßten Babies; sie lehnten Einladungen zum Abendessen und Angebote für Lizenzverträge ab. Als schließlich die erste Welle der Begeisterung abebbte, wurden sie an einer langen Menschenreihe zur Begrüßung vorbeigeführt, darunter ein Major, zwei Botschafter, ein Vertreter der OAS sowie der Präsident des argentinischen Coca-Cola-Lizenzbetriebes.

»Muk Luk mag das, wenn sie beinahe verschlungen wird«, sagte Muk Luk leise zu Buster und kniff ihn dabei in die Schulter. »Sie wünschte nur, sie hätte gewußt, daß sie auf eine Party geht, dann hätte Muk Luk vorher geduscht.«

Buster war ganz benommen, Rick hechelte, weil ihm alles zu eng war. Charlie hingegen sagte kein Wort. Er nickte nur immer wieder vor sich hin und bewegte die Lippen, so als ob er in Gedanken Zahlenreihen addierte. Für die offiziellen Fotos wurden pro forma ein paar Hunde, Katzen und Sittiche hinzugeholt.

Das Begrüßungsdefilee lief allmählich aus.

Als Charlie am Ende der Reihe angelangt war, blieb er vor einer aufdringlich attraktiven Frau mittleren Alters in weißem Leinenkostüm stehen, die sich herunterbeugte, um ihm die Flügelspitze zu drücken.

»Hallo Charlie«, sagte sie. »Ich bin Bunny Fairchild von der CMA, ich vertrete deine Buch-, Serien-, Film-, Fernseh-, Fernseh-Tie-in- und Produktwerbungsrechte. Die Leute warten schon seit Stunden auf dich, Charlie. Meinst du, du kannst ein paar Worte zu ihnen sprechen?«

Bunny wies auf die in aller Eile errichtete hölzerne Tribüne mit dem großen gerippten Mikrofon.

Charlie stieg auf das Podium und spürte, wie sich die Aufmerksamkeit der Menge auf ihn konzentrierte.

Blau schlugen die Wellen an die Docks.

Erwartungsvoll blickte die Menschenmenge zu ihm auf.

»Na los«, flüsterte Bunny ihm von der Seite aus zu. »Hast du denn deinen Bewunderern da draußen nichts zu sagen? Nun wo der Freiheitskampf vorüber ist und du aus deinem Versteck kommen kannst, willst du denn da nicht ein paar von deinen Weisheiten mit ihnen teilen?«

Charlie atmete tief durch.

Er schraubte das Mikrofon herunter.

»Ich habe schon befürchtet, daß so etwas geschehen könnte«, sagte er.

Und im selben Augenblick, in dem Charlies nachdenkliche Stimme an ihre lärmgewöhnten Ohren drang, begann die ganze Menschenmenge zu toben.

## 4

## Die Rückkehr der Unterdrückten

Nach dem Scheitern des Aufstands im Londoner Zoo brauchte Scaramangus erst einmal Zeit zum Nachdenken, doch alles, was er bekam, war ein Platz auf einem Seelenverkäufer nach Kanada, im Frachtraum.

»Wir haben dich an eine sehr angesehene Versicherung in Toronto verkauft«, erklärte ihm Treuhänder Heathcliff an dem Tag, an dem er von zwei ehemaligen Mitgliedern des Zoo-Kuratoriums in eine hölzerne Kiste verfrachtet wurde. »Du kommst in die Eingangshalle eines phantastischen neuen Hochhauses, das sie dort gerade bauen, und da wirst du immer zu bewundern sein, eine Art lebendes Firmenwappen. Gaszentralheizung im Winter, Klimaanlage im Sommer. So gut hast du es noch nie im Leben gehabt, du Dickwanst. Ich hoffe nur, du weißt unsere Bemühungen zu schätzen.«

Tag und Nacht stand Scaramangus in dem schmutzigen Frachtraum und lauschte dem Stampfen und Tosen der See ringsum. Und die ganze Zeit gingen ihm die alten Worte nicht aus dem Sinn.

»Wir«, rief Scaramangus den anderen Packkisten, der hallenden Decke, den verschnürten Bündeln zu. »Wir. Wir. Wiii-her. Wir.«

In den ersten Tagen brauchte Scaramangus nichts allzu Tiefsinniges zu sagen. Denn die Welt um ihn herum war voller Tiere, die so sehr auf ihn gewartet hatten, daß sie ihm gern ein gutes Stück der Arbeit abnahmen.

»Was soll denn das für ein ›Wir‹ sein, von dem der dicke Bursche da dauernd faselt?« fragte eine wohlgenährte Schiffsratte die andere. »Spinnt der, oder was?«

»Du kapierst aber auch gar nichts«, schaltete sich eine weiter Ratte ein. »Es geht um Solidarität.«

»Er spricht von den einfachen Sehnsüchten, die wir Tiere uns niemals eingestehen dürfen«, meinte eine vierte.

»Er spricht von dem, was wir Mütter für unsere Kinder empfinden, aber so was geht natürlich in ein Männerhirn nicht rein. Haltet doch endlich den Mund und hört ihm *zu*.«

»Er sagt es immer wieder, wie ein Mantra.«

»Er spricht eine einfache Sprache, die alle Tiere verstehen können.«

»Also, ich finde eher, der klingt, als ob er besoffen wär' oder so was.«

»Das Geniale ist eben immer einfach, mein Lieber. Ich habe mit ansehen müssen, wie meine ganze Familie durch Rattengift umkam. Und was hatten sie getan? Sie hatten sich etwas aus dem Müll geholt, das war ihr ganzes Verbrechen. Ein solches Unrecht vergißt man nicht.«

»Wir«, rief Scaramangus von neuem. Und immer und immer wieder.

Und Nacht für Nacht versammelten sich die Schiffsratten und feuerten ihn an.

Tausende winziger Zähne befreiten ihn aus seinem hölzernen Gefängnis. Sie hüllten ihn in Sackleinen und schmuggelten ihn hinaus ins Freie. Sie versteckten ihn in der Kanalisation und in Getreidesilos, wo ihre Rattenpriester mit ihm disputierten und die Schreiber im Verborgenen mitstenographierten. Jeden Abend kam er heraus, um in den finsteren Gassen und verfallenen Häusern zu seinen Brüdern zu sprechen, und Abend für Abend wurde seine Zuhörerschar größer und aufmerksamer. Die Ratten hätten ihn gern für sich behalten, doch seine Worte drangen hinaus in die Welt.

»Wir«, verkündete Scaramangus seinen Anhängern. Den streunenden Katzen, den Hunden, Gänsen, Eichhörnchen und Spatzen. Jedem, der zuhörte. Jedem, der auf ein besseres Leben hoffte.

»Wir. Wir. Wir. Wir. Wir.«

Nun war es nicht mehr aufzuhalten.

Es war an der Zeit, daß der ganze Planet der Tiere erwachte.

# Fünfter Teil

# *New York Story*

# 1
## Haushaltshilfe

Für ein alleinstehendes Mädchen in New York, fand Wanda die Gorillafrau, ging es ihr eigentlich gar nicht schlecht. Nach dem zu urteilen, was die Frauenzeitschriften schrieben, brauchte sie ja nicht viel – einen Freund, eine Wohnung und eine Arbeit, und die hatte sie schon alle drei.

Sie arbeitete für weniger als den gesetzlichen Mindestlohn als Au-pair-Mädchen bei den Garfields und wohnte in ihrem Haus an der Upper East Side, badete und fütterte die Kinder, saugte Staub, putzte Fenster, und wenn Mrs. Garfield und die Kinder aus dem Haus waren, gestattete sie Mr. Garfield eine hastige Runde Sex auf einem klappernden Feldbett im hinteren Flur.

»Du *Schlampe*!« pflegte Mr. Garfield genau im Augenblick der Erfüllung zu brüllen. »Du Schlampe! Du Schlampe! Du haariges schlampiges Tier –«

»Ja, ja«, beruhigte Wanda ihn und schlang die langen, frischgewaschenen Arme um ihren knubbeligen und nicht gerade ansehnlichen Liebhaber. »Ist ja schon gut. Komm zu Wanda und laß dich richtig gehen.«

Manchmal strampelte Stan so sehr, daß er die Stützen umwarf, und dann ging das Bett unter großem Geklapper mit ihnen zu Boden. Manchmal streckte er mit einem Seufzer alle viere von sich, ließ sein bleiches, schweißnasses Gesicht auf Wandas Brust fallen und schnarchte leise. Das waren die Augenblicke, die Wanda am allermeisten mochte. Einfach nur Stans Wärme spüren, ohne all die komplizierten Gedanken in seinem Hirn, all seine Gemeinheit.

»Daß ich ihn liebe, kann ich eigentlich nicht sagen«, erklärte Wanda ihrem Analytiker, Dr. Bernie Reikoff, Ecke 53. Straße und Madison Avenue. »Aber er ist wirklich nicht so schlimm, wie es sich anhört. Er steckt einfach nur so voller Wut wegen seinem Vater, der ihn verlassen hat, als er vierzehn war, und er mußte dann mit seiner überkandidelten Mutter leben.«

»Bringt er *Sie* jemals in Wut, Wanda?« fragte Dr. Reikoff, so als sei ihm das eben erst eingefallen. »Sie haben viel von Stans Wut gesprochen. Wie steht es mit Ihnen?«

»Ich werde eigentlich nie wütend, Dr. Reikoff.« Wanda wischte Crackerkrümel von ihrer Bluse. Das Sofa hatte ein erhöhtes Kopfteil, und sie starrte sich ganze Sitzungen lang in ihren eigenen haarigen Ausschnitt. »Ich bin eher ein liebevoller, fürsorglicher Typ. Eine Geliebte, Dr. Reikoff. Eine Mutter und Freundin. Ehrlich gesagt wünsche ich mir manchmal, daß ich einmal richtig wütend werden könnte, aber ich kann es einfach nicht. Ich glaube, am nächsten heran kommt bei mir so ein Gefühl wie Enttäuschung. Ich meine, ich bin dann von mir selbst enttäuscht.«

»Liegt das vielleicht daran, daß Sie denken, Sie sind nicht gut genug?« Manchmal sprach Dr. Reikoff mit erregter Stimme, ein wenig außer Atem. »Minderwertigkeitsgefühle, Wanda? Mangel an Selbstachtung? Wachen Sie mitten in der Nacht auf und fragen sich, wozu Sie noch weitermachen sollen? Was zum Teufel Sie überhaupt hier tun? Fragen sich, warum Sie niemals mit sich selbst, mit Ihrer Arbeit, mit Ihrem Leben zufrieden sein können?«

In solchen Augenblicken glitt Dr. Reikoffs Stimme dahin wie auf einem warmen Luftstrom. Er jubilierte regelrecht. Obwohl Wanda ihn natürlich immer rasch auf den Boden zurückholte.

»Ach, ich bin schon gut genug, Doktor«, erklärte Wanda ihm standhaft. Sie verschränkte die Arme vor der Brust. Immer wieder versuchte Dr. Reikoff sie auf solche Bahnen zu lenken, aber sie ging einfach nicht darauf ein. »Ich bin ganz mit mir zufrieden, ehrlich. Aber manchmal sehe ich mich um, ich meine Manhattan und all das. Die teuren Geschäfte, der Verkehrslärm, die Millionen von Menschen, die sich abmühen müssen, damit sie über die Runden kommen. Und irgendwie fühle ich mich dann, ich weiß auch nicht, einfach *enttäuscht*. Wie soll ich Ihnen das erklären? Ich sehe mich um, sehe mir diese verrückte Stadt an und frage mich immer wieder, wie ich so lange brauchen konnte, bis ich hierher kam. Wie konnte ich nur soviel von meinem Leben anderswo vergeuden?«

Wanda hatte nicht gerade das große Los gezogen, doch viele ihrer Freundinnen waren viel schlechter dran. Bobo zum Beispiel, die

Garderobiere im La Coupole. Bobo, ein orangeroter Orang-Utan, mußte viel zu enge Röcke und viel zu knappe Corsagen tragen, und die fetten Männer kniffen sie in den Hintern oder machten anzügliche Bemerkungen über ihre Brüste. Und als ob das nicht schon genug wäre, mußte sie auch noch mit ihnen flirten, sonst waren sie knickrig mit dem Trinkgeld.

»Mein Boß«, klagte Bobo oft, wenn sie sich alle am ersten Dienstag im Monat trafen, »das ist der mieseste Kerl auf dieser miesen kleinen Insel.« Sie saßen bei Angela's an der Ecke First Avenue und 63. Straße, und Bobo rückte ihren Spaghetti zu Leibe.

»Mies?« meldete sich Betty zu Wort, eine Pavianfrau, die am Pier 49 einen Gabelstapler fuhr. »Da, wo ich arbeite, gibt's keine Unfallversicherung. Keine anständige Krankenversicherung. Erzähl mir bloß nicht, daß du ausgebeutet wirst, Bobo. Fahr du erstmal Gabelstapler, dann weißt du, was Arbeit ist.«

Bobo zerpflückte Baguettescheiben und stopfte sie sich in den Mund. Betty schlürfte Austern und besprengte alles mit Parmesan; sie schwang die Dose wie einen Weihwedel.

»Ach ja?« sagte Bobo durch eine Wolke von goldgelben Krümeln. »Ich muß meine Trinkgelder versteuern, und dabei ist das praktisch alles, was ich verdiene. Und mein Boß, Mr. Davenport, berechnet mir ›Reinigungskosten‹ für meine sogenannte Uniform, das heißt, er zieht mir zwanzig Dollar von jedem Wochenlohn ab dafür, daß seine Frau meinen Minirock in Waschmaschine und Trockner steckt!«

»Die Männer in dieser Stadt sind allesamt Dreckskerle!«

»In meinem Einzimmerapartment wimmelt es nur so von Läusen.«

»Ich habe nicht mal das Geld, um zum Arzt zu gehen, und ich war so blöd und habe mich mit Pablo dem Koch eingelassen, und ich glaube, jetzt bin ich schwanger!«

Die Treffen ihres Frauenkränzchens, dachte Wanda, hatten etwas von einem Profiringkampf, nur daß dabei um die Wette gegessen wurde. Je tiefer Bobo und Betty in ihre Depression versanken, desto mehr Pasta ließen sie kommen und desto mehr trockenen Weißwein schütteten sie in sich hinein. Wanda hatte den ganzen Tag damit verbracht, sich für den Abend neu einzukleiden und schön zu machen; sie trug einen neuen perlgrauen Kaschmirpullover, ein Chiffonhalstuch mit Blumendruck und Garbadinehosen aus Schurwolle.

»Jetzt jammert doch nicht die ganze Zeit«, tadelte sie die anderen und begann ihre hornigen Fingernägel mit einer orangeroten Nagelfeile zu bearbeiten. »Versucht doch wenigstens *ein*mal positiv zu denken! Wir sind in New York, Leute! Im Big Apple. In der Stadt, die niemals schläft! Freilich müssen wir hart arbeiten, aber dafür ist hier auch was los!« Wanda sah das pulsierende Leben so deutlich vor sich, daß es sie kaum noch auf ihrem Stuhl hielt: Kino, Discos, Penthauswohnungen, Dachterrassen, private Nachtclubs, die rund um die Uhr geöffnet hatten. Das hier, so lautete die Botschaft der Stadt New York, die Wanda immer wieder aufs neue vernahm, das hier war kein Zoo. Das war das richtige Leben.

Wanda lehnte sich eben vor und gestikulierte mit der Nagelfeile in Richtung Bobo, da spürte sie, wie es in dem ganzen Restaurant plötzlich leiser wurde.

»Ich finde, ihr beide solltet jetzt endlich aufhören zu jammern und anfangen zu *leben*«, hatte Wanda gerade noch gesagt, da legte sich ihr eine feste, sorgfältig manikürte Hand auf die Schulter. Wanda erschrak so sehr, daß sie ihre Nagelfeile mitten durchbrach.

Sie wandte sich um.

Es war der Besitzer und Küchenchef, Luigi Chong. Luigi war Ende der achtziger Jahre als Taiwanflüchtling nach New York gekommen, hatte Millionen verdient und dann eine berühmte italienische Filmschauspielerin geheiratet, deren Namen das Restaurant an der First Avenue nun trug.

Wanda spürte, wie sich ihr Magen zusammenkrampfte, spürte, wie sie sich mit einem Male schämte. Ihr Tisch war das reinste Schlachtfeld. Bobo und Betty waren mit Spaghetti und Vermicelli behängt und mit Pesto verschmiert wie etwas, was man im Museum of Modern Art besichtigen konnte. Brotkörbe und Weinflaschen waren umgestürzt, und Betty hatte ihren neuen Jeansoverall von oben bis unten mit Bolognesesoße verkleckert.

»Ich hätte nie gedacht, daß ich so etwas noch einmal sagen muß, Mädels«, verkündete Luigi Chong mit knappen, sachlichen Worten, so als ob er auf einer Rechenmaschine Zahlen addierte. »Aber von heute an werden Tiere in diesem Restaurant nicht mehr bedient.«

Der Mittwochmorgen war immer der schlimmste der ganzen Arbeitswoche. Um fünf Uhr stand Wanda auf und stieg hinunter zur Tiefgarage, wo sie sich mit einem langen grünen Gartenschlauch abspritzte und mit übelriechendem Flohshampoo wusch. Dann zog sie ihr einfachstes weißes Hauskleid über, vertilgte eine halbe Tüte Kartoffelchips und machte das Frühstück für die Kinder. Eier, frisches Obst und Haferflocken. Orangensaft und ein Honig-Kleie-Brötchen. Die Kinder saßen inzwischen schon in ihren Seidenpyjamas, Partnerlook, am Tisch und betrachteten Wanda mit etwas, was man als Zuneigung oder auch als falsche Höflichkeit auffassen konnte.

»Guten Morgen, Wanda«, sagten die Kinder. Luke, der Junge, war sechs Jahre alt, Dolores vier.

»Guten Morgen, Kinder«, antwortete Wanda. Die kleinen, häßlichen, vollkommen haarlosen Kinder ließen sie an ihre eigenen, ungleich attraktiveren Nachkommen denken, Ariadne und Rambo. Das letzte, was Wanda von ihnen gehört hatte, war, daß sie an einen Textilfabrikanten in Austin, Texas, verkauft worden waren, der mit ihnen die neusten Gesetze gegen Kinderarbeit umging.

Luke und Dolores nahmen jeder einen Löffel voll Haferflocken, kauten und schluckten. Sie betrachteten Wanda, wie sie an den Küchenschrank gelehnt stand, sich die blaßrosa Hand vor die Augen hielt und seufzte.

»Was ist los, Wanda?« fragten die Kinder. »Warum bist du so traurig?«

»Ich bin nicht traurig«, erwiderte Wanda schlaff. »Tante Wanda ist nur müde, das ist alles.«

»Wenn du müde bist, Wanda, warum gehst du denn gleich nicht einfach wieder ins Bett? Du mußt doch nicht in die Schule. Du könntest den ganzen Tag im Bett liegen und dir Zeichentrickfilme ansehen.«

Wandas Gesicht wurde noch trauriger. Nichts auf der Welt tat Wanda lieber als im Bett liegen und sich Zeichentrickfilme ansehen.

»Wanda kann nicht einfach im Bett bleiben, weil sie dafür sorgen muß, daß ihr beiden in die Schule kommt. Und dann muß Wanda Frühstück machen, wenn eure Eltern aufstehen.«

Darüber mußten die Kinder einen Moment lang nachdenken. Es schien ihnen einerseits unverständlich, andererseits war es aber auch vertraut, wie eine fremde Sprache oder die Graffiti in der Untergrundbahn.

»Oh«, sagten die Kinder und klapperten beide mit den Lidern. »Wanda muß arbeiten. Natürlich.«

Dann hoben sie die Löffel und wandten sich ihren Honigmelonen zu.

Als sie fertig waren, boten sie Wanda höflich die Reste an.

Wenn sie die Kinder schließlich dem livrierten Chauffeur übergeben hatte, saß Wanda eine Weile am Küchentisch und lutschte halbherzig die Melonenschalen ab. Sie hörte gedämpfte Geräusche aus dem Elternschlafzimmer, gerade laut genug für ihre empfindlichen Gorillaohren.

»Nein, nicht«, sagte Mrs. Garfield. »Bitte, Stan. Das Hausmädchen. Nicht jetzt.«

Wanda machte Toast und eine große Kanne Kaffee. Als sie das Frühstück auf zwei Peddigrohrtabletts hereinbrachte, saßen die beiden in ihren zerknitterten Schlafanzügen da und versuchten dreinzublicken, als sei nichts gewesen. Mrs. Garfields Gesicht war geschminkt. Mr. Garfields Gesicht war mürrisch.

»Heute waschen Sie die Gardinen«, sagte Mrs. Garfield und tauchte ihr Messer mißtrauisch in die fettarme Butter. »Und gießen Sie bitte die Blumen. Und natürlich müssen die Fenster geputzt werden, außen und innen. Sie sind wirklich eine Perle, Wanda. Eine absolute Perle, das muß ich sagen. Wenn meine Freundinnen Hausangestellte suchen, dann wollen alle einen Gorilla, aber es sind einfach keine zu finden. Ich glaube, mein Mann und ich haben den einzigen anständigen Gorilla-Domestiken in ganz New York City gefunden, und wissen Sie was, Wanda? Sie können sich gar nicht vorstellen, was für ein wunderbares Gesprächsthema auf Parties Sie sind.«

Mr. Garfield saß im Bett neben seiner Frau, doch in Gedanken schien er in einer anderen Galaxie.

»Mehr Butter!« rief Mr. Garfield. »Sirup. Toast. Kaffee. Ich bin völlig ausgehungert!«

Mit seinem bleichen Messer kratzte er das kleine weiße Keramikbutternäpfchen aus, hin und her und immer im Kreis. Wenn seine

Frau im Zimmer war, sah er Wanda kaum an, aber Wanda wußte stets, woran er dachte.

»Und vergessen Sie nicht, Wanda«, schnatterte Mrs. Garfield, »ich bin heute den ganzen Tag unterwegs. Aber Stan kommt, wie immer, zu einem frühen Mittagessen.«

## 2

### Online

Du bist ja ein Tier, das redet, wie ihm der Schnabel gewachsen ist, Charlie, und deshalb will ich auch kein Blatt vor den Mund nehmen. Es ist mir gleich, ob du mich magst. Es ist mir gleich, ob du mich respektierst. Aber ich bin nun mal eine erstklassige New Yorker Werberepräsentantin, und du bist ein erstklassiger Artikel, auf den die ganze Medienwelt hier regelrecht versessen ist. Kommst du noch mit, Charlie? Oder geht's dir zu schnell?«

»Es kann mir gar nicht schnell genug gehen«, sagte Charlie matt und nahm einen Schnabel voll Perrier.

»Gut. Ich denke mir nämlich, Charlie, wir beide, wir funken auf der gleichen Wellenlänge. Ich denke mir, wir sprechen die gleiche Sprache. Du und ich, wir können ein Superteam sein. Ich glaube, das ist der Anfang einer wunderbaren Freundschaft.«

Bunny nahm einen großen Schluck von ihrer kalorienarmen Cola, so als ob sie gerade schwierige Geschäftsverhandlungen zu Ende gebracht hätte und den Abschluß besiegelte. Ich mag dich, du brauchst Geld, ich fresse dich auf. Ist doch fair, oder?

Sie stellte die leere Coladose ab.

»Ich habe dich für alle wichtigen Fernsehshows gebucht, Donahue, Oprah Winfrey, Montel Williams, Geraldo, Tom Snyder, Dick Cavett und die Late Show mit David Letterman. Ich habe eine PR-Firma, eine Masseuse, eine Kosmetikerin und eine Astralberaterin für dich engagiert. Ich habe Anzeigen geschaltet, Verträge für Nebenrechte geschlossen und sogar für ein wenig Wirbel in Hollywood gesorgt. Was sagst du dazu, Charlie?« Bunny hielt ihre Hände hoch und blickte zwischen ihnen hindurch, so als projiziere sie ihre gewaltige Vision hinaus in das gesamte Universum. »Du wirst von Dustin Hoffman gespielt, Charlie, mit Gene Hackman als Buster der Pinguin. Demi Moore als Muk Luk. Und in *meiner* Rolle – na, da sehe ich Meryl Streep. Wer sonst, Charlie, meinst du nicht auch? Sei ehrlich, Charlie, denn ich verspreche dir, ich werde immer ehrlich zu dir sein.«

Charlie sah sich mit unverhohlenem Mißtrauen in Bunnys Büro um. Ein großer Mahagonischreibtisch. Hochglanzbände in den Regalen. Futuristisch anmutende Telekommunikationsgeräte.

Draußen im Vorzimmer konnte Charlie gerade noch Bunnys neue Sekretärin hören, wie sie Anrufe entgegennahm.

»Tut mir leid«, sagte die Sekretärin immer und immer wieder. »Ms. Fairchild ist in einer Besprechung.«

Charlie spürte, wie sich in dem Büro Erwartungen aufbauten wie Gewitterwolken.

»Ja, sicher«, sagte er schließlich. »Meryl Streep. Oder Liza vielleicht.«

Bunny stieß einen langen Seufzer aus. Es war schon eine Tortur.

»Oder Liza vielleicht«, sagte Bunny ohne rechte Begeisterung. Charlie saß auf dem dick gepolsterten Ledersofa und sah ein vertrautes Buch auf dem gläsernen Couchtisch funkeln. Er stemmte sich gegen das Sofa, das ihn in seiner Üppigkeit nach unten zog, lehnte sich vor und griff danach.

*Mein Rebellenleben* von Charlie dem Raben, aufgezeichnet von Bernie Weinstock. Worldco Books. $ 28.95.

Charlie legte das Buch wieder auf den Tisch, durchquerte das weitläufige Büro mit einem kurzen Flügelflattern und landete vor dem gewaltigen, schmucklosen Bücherregal. Er betrachtete immer gern Regale mit hübsch aufgestellten Büchern, auch wenn ihm das, was in den Büchern stand, überhaupt nicht gefiel.

»Ich repräsentiere Mickymaus, Charlie. Ich repräsentiere Donald Duck und Onkel Dagobert. Ich repräsentiere die ganze Warner-Brothers-Cartoonfamilie, ausgenommen Daffy. Erinnerst du dich noch an das Buch mit dem sprechenden Hasen, das vor zehn Jahren ein solcher Erfolg war? Das habe ich gemacht, Charlie, das ist alles von mir. Ich repräsentiere Maulwurfsbücher, Wolfsbücher, Fuchsbücher; nenn mir ein Pelztier, Charlie, und wahrscheinlich vertrete ich die

Rechte dafür. Ist es denn da ein Wunder, daß dein Verleger sich sofort an mich gewandt hat? Aber auch wenn ich noch so viele berühmte Tiere unter meinen Fittichen habe, Charlie, bist du doch immer noch etwas ganz Besonderes. Weißt du, warum du die große Ausnahme bist, Charlie? Na, ich will's dir verraten. Denn ich will immer ehrlich zu dir sein, Charlie. Und ich hoffe, daß du auch immer ehrlich zu mir bist.«

Charlie hörte den Dopplereffekt einer Sirene fünfzig Stockwerke weiter unten. Ein Krankenwagen oder die Bullen.

»Sicher, Bunny«, sagte Charlie. Hier in diesen blitzenden Büros war Charlie höher über dem Erdboden als je zuvor. »Verrat es mir. Weshalb bin ich etwas so Besonderes, hm?«

Bunny lächelte. Ihre Zahnkronen blitzten.

»Weil du *echt* bist, Charlie. All die anderen Tiere – das waren immer nur Zeichentrickfiguren, Illusionen. Aber du bist durch und durch echt, Charlie, geradezu angsteinflößend real.«

Unten auf der Straße kamen immer mehr Sirenen zusammen, schlangen sich ineinander wie wehende Girlanden.

Charlie blickte zum Fenster hinaus, doch es ließ sich nicht öffnen. Offenbar gab es keinen Weg hinaus.

»Ja, schon, Bunny«, sagte Charlie. »Aber wenn du dir's mal recht überlegst, dann bist du selbst doch auch ziemlich real, oder?«

## 3

## Das süsse Leben

Dank Charlies Spesenkonto genossen Buster, Muk Luk und Rick jetzt den atemberaubenden Luxus des Marriot-Marquis-Hotels am Times Square. Tagein, tagaus saßen sie in ihrem parfümierten Penthaus, eingelullt von den festen, frisch gemachten Betten und der opulenten Klimaanlage. Servierwagen des Zimmerservice waren überall im Raum abgestellt wie Patienten in der Notaufnahme. Indirektes Neonlicht ließ die Gardinen hell erstrahlen, während sich draußen auf dem Platz die abgerissenen Gestalten sammelten wie Fliegen. Tiere ohne Arme, ohne Beine. Tiere ohne Augen, ohne

Ohren. Tiere, die alkohol- oder drogenabhängig waren. Tiere mit Pistolen und Messern. Das war nicht mehr die Wildnis, ging es Buster und seinen Freunden oft durch den Kopf. Das war nur noch der Dschungel, und der Dschungel war überall, wohin sie auch blickten.

Buster und Rick kauten geistesabwesend ihre Pommes frites und Zwiebelringe, und Muk Luk, nackt bis auf die haarigen Beine und stinkigen Socken, sah sich Pornofilme im Kabelfernsehen an.

»Muk Luk findet das sehr aufregend«, sagte sie, und ihre Aufmerksamkeit war oft auf groteske Weise hin und her gerissen. »Schieb mal deinen kleinen Hintern rüber, Pinguin. Mal sehen, ob wir *das* auch können.«

Manchmal kam es aber auch vor, daß Muk Luk mitten in der Nacht die Hand nach Buster ausstreckte, und er war fort.

»Pinguin!« rief Muk Luk dann und schaltete die Nachttischlampe an. »Muk Luk hat Bedürfnisse!«

Doch nur eine kleine Kuhle zeigte in dem jähen Lichtschein, wo Buster zuvor gelegen hatte.

(Und Muk Luk konnte beinahe das Klicken der Penthaustür hören, die der automatische Türschließer mit einem leisen Zischen schloß.)

Muk Luk setzte sich im Bett auf. Sie schaltete den Fernseher ab.

»Ach, Pinguin«, klagte Muk Luk und griff nach ihren Mentholzigaretten. »Schon jetzt fehlst du Muk Luk!«

Und die ganze Nacht saß sie in ihrem Bett in dem hell erleuchteten Penthaus, rauchte und wartete, daß Buster zurückkam.

Ganz gleich, wohin Buster eilte, alles erinnerte ihn an Orte, an denen er schon gewesen war. Die Vordächer der Theater, die Zeitschriftenstände, Krimskramsläden und Filmplakate, alles wurde mit der gleichen Münze gerechnet. LU$T FOR $ALE, NAKED PASSIONS, EATING VERONICA, BONKING RAOUL.

»He, Pinguin! Kannst du 'ne Armbanduhr brauchen?«

»Hallo, Kumpel. Haste mal 'n Hunderter für mich? War bloß 'n Witz. Aber 'n Vierteldollar vielleicht?«

»Ich mach' dich glücklich, Pinguin. Alles, was du willst. Soll ich dir einen blasen? Brauchst's nur zu sagen.«

»Ich blas' dir einen, Pinguin. Alles was du willst. Kannst du vielleicht 'ne Armbanduhr brauchen?«

An manchen Abenden kam es ihm vor, als ob die ganze Welt zum Verkauf stünde. Armbanduhren, Bücher, oraler Sex, Filme, Hotdogs, Papayasaft, gebrauchte CDs, Brezeln, in Honig geröstete Erdnüsse, Autoradios, Socken. Manchmal machte dieses ewige Drängen, das seine Aufmerksamkeit in alle Richtungen zugleich zerren wollte, Buster angst. Er bog spontan in eine Gasse ein, nur um den Neonreklamen zu entgehen, und fand sich plötzlich in einem Gewirr von Unterkünften aus Pappkartons, inmitten von benommenen Tierzombies, die in Zeitungen oder grüne Mülltüten gewickelt waren.

»Ich mach' alles, Pinguin, fünf Dollar.«

»Soll ich dir einen blasen?«

»Saubere Nadeln.«

»Einen blasen, halb geschenkt.«

»Tierischer Sex, Pinguin, und ich meine wirklich *tierisch*. Oder soll ich dir vielleicht einen blasen? Noch besser, was?«

Nach einer Weile verflog Busters Panik. Er rannte nicht mehr. Er versuchte nicht mehr von dort fortzukommen. Er wanderte gedankenverloren zwischen den Papphütten umher. Gestalten, die sich in Hauseingänge drückten. Crack-Röhrchen auf dem rissigen Asphalt. Zersplitterte Wein- und Bierflaschen, zerbrochene Spritzen, bleiche Urinpfützen. Jeden Tag werden es mehr, dachte Buster und verteilte rechts und links alles, was er an Kleingeld dabeihatte. Das hört niemals auf, niemals. Schließlich hielt er an einer Imbißbude und ließ sich einen Papayasaft und eine Knackwurst auf einem weißen Pappteller geben. Weil alles in New York zum Verkauf stand, war nichts das Kaufen wert. Man konnte einen Walkman genauso billig kaufen wie ein Menschenleben, einen Burger genauso an jeder Ecke wie ein Schnappmesser.

Je mehr man verkauft, ging es Buster durch den Kopf, desto weniger hat man. Und je weniger man hat, desto weniger ist man wert. Die simplen Regeln von Angebot und Nachfrage, so weit das Auge reichte.

Es war eine Welt, die für niemanden einen Sinn hatte außer für sich selbst.

Und so sehr er sich mühte, fand Buster einfach keinen Weg heraus aus dieser Welt.

Manchmal, wenn er des Nachts zwischen den aufdringlichen Leuchtreklamen und dem dampfenden Tiermüll unterwegs war, hörte Buster, wie merkwürdige Gerüchte im Dunkel Gestalt gewannen.

»Charlie hat sich verkauft.«

»Charlie ist jetzt einer von denen.«

»Charlie tritt in der Donahue-Show auf. Charlie macht Werbung für Cornflakes.«

»Ich hab' dem Burschen nie getraut. Vom ersten Augenblick an nicht.«

»Ein Verräter.«

»Ein Reaktionär.«

»Ein Spitzel.«

»Ich würd' diesem scheinheiligen Nigger gern mal in einer dunklen Gasse begegnen. Bei Neumond, Mann. Bei Neumond.«

Jedesmal, wenn Buster irgendwo Charlies Namen hörte, durchzuckte ihn so etwas wie Erkenntnis, wie ein Flipperautomat, der aufleuchtete, wenn die Kugel traf.

»Zeitungen wie *People* berichten jetzt über Charlie. Er wohnt in einem Penthaus-Apartment und umgibt sich mit bewaffneten Leibwächtern. Mr. Big sagt, Charlie hat die Revolution verraten. Mr. Big sagt, Charlie ist der Antichrist. Für uns wird es keine Freiheit geben, solange wir nicht diesen Vogel los sind – sagt Mr. Big. Wir müssen Charlie das Handwerk legen. Wir müssen ihm die Maske vom Gesicht reißen, damit die Leute sehen, wer er wirklich ist. Ein Helfershelfer der herrschenden Kultur, der seinen politischen Mantel nach dem Wind hängt, ein rückständiger Reaktionär, ein durch und durch selbstsüchtiger Vogel.«

Seltsame Schattengestalten sprachen Buster an und zeigten verschmierte Zeitungen und billig hektographierte Flugblätter. Sie drängten ihn, das *Aufständische Wochenblatt* zu abonnieren, die *Guillotine-Gazette, Tiere zur Tat!* oder die *Worte des Mr. Big*. Die Artikel enthielten nichts als Wut und Hetze, denn das war das einzige, worauf die Tiere sich noch verständigen konnten. Nach so vielen Generationen der Selbstverleugnung wußten die Tiere überhaupt nicht mehr, was sie eigentlich wollten. Sie wußten nur, was sie *nicht* wollten. Und das wollten sie niemals wieder.

»Wir wollen keine westliche Kultur!« verkündete »Mr. Big«, der in aller Munde war, obwohl niemand wußte, wer sich hinter diesem Namen verbarg. »Wir wollen keine Käfige, wir wollen keine Wärter, wir wollen keine Jobs bei McDonald's, wir wollen die jetzigen Verhältnisse nicht. Im Grunde wollen wir überhaupt keine Verhältnisse. Weder unsere noch ihre. Wenn *wir* nicht unser eigenes Leben leben können, dann sollen sie auch nicht *ihres* leben! Nein, nein, nein! Das darf nicht sein!«

Diese Verneinung hallte in Busters Kopf nach wie ein Beschwörungsgesang. Nein, nein, nein. Das darf nicht sein. Er sah die Leuchtreklamen, den schmutzigen Nieselregen, die Müllmänner, die ab und zu vorbeikamen, die ausländischen Taxifahrer, die Hotdog-Stände, die Sexshops, und unter alldem der immergleiche, durch nichts bezwingbare Singsang, der Rhythmus, der in den gurgelnden Abwässerkanälen unter seinen Füßen stampfte, ihm von den Grillrosten entgegenzischte und aus den Lautsprechern dröhnte.

Nein, nein, nein. Das darf nicht sein.

Wenn Buster dann gegen drei oder vier Uhr morgens erschöpft wieder am Marriot-Marquis anlangte, konnte er schon von unten Muk Luks Nachttischlampe im dreißigsten Stock brennen sehen, doch es machte ihm nichts mehr aus. Nach einer Nacht so voller namenloser Wut konnte es Buster nicht mehr schrecken, geliebt zu werden. Er freute sich sogar ein wenig darauf.

Als er mit seiner Magnetkarte die Tür öffnete, fühlte er sich schmutzig, zerzaust, unrasiert. Muk Luk saß aufrecht im Bett und blätterte lustlos in ihrem *Gefrierfleisch: Das Kunst- und Unterhaltungsmagazin für Eskimos in New York*.

»Es ist scheußlich da draußen, Muk Luk«, sagte Buster. Das Zimmer kam ihm ungeheuer groß vor, Muk Luk unendlich weit weg. »Wo man hinsieht, geht die Welt in die Brüche.«

Muk Luk schlug ihre Zeitschrift zu und nahm die Brille ab. Sie warf Buster einen langen Blick zu und dann noch einen.

All die Liebe, dachte Muk Luk. All die Liebe, die ich nie bekommen habe.

»In der Welt sind einem noch nie gebratene Fische in den Mund geflogen, Pinguin«, sagte sie. Sie zog die Bettdecke zurück und machte ihm Platz. »Und jetzt zieh dich aus und komm ins Bett.«

## 4

## Die Zeiten ändern sich

Jeden zweiten oder dritten Morgen erhielt Wanda einen an den Seiten vor Kummer verschmierten Brief. Der Umschlag war parfümiert, er roch nach etwas wie frischem Mulch. Die Handschrift war ungelenk und krumm.

*Liebe Wanda,* begann der Brief,

Du fehlst mir. Hier schreibt Dein Ehemann Roy. Erinnerst du Dich noch an mich?

Ich lebe in Georgia. Arbeite auf einer großen Farm. Ich pflücke Baumwolle, Bohnen und Erbsen. Ich mag meine Arbeit. Manchmal.

Ich weiß, daß du mich nicht mehr liebst. Ich weiß, daß ich dumm bin. Ich weiß, daß ich langweilig bin. Es tut mir leid, daß ich nie über etwas anderes rede als Bananen und Baseball. Es gibt einfach nicht viel, was mich interessiert, das ist alles.

Willst Du mich nicht mal besuchen? Hast Du Nachricht von den Kindern? Ich möchte ihnen gern etwas zum Geburtstag schicken. Ich habe schreckliche Schuldgefühle. Ich habe das Gefühl, daß ich alles falsch gemacht habe.

Ich wünschte, Du würdest mich in Georgia besuchen kommen. Die Bananen hier sind wirklich prima.

In Liebe,
Roy

Jedesmal, wenn sie ein solches Lebenszeichen von ihrem vormaligen Gatten erhielt, schluchzte Wanda stundenlang, selbst beim Putzen oder Bügeln noch. Große, dicke, salzige Gorillatränen platschten auf die Elfenbeintischchen und Marmorfigurinen. Roys Stimme zu hören, das war, als ob man in ein Koma fiel. Sie spürte ihn wieder, wie er fett und öde neben ihr im Käfig saß, seine Bananen mampfte und andauernd furzte. Es spielte kaum eine Rolle, ob Roy nun weit fort war oder ob er neben ihr saß.

Wanda war ganz mit Putzen beschäftigt und bemerkte gar nicht, wie Mr. Garfield nach Hause kam und seinen Aktenkoffer in die Ecke schleuderte. Aber schließlich hörte sie ihn doch bei seinen endlosen Geschäftsverhandlungen am schnurlosen Wohnzimmertelefon.

»Ich will den ganzen *Scheiß* über Nutzungs- und Nebennutzungsrechte nicht mehr hören, Bunny!« Wenn Stan Garfield wirklich in Wut geriet, war das ganze Haus mit Hitze und Energie erfüllt, als könne es jeden Moment explodieren. »Ich will nur hören, daß die einstweilige Verfügung aufgehoben wird. Daß ich die verfluchten Gewerkschaftsaffen wieder in die Docks schicken kann. Daß ich *endlich* meine über sechzig Tonnen Charlie-der-Rabe-Videospiele unten in Sag Harbor ausladen kann. Und verschon mich mit deinem Gerede von Geschäftsgebaren, Bunny. Erzähl *du* mir nichts darüber, was anständig ist und was nicht. Wenn die Kids sich mit Charlie dem Raben wunde Daumen holen wollen, dann bin *ich* derjenige, der ihnen die wunden Daumen verkauft, und es ist mir scheißegal, was du für beschissene Deals mit diesen Scheißern von Worldco gemacht hast.«

Stan redete ohne Punkt und Komma; nur hin und wieder schien sein Redestrom auf ein größeres Hindernis zu stoßen, und dann gab er vor Ungeduld grunzende, pfeifende Laute von sich, so als mühe er sich, diese Hindernisse aus dem Weg zu räumen.

»W*arum*, Bunny? *Du* fragst *mich* w*arum*? Weil ich nunmal die Scheißkids *gern* habe. Weil ich die Scheißkids in dieser Scheißwelt endlich richtig *glücklich* machen will!«

Nach solchen Telefonaten knallte Stan entweder den Apparat hin, oder er warf ihn zum Fenster hinaus. Dann stürmte er durch die Wohnung, zielsicher wie eine Rakete mit Thermosensor, und wenn er Wanda gefunden hatte, ganz gleich wo es war, fiel er über sie her. Im Kinderzimmer. In der Küche. Auf dem Wohnzimmersofa. Oder auf dem Billardtisch im Herrenzimmer.

»Schon gut, Baby«, sagte Wanda dann. Für sie hatte seine Wut etwas Rührendes, auch wenn die Art, wie er sie dann nahm, viel von Frankie in *Blue Velvet* hatte. Doch ganz gleich mit welcher Gewalt er sich auf sie warf, sie gab ihm Geborgenheit mit ihren dicken Muskeln und ihrer schwieligen Haut. Wie jede echte Mutter hatte Wanda sich immer ganz besonders zu den bösen Buben hingezogen gefühlt.

»Ich hasse Worldco«, schnaufte Stan Garfield zwischen Wandas schlaffen Brüsten. Seine Hosen baumelten an den Knöcheln, und Wanda sah seinen Hintern, der fast ebenso rund und haarig war wie der Hintern von Roy. »Ich hasse diese verdammten Umweltheinis. Ich hasse die Elternvereine. Ich hasse die Gewerkschaften. Und ich hasse Bunny Fairchild. Am liebsten würde ich sie umbringen, Wanda. Am liebsten würde ich sie allesamt umbringen und mit dir auf und davon gehen, nach Afrika. Ich will auf den Bäumen schlafen. Ich will einmal wirklich frischen Obstsalat essen und ins grüne Gras kacken. Ich will zum ersten Mal in meinem Leben richtig durchatmen können. Ich will nicht mehr gegen den Strich leben, Wanda. Meinst du, daß ich das jemals schaffen kann? Meinst du, ich werde irgendwann einmal einen Augenblick Ruhe finden und nicht mehr gegen den Strich leben?«

Instinktiv fuhren Wandas harte Fingernägel auf der Suche nach Läusen durch Stans schon ein wenig schütteres Haar.

»Afrika ist voller Ölraffinerien und Kartonagefabriken, Baby«, erklärte sie ihm. »Wenn du einen Film sehen willst, mußt du Hunderte von Meilen fahren, und dann sind es meistens nur Hollywoodschinken. Keine Autorenfilme, kein Off-Off-Broadway, keine Bibliotheken oder Buchhandlungen, keine Delikatessenläden oder Waschsalons, die rund um die Uhr geöffnet haben. New York würde dir fehlen, Stan, und mir auch.«

Doch Stan Garfield war schon in sein übliches stoßweises Schnarchen verfallen und hing seinen schwülen Träumen nach. Und in den tiefsten, ruhigsten dieser Träume, da träumte er von einem Afrika, das Wanda niemals wiedersehen wollte.

In jenen kurzen Augenblicken am Werktagnachmittag, in denen Stan Garfield ihr ganz allein gehörte, da brauchte Wanda nichts und niemanden sonst, um glücklich zu sein. Danach arbeitete sie für den Rest des Tages mit doppelter Kraft. Sie putzte, wischte Staub, polierte die Möbel, kochte und buk wie ein Weltmeister. Die Ritzen und schwer zugänglichen Stellen der Edelholzfußböden schrubbte sie mit einer alten Zahnbürste. Sie polierte die Fernsehbildschirme, bis sie glänzten. Und am Nachmittag, wenn die Toilettensitze so sauber waren, daß man davon essen konnte (was sie tatsächlich auch oft tat), begann für Wanda die tägliche »Freizeit«. Unter dem Vorwand einzukaufen ging sie in die Stadt, doch in Wirklichkeit tat sie viel, viel mehr als das.

Zuerst ging Wanda ins Aerobic-Studio, dann ließ sie sich bei einer Kosmetikerin schönmachen. Sie wurde frisiert, bekam die Beine enthaart, die Augenbauen gezupft und die Nägel manikürt. Sie joggte im Park, schwamm ein paar Runden und konsultierte ihre persönliche Astralberaterin. Und wenn sie sich dann gerade richtig wohl fühlte und zufrieden mit sich und ihrem Äußeren war, sprintete sie los zu ihrem Termin bei Dr. Reikoff, um halb fünf in der Stadtmitte; sie war schon viel zu spät dran.

Und Dr. Reikoff machte Wanda von Sitzung zu Sitzung mehr zu schaffen.

»Wanda, wann wachen Sie endlich auf und merken, was hier gespielt wird?« Dr. Reikoff gab sich alle Mühe, objektiv zu sein, doch nach einer halben Stunde von Wandas gnadenlosem Optimismus war er so frustriert, daß er hätte platzen können. »Liebe Güte, Sie sind ein Gorilla, ein blödsinniger Gorilla. Sie wiegen dreihundertfünfzig Pfund, ohne Schuhe. Sie sind nicht Lana Turner, verstehen Sie? Sie sind nicht einmal Shelley Winters. Sie sind ein großer, dicker, haariger Menschenaffe, und ganz gleich, wie oft am Tag Sie duschen und wie oft Sie sich die Achselhöhlen rasieren oder wieviel extrastarkes Eau de Cologne Sie sich überschütten, Sie *stinken* immer noch. Ich sage Ihnen das, weil ich Sie respektiere, Wanda. Ich sage Ihnen das, weil mir etwas an Ihnen *liegt*.«

Wanda setzte ihr tapferstes Gesicht auf, aber sie konnte doch nicht verhindern, daß die Tränen kamen. Wenige Minuten später hatte sie sich schon durch ein ganzes Taschenpäckchen zweilagiges Kleenex geschneuzt.

»Er liebt mich, Dr. Reikoff.« Sie brachte es nicht fertig, ihm ins Gesicht zu sehen. »Und Stan ist ein *guter* Mensch, wirklich. Er ist nur einfach so vollgestopft mit Wut, daß man das Gute nicht mehr sieht.«

»Er behandelt Sie wie die Regimentshure, Wanda.«

»Die Garfields geben mir ein Zuhause, Dr. Reikoff. Was soll ich denn noch verlangen? Ich wohne an der Park Avenue – ich, eine geschiedene Gorillafrau –, das ist die teuerste Adresse in den ganzen Vereinigten Staaten.«

»Sie verrichten Sklavenarbeit, Wanda. Sie bekommen weniger als den gesetzlichen Mindestlohn und schlafen dafür auf dem *Flur* auf einem *Feld*bett. Diese Leute tun Ihnen keinen Gefallen, Wanda, verstehen Sie das denn nicht? Für die sind Sie nur eine billige tierische Arbeitskraft. Etwas, was sie immer wieder neu ausbeuten können. Ich will Sie einmal etwas fragen, Wanda. Und es bleibt unter uns, ja?«

Dr. Reikoff war inzwischen ganz auf die Kante seines gepolsterten Drehstuhls vorgerutscht und lehnte sich vor, weit in Wandas persönliche Sphäre hinein. Seine Stimme war angespannt. Er blickte sich nervös über beide Schultern.

»Haben Sie schon einmal von einer Bewegung gehört, die sich für die Rechte der Tiere einsetzt, Wanda?«

Wanda spürte, wie es ihr plötzlich eiskalt den Rücken hinunterlief.

»Was reden Sie denn da, Dr. Reikoff?« Sie setzte sich auf die Kante der Couch. Ihre Rückenhaare waren gesträubt.

»Nun haben Sie doch keine Angst, Wanda. Ich bin's, Dr. Reikoff, erkennen Sie mich nicht? Ich will doch nur Ihr Bestes. Und die Leute bei *Tiere zur Tat* wollen das auch. Alles Idealisten! Hier, lassen Sie sich einmal ein paar von unseren Druckschriften zeigen ...«

Wie der Blitz war Wanda aus dem Sprechzimmer heraus. Sie warf ihren Schlüsselbund in die Handtasche und schwang sich an der Gardinenstange aus dem Fenster. Sie machte einen langen Satz über die Fensterbank, sprang hinüber zur nächsten. Den kühlen Wind im Gesicht. Ringsum die Wolkenkratzer, wie sie sich drehten und alles nach unten zogen.

»Wanda!« rief Dr. Reikoff. Er lehnte sich mit verzweifelter Miene aus dem Fenster und erinnerte Wanda ein wenig an Heathcliff in *Sturmhöhe*. »Lesen Sie doch wenigstens einen, nur einen klitzekleinen Artikel, bitte – das ist doch nicht zuviel verlangt, oder? Er stammt von Mr. Big, Wanda, und er will Ihnen *helfen*. Mr. Big will uns *allen* helfen!«

# 5

## Pro und Kontra

Charlie begann zu trinken. Nicht nur Bier, sondern wirklich harte Sachen. Bushmills, Stolichnaya, Gordon's, Johnnie Walker, Jim Beam. Er begann beim Frühstück und hörte erst um drei Uhr morgens wieder auf, wenn er sich schwer benommen auf das üppige Ledersofa seiner Penthauswohnung fallen ließ und durch trübe Augen hinaus zu den Lichtern der Großstadt schaute. Empire State Building, Chrysler Building, World Trade Center, die Nebelflecken von Washington Square und Central Park.

»Neun Uhr heute morgen Treffen mit dem Stadtbeauftragten für Parks und Erholung.«

Susie, Charlies Privatsekretärin, hatte schimmernden Lippenstift aufgelegt, und ihre Nylons schimmerten ebenfalls. Jeden Morgen erschien sie mit Charlies Terminen des Tages auf einem soliden Schreibbrett.

»Um zehn Uhr Interview mit Regis und Kathie Lee. Danach ein frühes Mittagessen – Einladung des Verlegers, Treffen mit Vertretern der Abteilung für Serien- und Filmrechte –, anschließend Fahrt in klimatisierter Limousine zurück zum Penthaus, Mittagsruhe mit leichtem Sedativum. Anschließend kommen dann die Aufnahmen für den Auftritt in *Larry King Live*. In der heutigen Sendung geht es um Aufrichtigkeit in der Politik – Diskussion mit Larrys anderen Gästen, dem Führer der Senatsmehrheit Bob Dole und dem Sprecher des Repräsentantenhauses Newt Gingrich.«

Die Kulturindustrie hatte Charlies Bild in der Öffentlichkeit inzwischen so weit abgeschliffen, daß er für überhaupt nichts mehr stand, und folglich zeigte sich jeder gern mit ihm. Liberale Kongreßabgeordnete, reaktionäre Populisten, religiöse Fanatiker, ausländische Würdenträger, radikale Aktivisten, Fernsehkommentatoren, Industriekapitäne und Gewerkschaftsfunktionäre. Tag für Tag fuhr der Chauffeur von einem Cocktailempfang zum nächsten, und die Blitzlichter der Fotografen blitzten, und die Videokameras surrten.

Und ganz egal wohin er fuhr, in der Westentasche seines frischgestärkten leinenen Sportanzugs hatte Charlie stets ein Fläschchen dabei. Dewar's vielleicht oder Jameson's. Aber kein Eis, und auch keinen Mixer.

Die Meinungen mochten geteilt sein, doch der Grundton war stets der gleiche.

»Charlie ist ein Heiliger!« verkündete Paul Livingstone, der bebrillte Neuengland-Kommentator von *Pro und Kontra*. Als Liberaler betrachtete Paul Livingstone es als seine Pflicht, stets nach allen Seiten offen zu bleiben und sich nicht auf veraltete pseudoliberale Doktrinen festzulegen. Deshalb pflegte er sich hinter den verschlossenen Türen der Chefetagen auch gern als »Neokonservativen« zu bezeichnen.

»Charlie ist der Teufel!« eiferte George Stephenson, ein ehemaliger Minister, den die amerikanische Öffentlichkeit wegen Vertrauensbruch zum Rücktritt gezwungen hatte und der nun große Summen dafür einstrich, daß er im Privatfernsehen mit diesem Vertrauensbruch prahlte.

Die Fürsprecher der beiden Seiten wiegten sich sanft in ihren federnden Stühlen. Kamera eins hatte sie zusammen im Bild, und bei beiden sah man das Funkeln in ihren Augen.

»Und das«, sagten sie im Chor, »ist *Pro und Kontra*.«

Hinreichend betäubt mit teuerstem Bourbon, saß Charlie zwischen den beiden Kontrahenten und starrte direkt ins Scheinwerferlicht.

»To-ta-ti.« Charlie lallte nicht etwa, weil er nervös war. Er lallte, weil er den Umgang mit Worten verlernt hatte. »Total. To-ta-li-tär, 's will'ch schagen.« Er gestikulierte mit seinen ausgefransten Flügeln wie ein Verkehrspolizist auf einer Ausfallstraße. »'ch meine, wozu scholl'n das alles gut sein, hm? Alle schagen, ma' könnt' alles schagen, und dann schagt ihr nur – üpps, pardon. Aber die Sch-prache! 's sind doch alles Phrasen, die ihr nur nachplappert.«

Sobald Charlie ausgeredet hatte, gab der Regisseur dem Kameramann ein kurzes Zeichen, und das Funkeln trat auch in Susies Augen. In dem Augenblick, in dem das rote Licht der Kamera leuchtete, begann auch Susie zu leuchten.

»Charlie möchte sich bedanken, daß wir heute hier zu Gast sein dürfen«, verdolmetschte Susie ihren Gastgebern. »Und Charlie will uns sagen, daß wir, wenn wir die Welt retten wollen, wirklich *anständige Menschen* sein müssen. Und wenn wir anständige Menschen sein wollen, dann müssen wir ganz besonders die *un*anständigen im Auge behalten, sonst werden wir noch unser blaues Wunder erleben.«

Sobald Susie mit Charlies »Grundsatzerklärung« fertig war, machten Paul und George sich an die Arbeit. Sie nahmen ihn in die Mangel und walzten ihn zwischen sich platt – journalistisch gesprochen natürlich nur.

»Charlie ist unaufrichtig!«

»Charlie ist ein Held!«

»Charlie darf man nicht trauen!«

»Charlie ist der Amerikaner schlechthin!«

»Charlie wird nirgends in der Bevölkerung akzeptiert!«

»Charlie wird überall in der Bevölkerung akzeptiert!«

»Was ist denn das Besondere an Charlie?«

»Was ist denn das Besondere an Charlie?«

»Jedes Kind in Amerika sollte stets wachsam sein, daß jemand wie Charlie nicht auf seinem Schulhof herumlungert.«

»Jedes Kind in Amerika sollte sich vornehmen, genauso zu werden wie Charlie und wie niemand sonst.«

Abwechselnd standen die beiden von ihren Plätzen auf und gingen aufs Geratewohl aufeinander los wie zwei Hillbillies im Wechselgesang. Charlie stärkte sich derweil hinter vorgehaltenem Flügel immer wieder einmal mit einem Schluck Seagram's.

Die Debatte zog sich über ein paar Schlagabtäusche hin, dann ging sie in einen Werbespot über.

»Und in einem wird Charlie sicher mit mir übereinstimmen«, sagte George Stephenson und hielt eine Schachtel Kekse in die Höhe. »Nämlich daß es für einen Mann, der den ganzen Tag auf den Beinen war, der unterwegs war, um sein Vaterland zu retten, nur eines gibt, wonach er greift, wenn er wieder zu Hause ist. Und das ist eine wirklich gute Schachtel Kekse!«

»Schnitt!« brüllte der Regisseur.

George und Paul klopften sich gegenseitig auf die Schulter und waren sehr darauf bedacht, nicht aus Versehen die halbherzige Einladung des anderen zum Abendessen anzunehmen.

Charlie rappelte sich in seinem Sessel hoch, wischte ein paar Fusseln von seinem Anzug und versuchte Susies Aufmerksamkeit zu erregen.

»'schuldige, Schusie.«

Susie blickte immer noch ins Objektiv der Kamera eins und versuchte sich zu erinnern, wer sie früher gewesen war.

»Ja, Charlie?«

»Hab' nur überlegt, das' alles.« Das Studio drehte sich vor seinen Augen. Charlie versuchte den Kopf in Gegenrichtung zu drehen, doch das Studio änderte einfach nur den Winkel. »Wieso kann 'ch 'n nich' selber sagen, was 'ch zu sagen habe? Wieso müßt ihr drei das 'n dauernd übersch- über*schetzen*, hm?«

Charlie blickte in die Runde der verblüfften Techniker und Assistenten. Selbst Paul und George machten leicht angewiderte Gesichter, so als ob einer von ihnen gerade bei einer landesweiten Übertragung gefurzt hätte.

»Aber hör mal, Charlie. Meinst du das ernst?« Und mit ihrem schockierten Gesicht gab Susie ihm zu verstehen, daß er das doch ganz unmöglich ernst gemeint haben konnte. Genauer gesagt gab sie ihm zu verstehen, daß er nie wieder etwas ernst meinen würde.

»*Du* willst etwas *selbst* sagen, Charlie? Soll das ein *Witz* sein? Aber jeder *weiß* doch, daß Tiere nicht *sprechen* können.«

## 6

## FLÜCHTLINGSGESCHICHTE

Aber es gab nur ein bestimmtes Maß an Schaden, das Charlie sich zufügen konnte, ohne daß es ihm wirklich langweilig wurde, und eines Nachts packte er einfach seine Sachen und machte sich aus dem Staub. Ein Hemd, ein paar Unterhosen, Socken, eine Dose Limonade, ein paar Dutzend Charlie-der-Rabe-Münzen aus massivem Gold, die er kürzlich als Belegstücke von Franklin Mint bekommen hatte. Eingesperrt hinter den dicken Schichtglasfenstern des Penthauses, im gebrochenen Lichterglanz der Stadt, holte Charlie eine Flasche Seagram's aus dem Barschrank und betrachtete sie eine Weile lang. Sie schien so ziemlich das einzige zu sein, worauf er sich noch verlassen konnte, und deshalb durfte er sie nicht mitnehmen.

Vorsichtig stellte er die Flasche zurück, wusch sich das Gesicht und putzte sich die Federn. Er setzte eine dunkle Sonnenbrille und seine alte Strickmütze auf. Besser, er ging inkognito. Vielleicht würde es nicht immer möglich sein, aber besser war es auf jeden Fall.

»Wir mühen uns, uns selbst zu erkennen«, sagte Charlie zu sich, als er über die goldgelben Korridore des Penthauses huschte. »Doch so sehr wir uns auch mühen, da draußen ist immer einer, der versucht, uns zuvorzukommen.« Charlie wollte sich mit Worten Mut machen; es war der einzige Schutzmantel, mit dem er je hatte umgehen können.

Die Flure lagen verlassen. Ebenso der funkelnde Fahrstuhl.

Und gerade das machte Charlie nervös.

Darauf verstanden sie sich, so zu tun, als ob niemand einen sähe.

Er hätte sich schon sehr anstrengen müssen, Buster nicht auf den ersten Blick zu sehen. Auch wenn er zur Tarnung seine alten Seemannskleider angelegt hatte, war er doch weit und breit der einzige Pinguin am Times Square.

»Hab' mir schon gedacht, daß du mir hier früher oder später über den Weg laufen würdest«, sagte Buster. In einer Papiertüte hatte er eine große Dose Budweiser, unter der anderen Flosse einen zusammengeknäulten Kissenbezug mit Kleidern. »Konnte mir einfach nicht vorstellen, daß du 's allzu lange bei den Fernsehshows aushalten würdest.«

»Ruhm ist schon eine feine Sache – wenn es einem nichts ausmacht, jemand zu werden, dem man nicht mal im Dunkeln begegnen möchte«, sagte Charlie. »Auf geht's, Kumpel. Ganz egal wohin, Hauptsache weg aus New York.«

Sechster Teil

# *Arbeitsleben*

# 1
## Im tiefen Süden

Roy arbeitete den Tag über hart auf der Farm, und nachts schlief er in einer großen Scheune mit vielen Muh-Kühen, Hotte-hüs und Mäh-mähs. Die Muh-Kühe mochte Roy besonders, vor allem eine namens Elsie, die die größten Euter von allen hatte. Immer wenn Roy sehnsüchtig an Wanda zurückdachte, an die tollen Liebesnächte, die sie miteinander erlebt hatten, dann warf er Elsie schmachtende Blicke zu, doch Elsie war viel zu träge und viel zu sehr mit Wiederkäuen beschäftigt, um diese Blicke zu erwidern. Je länger Roy starrte, desto besser sah Elsie aus, und irgendwann kam der Punkt, an dem er nicht mehr an sich halten konnte. Dann kletterte er über das Lattentor, packte Elsies dicken, mückenzerstochenen Hintern und tat, was er nicht lassen konnte. Es ging schnell, und es war gut. Für eine Weile konnte Roy dann sogar Wanda vergessen.

Roy gefiel es in den Südstaaten, denn es war heiß und schwül, und überall gab es überreifes Obst und Gemüse. Es war unglaublich, was man alles fand, wenn man einfach nur einen Weg entlangging oder nachmittags über die Felder zog. Angefaulte Feigen, geplatzte Melonen, sonnengedörrte Tomaten und vergorene Aprikosen lagen überall auf dem heißen Erdboden wie Manna. Man brauchte nur die schlechten Stellen herauszupulen, und dann steckte man sie in den Mund. So wie sie waren, mitsamt Insekten, Staub und Motoröl.

Roy arbeitete auf den Feldern und machte Besorgungen für die beiden leitenden Manager der Plantage, Darrel und Chloe Johansen, die für das Georgia Plantation Counsel arbeiteten, eine hundertprozentige Tochtergesellschaft des International Produce Board, das wiederum ein autonomer Geschäftsbereich war der – wie könnte es anders sein? – Worldco Enterprises, Inc. Die hochnäsigen, schnippischen Leute von der Verwaltung verbrachten ihre Tage in klimatisierten Büros, überwachten die anderen und wurden ihrerseits von anonymen Fachleuten überwacht, Wirtschaftsexperten und Börsenfachleuten überall im Internet. Sie gaben sich nicht mit den Farmangestellten ab. Man hörte nicht einmal ihre Stimmen über die Lautsprecheranlage. Sie traten überhaupt nicht in der Öffentlichkeit in Erscheinung, höchstens einmal auf einem Foto in der wöchentlichen Firmenzeitschrift *Wir bei Worldco.*

Nach einem schweißtreibenden Arbeitstag auf den Kartoffelfeldern kehrte Roy am Abend zu seiner Pritsche im Stall zurück, genehmigte sich eine Dose Budweiser und blätterte in einer der alten Männer- oder Sportzeitschriften, die statt Tischtüchern auf den Tischen der Tierkantine lagen. Die rosigen, retuschierten Menschenfrauen waren zu glatt und haarlos für Roys Geschmack, aber er sah sich mit Begeisterung die Hochglanzreklamen für Herrenparfüms, Stereoanlagen und Sportwagen an. Richtig lesen konnte er ja nicht, aber das war auch gar nicht nötig.

»Ein neuer Wagen!« improvisierte er, indem er mit dem Finger über die großen schwarzen Lettern fuhr und sich einen Laut nach dem anderen ausmalte, wie eine Art Karaoke in Blindenschrift. »Das ist ein toller Wagen! Wenn du den hast, sind die blonden Mädchen ganz verrückt nach dir! Kauf dir diesen Wagen, und *du* bist selbst ganz verrückt nach dir!«

Wenn die von den vielen Kartoffeln schrundig gewordenen Finger am Ende der Seite angelangt waren, stieß Roy einen gewaltigen zufriedenen Seufzer aus. Lesen, so wußte er nun, war kinderleicht. Man brauchte überhaupt nicht zu entziffern, was die Zeichen bedeuteten. Man mußte sich nur den Träumen überlassen, die sie einem eingaben.

Manchmal, wenn er genug in den Zeitschriften gelesen hatte, wanderte Roy durch die Scheune, führte laute Selbstgespräche und tat so, als sei Wanda zu ihm zurückgekehrt. Er stellte sich vor, wie er ein exotisches Essen für sie kochte, Bananensuppe, Bananenragout und Bananenkuchen mit Sahne, wie er es im Kerzenschein auf einem Picknicktisch hinter der Scheune servierte, bei leiser Musik aus dem Transistorradio. Wenn Wanda zurückkam, dann würde er ihr zeigen, was Liebe wirklich war. Sie würde etwas kennenlernen, was seine Zeitschriften als »die neue Romantik« bezeichneten, und das, was er selbst »den neuen Roy« nannte.

»Du siehst heute abend wieder wunderschön aus, Liebste«, würde

Roy dann beispielsweise sagen und ihre Gläser mit gekühltem Portwein von Gallo oder Safeway-Gin mit einem Spritzer Limonensaft füllen. »Habe ich dir schon erzählt, was ich gestern in einer Zeitschrift gelesen habe? Offenbar hat sich eine schöne junge Frau in einen schönen jungen Mann verliebt, als sie seine neue Unterwäsche sah. Bezaubernd, findest du nicht auch? Wirklich ganz bezaubernd.«

In den Nächten würden sie sich ganz der Leidenschaft hingeben. Roy würde Wanda in jeder nur erdenklichen Körperöffnung befriedigen, und zwischendrin würde sie das gleiche für ihn tun. Feuerwerk, Geigen, kristallene Kronleuchter, ein Tanz im Großen Salon, Kaviar und Perlen. Und sämtliche Bewohner der Scheune, all die Hotte-hüs und Mäh-Mähs würden ihnen zusehen und vor lauter Staunen das Kauen vergessen. Und sie würden sich ihre Gedanken über diese seltsame Sache machen, die Liebe. Warum, so würden sie sich fragen, passiert *mir* so etwas nie?

An manchen Abenden war Roy so betrunken vom billigen Gin, daß ihm in Elsies Box die Sinne schwanden, und ihre weiten rosafarbenen Unterhosen umschlangen seine Füße wie ein Unterpfand der Liebe. Wenn er am nächsten Morgen erwachte, fielen Sonnenstrahlen durch die Ritzen der Scheune, und die Staubflocken tanzten im Licht. Draußen dröhnten die Motoren der Maschinen, und die Schweine stritten sich laut quiekend um einen Platz am Trog.

»Schwer einen draufgemacht, was, Roy?« begrüßte ihn Tom Parkinson, der Aufseher. Er öffnete die Tür zu Elsies Box und wies auf einen zerbeulten Blecheimer. »Ihr haarigen Urwaldtypen, ihr könnt wohl nie genug davon kriegen?«

Roy rappelte sich in dem feuchten Stroh auf und wischte sich den Schweiß von der Stirn.

»Mir ist hundeelend, Tom. Ich muß noch eine Weile schlafen. Kann ich nicht noch ein bißchen liegenbleiben, Tom? Oder muß ich wirklich schon hoch?«

Tom Parkinson war ein kräftig gebauter Mann mit viel zu vielen Muskeln, den sie aus der New Yorker Verwaltung von Worldco verbannt hatten, weil er entweder zuviel oder nicht genügend geschleimt hatte (nicht einmal in New York konnte man das heutzutage noch auseinanderhalten).

Mit einem dumpfen, hohlen Scheppern warf er Roy den zerbeulten Eimer vor die Füße.

»Ich glaube kaum, Roy«, sagte Tom Parkinson ohne eine Spur von Anteilnahme. »Du hast Elsie gebumst, Mann. Da kannst du sie auch melken. Und bis acht ist die ganze Scheune hier gefegt und auf Hochglanz gebracht. Sonst kannst du dein Frühstück ver*gessen.*«

Roy liebte das Leben an der frischen Luft, und der Tag, an dem man ihn in die freie Marktwirtschaft verkauft hatte, war für ihn so ziemlich das Beste, was ihm je widerfahren war. Wie die Musikberieselung in einem Fahrstuhl spielte das Leben auf dem industriellen Bauernhof ein endloses Potpourri seiner Lieblingsschlager: Haferbrei, kräftige Arbeit, überreifes Obst, Sportübertragungen im Fernsehen der Tierkantine und Elsie bumsen bis zur Besinnungslosigkeit. So wurden aus Tagen Monate, aus Monaten Jahre, und nicht ein einziges Mal mußte Roy etwas tun, was er nie zuvor getan hatte, oder etwas erleben, was er nicht kannte.

Und dann, eines Tages im Spätherbst, erschien ein merkwürdiges neues Gesicht auf der Farm und vergällte Roy das einzige Leben, das er je gekannt hatte.

»He, Leute, ihr seid wirklich Waschlappen, wißt ihr das?« Dave der Otter war erst vor kurzem zum landesweiten Repräsentanten von Mr. Bigs Nationalverband der Tiere ernannt worden (einer Vereinigung, die nach neuesten Erkenntnissen von einem Postfach in der South Bronx aus geleitet wurde). »Ihr schlaft in eurer eigenen Scheiße, Mann. Ihr trinkt stinkiges Wasser aus Trögen. Ihr schlurft hier durch die Gegend und sagt ›Ja, Sir‹ und ›Nein, Sir‹ und ›Danke für die Wassersuppe, Sir‹, und was meint ihr, was die da oben in der Chefetage tun? Die lachen euch *aus*, Mann. Die sitzen da oben in ihrem Pseudo-Bauhaus-Betonklotz, schlürfen ihre Weißwein-Cocktails hinter verspiegelten Fenstern und lachen sich schief darüber, wie ihr euch hier abrackert. Ihr arbeitet bis zum Umfallen und kriegt dafür *Bohnen*, Mann. Ihr bedankt euch auch noch für *Spülwasser.*«

Dave der Otter kreuzte jeden Abend nach der letzten Fütterung in Roys Scheune auf. Er stand hinter einem notdürftig aus Apfelsinenkisten und morschen Holzresten zusammengezimmerten Rednerpult und sprach zu seinem nicht gerade zahlreichen Publikum durch eine große Plastikflasche mit abgesägtem Boden, die ihm als Megaphon diente. In der Regel begann er seine Abendseminare damit, daß er ein paar abgegriffene Pamphlete und Fragebögen verteilte oder ihnen ein aufmunterndes Grußwort von Mr. Big vorspielte.

»Tiiiere der Welt, vereiiinigt euch!« verkündete Mr. Big aus dem billigen Kassettenrecorder von Walgreen's. »Spendet grooßzügig für die guuuute Sache.«

Wenn Mr. Bigs verzerrte Stimme (die klang, als käme sie von einem altertümlichen Filmprojektor in der Schule) verklungen war, begann Dave der Otter mit seiner abendlichen Einführung in die Tierökonomie und ließ dabei einen Hut herumgehen.

»Was der Boß euch klarmachen will, Leute, das ist, daß *ihr* diesen ganzen Reichtum produziert, *und ihr wißt es nicht mal,* Mann!« Das Bemerkenswerteste an Dave dem Otter war, daß er sich von seiner eigenen Rhetorik mitreißen ließ. Das war – gaben die Bewohner der Scheune unumwunden zu – sehenswert, geradezu ergreifend. Einer der ihren, angefeuert von der inneren Kraft seiner eigenen Stimme und nicht von einem Pickelgesicht auf einem Traktor. »Ihr Leute hier, ihr produ*ziert* die Güter, von denen die Welt lebt, und nichts in dieser kapitalistischen, hochtechnisierten Welt schafft größeren Wert als das. Ihr bestellt den Boden. Ihr legt die Eier. Ihr gebt die Milch für den Joghurt und den Käse. Ihr paart euch, werdet trächtig und zieht die Kinder auf, die bei den Menschen auf den Tisch kommen. Ihr reicht hinab ins Innere der Erde und bringt die Nahrung herauf, den Lehm für die Häuser, die Wolle für die Kleider. Ihr habt – um ein Wort unseres Bosses zu gebrauchen – ein ›ursprüngliches und gesundes Verhältnis zur irdischen Existenz‹, und das ist etwas *Gutes*, etwas *Positives*. Und was tun die hohen Herren da oben den ganzen Tag lang, hm? Ihr Leute macht die ganze harte Arbeit der Welt, schuftet, bis ihr umfallt, und was machen die *Menschen* in ihren klimatisierten Büros, hm?«

Immer wenn Dave der Otter eine Frage stellte, wurde die Zuhörerschar unruhig. Die Schweine, Zyniker, die sie waren, standen großspurig mit überlegener Miene in Grüppchen beieinander. Die Muh-Kühe standen da wie vom Blitz getroffen, ganz benommen von ihrer eigenen Einfallslosigkeit. Die Mäh-Mähs hörten sogar mit dem Mäh-Sagen und Kauen auf, und dabei war das mehr oder weniger das einzige, was sie konnten. Kurz, von der ganzen Tierversammlung war Roy, inzwischen vom billigen Bier besäuselt, der einzige, der versuchte, auf Daves Fragen zu antworten. Nicht weil er die Fragen für besonders wichtig gehalten hätte, sondern weil er einfach seine lebenslange Neigung nicht unterdrücken konnte, jedem gefällig zu sein, der mehr Autorität hatte als er.

»Diese Managermenschen, Dave«, fragte er mit einem kleinen Rülpsen zurück, »die arbeiten auch hart, nicht wahr? Ich meine – ürps –, die sorgen doch dafür, daß die Nahrungsmittel und Kleider, die wir produzieren, in die Läden und Kaufhäuser kommen, stimmt's? Und sie beaufsichtigen uns und achten darauf, daß wir immer genug zu essen und immer was zum Anziehen haben.«

Roy genoß immer das Gefühl, wenn sich in seinem Munde eine Antwort formte, doch wenn sie erst einmal heraus war – den Klang, den sie dann in der Scheune machte, den mochte er nicht. Das Echo, das von den Wänden zurückgeworfen wurde, war stets begleitet von einem entlarvenden Zischen.

»Sie verteilen den Reichtum, ganz recht«, antwortete Dave mit schwacher Stimme. »Sorgen für euch Tiere. Arbeiten hart.« Dave der Otter betrachtete Roy wie ein großes Schwarzes Loch mitten in der Scheune. Irgendwann mußte jemand dieses Loch füllen. Sonst würde es für ewig und alle Zeiten dort sitzen bleiben, durchdrungen vom Widerhall seiner eigenen Leere.

»Du bist wirklich ein Denker, Roy, das muß man schon sagen.« Dave schüttelte leicht den Kopf. »Ein Tierintellekt, wie er leibt und lebt.«

Roy atmete erleichtert auf. Er war immer froh, wenn Dave es zu schätzen wußte, wieviel Mühe er sich gab – auch wenn die meisten seiner Antworten ganz und gar danebentrafen.

»Danke, Dave«, sagte er und prostete ihm mit dem trüben Bodensatz seines Bieres zu. »Du bist aber selber auch ein kluger Kopf.«

## 2

## MANHATTAN-MELODIE

In Manhattan wünschte sich Roys Exfrau Wanda derweil nichts sehnlicher, als daß sämtliche Tierrechtler ihre sämtlichen Sprüche einpacken und sich damit nach Hause verziehen würden. Wohin sie auch blickte, sah sie die aufdringlichen, halbvertrauten Slogans an Wände und Buswartehäuschen gesprüht. Die Sirenen der Polizeiwagen heulten in den verstopften Straßen, und große weiße Krankenwagen und Hubschrauber mit Fernsehkameras folgten ihnen. Vereinsamte Tiere, die mit ihren Einkaufswagen voller Konsummüll durch die Straßen irrten, wurden willkürlich in Einsatz- und Zivilschutzwagen gezerrt, und wo immer es zu einem solchen Zwischenfall kam, standen lautere, hektischere Tiere dabei, die durch ihre knisternden Megaphone

»LASST EUCH DAS NICHT GEFALLEN! LASST EUCH DAS NICHT GEFALLEN!«

brüllten, bis sie entweder von ganzen Hundertschaften kräftiger Polizisten umringt waren oder in die »schlechten Viertel« flohen, die sie binnen kurzem verschluckten.

Überall im bunten Gewühl von Manhattan brodelte es, und Wanda mochte dieses Brodeln ganz und gar nicht. Sie mochte es nicht, wie Taxifahrer sie lüstern anstarrten und wie man ihr den Zutritt zu guten Restaurants oder den Kinos in der Innenstadt verweigerte. Am wenigsten mochte sie es, wie die Kaufleute ihres Viertels sie behandelten – so als ob sie ihr einen Gefallen täten, wenn sie ihr Geld nahmen.

»Schöner Tag heute, nicht wahr, Habib?« Oft versuchte Wanda ein paar freundliche Worte mit dem Kaufmann an der Ecke zu wechseln, doch offenbar wollte er nichts mit ihr zu tun haben. Er warf ihr Gemüse in eine braune Papiertüte und schob ihr Wechselgeld über die Theke, als ob es radioaktiv verseucht sei.

»Nix schöner Tag heute«, erwiderte Habib, heftig in Richtung der turbulenten Straßen gestikulierend. »Überall Tiere scheißen hin, beschimpfen gutes Land hier. Rufen ›Menschen schlecht‹, ›Menschen *go home*‹, ›Tod den Menschen‹, immer nur böse. Habib gekommen in dieses Land, hat Laden gekauft, Familie gegründet, großes Amerika sollte Heimat sein. Da ich frage, warum machen Tiere nicht auch? Warum Tiere begreifen nicht, was für großes Glück?«

Seit ihr Psychotherapeut Dr. Reikoff vom FBI verhaftet worden war, hatte Wanda das Gefühl, daß ihr ganzes Leben sich vor ihren Augen auflöste wie ein Paar billiger Socken. Mrs. Garfield wußte ihre Arbeit in der Küche nicht mehr zu schätzen, und Mr. Garfield wußte ihre Arbeit auf dem Feldbett nicht mehr zu schätzen. Joe der Portier lud sie nicht mehr auf Drinks in die Raccoon Bar ein, und Barney der Streifenpolizist salutierte nicht mehr gutgelaunt, wenn sie vorbeikam, und begrüßte sie nicht mehr mit »Hallo, Simba!« Und was das Schlimmste war, all ihre alten Freundinnen, mit denen sie sich immer getroffen hatte, waren unauffindbar. Wann immer sie anrief, bekam sie nur die krächzenden Anrufbeantworter zu hören.

»Ach, hallo, *Bobo?*«

Wanda hielt das Flurtelefon ganz fest ans Ohr gedrückt, um dem grausigen Schlürfen und Schmatzen der Garfields zu entgehen, die eben im Eßzimmer Wandas Schweineschnitzeln in pikanter Soße zu Leibe rückten.

»Ich wollte nur mal hören, wie's dir geht. Hast du meine anderen Nachrichten erhalten? Alles in Ordnung? Wann treffen wir Mädels uns denn mal wieder? Hast du Arbeit gefunden? Du bist überhaupt nicht mehr zu erreichen, Bobo. Und Betty auch nicht. Fürchtest du dich eigentlich nicht vor diesen Tieraktivisten? Also mir machen die angst. Na ja.«

Im Eßzimmer begann Stan Garfield, der bis dahin kein Wort gesagt hatte, plötzlich zu brüllen – solche Ausbrüche waren die einzige Form, in der er in letzter Zeit noch mit jemandem kommunizierte.

»*Wanda!* Ist da *Chili* drin? Sie wissen genau, daß ich kein Chili vertrage, wegen meiner Polypen!«

»Ich muß auflegen«, flüsterte Wanda ins Mikrofon, doch so leicht fiel ihr das Auflegen nicht. Diese dünne geringelte Plastikschnur verband sie mit der einzigen Realität, die ihr noch etwas bedeutete.

Einer Realität, zu der sie keinen Zugang mehr fand. Einer Realität, die nicht mehr antwortete. »Aber du rufst zurück, ja? Versprichst du's? *Bitte.*«

Doch keine von Wandas Freundinnen rief je zurück. Und es sah ganz so aus, als ob sie nie wieder etwas von ihnen hören würde.

Dann kam sie eines Tages auf dem Rückweg von der Schule, wo sie die Kinder abgeholt hatte, an einer Demonstration vorüber. Es war Frühlingsanfang, ein Tag, auf den Wanda sich den ganzen Winter über gefreut hatte.

*»Menschen sind schlecht! Tiere sind gut! Menschen sind schlecht! Tiere sind gut!«* Das war mehr als nur das übliche Grüppchen Tiere, das sich die Seele aus dem Leib brüllte und seine Papp-Parolen in die Höhe hielt, sondern eine gefährlich aussehende, grimmig dreinblickende Ansammlung von Gestalten verschiedenster Herkunft, die sich über die ganze Park Avenue erstreckte und den Verkehr in beiden Richtungen meilenweit zum Erliegen brachte.

»Warum brüllen denn alle so?« fragte die kleine Tochter der Garfields. »Ist da ein Unglück geschehen, Wanda? Wo kommen denn die ganzen Polizisten her? Warum sind die Tiere alle so wütend?«

Wanda bugsierte die Kinder rasch durch die schaulustigen Menschenmassen. Viele der Männer hatten dunkle Anzüge an und Aktenkoffer in der Hand. Andere trugen Jeans, braune Stirnbänder, Turnschuhe und hatten sich die Marlboro-Päckchen in die hochgerollten Ärmel ihrer gestärkten weißen T-Shirts gesteckt. Mit ihren blauen Augen und dem kurzgeschnittenen blonden Haar sahen sie alle gleich aus, wie die Waren in einem billigen Supermarkt.

»Immer schön weiter, Kinder«, ermahnte Wanda ihre Schützlinge. »Nicht trödeln, immer voran.« Sie versuchte mit ihrem Körper die erhitzten Worte abzufangen, die von der Straße herüberdrangen.

»Mr. Big *wird* kommen! Mr. Big *wird* kommen! Mr. Big *wird* kommen!«

Dann, so plötzlich wie der Zusammenstoß zweier Taxis an der Straßenecke, warf einer aus der blonden Masse einen Stein, und der Sprechchor geriet aus dem Rhythmus.

»Mr. *Big. Wird* kommen, Mr. – *kommen*, Mr. *Big. Wird* kommen Mister Big –«

Ein anderer aus der blonden Masse lief puterrot an und brüllte: »Dann geht doch zurück in die Wälder, ihr Spinner! Hier gehört ihr nicht her! *Hier* gehört ihr nicht her!«

Als Wanda ihre beiden Miniatur-Garfields glücklich in die Penthauswohnung gebracht hatte, sprudelten die Fragen nur so aus ihnen heraus, und sie wußte nicht, was sie antworten sollte.

»Warum sind denn die Leute so wütend auf die Tiere, Wanda?«

»Warum sind die Tiere wütend auf die Leute?«

»Bist du auf uns auch wütend, Wanda? Müssen wir jetzt auf dich wütend sein?«

»Wo haben denn die blonden Männer die schönen Armbänder her? Kannst du mir auch so ein Armband machen? Kann ich das in die Schule anziehen?«

Wanda kochte einen Topf Reis und legte filetierte Hühnerbrüste auf ein Backblech, und währenddessen schlug und schnappte sie nach den Fragen der Kinder, als seien sie ein Mückenschwarm.

»Nein, du kannst *kein* solches Armband in der Schule tragen. Ich weiß auch nicht warum, aber es kommt nicht in Frage. Die Tiere sind *nicht* wütend auf die Menschen, und *ich* bin auch *nicht* wütend auf *euch*. Nein, na*tür*lich würde kein Tier euch jemals wehtun. Sie würden euch nie etwas tun, weil *ich* euch beschütze. Nein, *ihr* dürftet *ihnen* auch nichts tun. Nein, das heißt noch *lange* nicht, daß ich *sie* mehr mag als euch. Weil das nicht *richtig* wäre, deswegen. Das wäre einfach *falsch*.« Wanda knallte die Backofentür zu und stellte die Zeituhr ein. Mr. und Mrs. Garfield waren zu einem Essen zu fünftausend Dollar das Gedeck ausgegangen, mit dem ihr Favorit unter den New Yorker Senatoren seine Wahlkampfkasse füllte. Er war ein ehemaliger Republikaner, der kürzlich zu den Demokraten übergetreten war, um besser seine republikanischen Ziele durchsetzen zu können. (Wanda fand es gut, daß Mr. Garfield sich politisch engagierte. An *etwas* mußte ein Mann doch glauben.)

Die Kinder sahen sich mit großen Augen an.

»Aber woher weiß man denn, ob etwas richtig oder falsch ist, Wanda? Die Leute da draußen, die glauben doch *alle*, sie hätten recht, oder? Und die Tiere denken alle, *sie* hätten recht, nicht wahr?«

Wanda haßte es, wenn es so weit kam. Wenn die Fragen der Kinder vernünftiger waren als ihre Antworten.

Die einzige Antwort, die sie in solchen Fällen noch parat hatte, lautete: »Jetzt aber ab mit euch beiden ins Wohnzimmer, ja? Seht ein bißchen fern. Ich muß arbeiten.«

Dann löste sie die kleinen Finger von ihren haarigen Armen und wies zur Tür.

## 3

## Chefetage

Zur gleichen Zeit war in Washington, D.C. der Präsident der Vereinigten Staaten eifrig damit beschäftigt, den Überblick über die globalen Entwicklungen zu behalten.

»Jawohl, General. Ja, General. Ja, ich *weiß*, daß es ein Dschungel dort unten ist. Ja gewiß doch, nur weil alles mit Eis bedeckt ist, heißt das noch lange nicht, daß es kein Dschungel ist. Versteht sich. Na*tür*lich sind Pinguine wilde Tiere, genau wie Löwen und Tiger auch. Versteht sich, daß man ihnen nicht trauen kann. Das sage ich doch auch nicht, General. Was ich sagen will, das ist – ganz recht, General. Selbstverständlich, General. Aber worauf ich hinauswill, General. Ich *kann* Ihnen keine Verstärkung schicken, so sehr ich auch – jawohl, General. Selbstverständlich, General. Selbstverständlich.«

Manchmal gab es im Leben eines Präsidenten Tage wie diesen. Da war er nun der Oberbefehlshaber der ganzen Nation, und alle Welt behandelte ihn wie jemanden, der an einem x-beliebigen Telefon zur Kundenbetreuung sitzt. Wann hatte er zuletzt die gute alte Redewendung »Wenn ich sage, du springst, dann fragst du, wie hoch?« gehört? Das einzige, was man jetzt noch im Oval Office hörte, war »Da hätten wir also wieder mal den Schwarzen Peter«, und ansonsten war alles auf koreanisch, serbokroatisch oder japanisch.

»Jawohl, General. Mit Sicherheit, General. Frauen sind nun einmal wankelmütige Geschöpfe, General, das werden Sie besser wissen als ich. Vielleicht kommt sie ja zurück, General, vielleicht macht sie nur einen kleinen – Gewiß, *ich* käme auch nicht auf die Idee, in den Ferien nach New York zu fahren; ich ginge Barsche angeln im – Bitte um Verzeihung, General. Aber natürlich bedeuten Sie mir etwas. Ganz genau, Barsche angeln, im Winnemuca-See, aber ich muß auch zugeben, ich habe eine ganz besondere – Doch, General. Doch. Natürlich tun Sie das. Aber ja. Natürlich bedeuten Sie mir persönlich etwas. Natürlich sind Sie ganz und gar kein – wie haben Sie das genannt? Kein austauschbarer und beliebig auszubeutender Faktor in den Profitrechnungen der multinationalen Rüstungsindustrie. Absolut nicht, General. *Sie* als Indi*viduum* bedeuten mir *viel.*«

Der Präsident drehte den Hörer lange genug weg, um einen langen, wenn auch sinnlosen Seufzer auszustoßen. Dabei sirrte die blecherne Stimme des Generals weiter durchs Zimmer, wie etwas, bei dem die Drehzahlkontrolle nicht mehr funktionierte. Auch wenn niemand mehr zuhörte, war sie nicht still.

Dann öffnete sich die Tür, und der Präsident blickte auf.

»Nein, General, ich will weder Sie persönlich noch ihre Männer diesen – na ja, diesen Pinguinen ausliefern. Und ich werde mich persönlich darum kümmern, daß Sie einen neuen einheimischen Dolmetscher und Sekretär bekommen – aber ja, General, na*tür*lich kann es auch ein weiblicher Dolmetscher sein, natürlich. Aber ich. Nun, ich. Nein, ich. Aber, General. Ja, General. Gut, in Ordnung.«

Außenminister Bill Murdley brachte auf einem verzierten Silbertablett den heißen Kakao und setzte es wie ein Schiff auf die See aus poliertem Mahagoni. Er ließ sich in dem üppigen Ledersessel zur Linken des Präsidenten nieder, und während er tiefer in die Kissen sank, ging er in Gedanken die Liste der Vormittagsverpflichtungen durch.

Sprecher des Repräsentantenhauses. Oppositionsführer. Vorsitzender des Finanzausschusses. Vertreter des Internationalen Bankenrates, der Bundesverwaltungsausschuß und zum guten Schluß der Leiter des Wirtschaftsressorts der *New York Times.*

»Und Sie halten die Stellung dort unten, General. Nein, die *Stellung* sollen Sie halten. Nein, General. Ich schiebe Sie nicht aufs Abstellgleis – General? Hallo? Nein, aber ich muß jetzt wirklich Schluß machen. Und passen Sie auf, daß Sie sich nicht erkälten. Nein, nein, wirklich nicht, General, aber ich *muß* jetzt Schluß machen. Die Pflicht ruft, General. Nein, *ich* rufe *Sie* an, General. Versuchen Sie einfach, das Beste aus Ihrer Zeit dort unten zu machen – ja, ich weiß, daß das leicht gesagt ist. Aber wirklich, General. Ich meine das ernst.

Ehrlich. Diesmal ist es wirklich kein Witz. Aber ich muß jetzt Schluß machen.«

Als der Präsident den Hörer auflegte, hatte er das Gefühl, daß das ganze Oval Office ein wenig zusammensackte, wie die Kolben, wenn man einen Verbrennungsmotor abschaltet.

»Anstrengender Tag, Mr. President?«

Beide warfen einen Blick zur Wanduhr. Es war noch nicht einmal halb zehn morgens.

»Anstrengend«, gab der Präsident zu.

Er schaltete die Lampe, die ihm Telefongespräche meldete, ab, lehnte sich in seinem Schreibtischstuhl zurück und legte die Füße auf den Tisch. Er wärmte sich die Hände an dem Becher mit heißem Kakao und hätte ihn am liebsten nie wieder losgelassen. Unter allem, was ihm das Präsidentenamt bescherte, war das ihm mit Abstand das liebste.

Außerdem ließ sich der Präsident mit Begeisterung informieren.

»Wir haben Schwierigkeiten, Mr. President«, sagte der Außenminister und schlug raschelnd eine Aktenmappe auf, die er auf dem Schoß liegen hatte. »Schwierigkeiten mit Tieren. Und zwar beträchtliche.«

Der Präsident nahm einen Schluck von seinem Kakao und schloß die Augen.

»Dann drucksen Sie nicht rum, Mann. Erzählen Sie mir's.«

»Wie bitte, Mr. President?«

Der Präsident lächelte.

»Wer dieser Mr. Big ist«, sagte er. »Und was zum Teufel wir mit ihm machen.«

So wie der Präsident es sagte, hörte es sich überhaupt nicht nach Fragen an.

Es hörte sich an wie Antworten, die jeden Moment wahr werden konnten.

# Siebter Teil

# *Schneller, höher, weiter*

# 1
## Da draussen und hier drinnen

Sie nahmen den Bonanza-Bus vom Grand Central nach Waterbury, und dort kauften sie eine viertürige Cabriolimousine beim Gebrauchtwagenhändler an der Ecke. Der Laden gehörte einem windigen Yankee namens Joe.

»Seid ihr hier aus der Gegend? Kann eure Bank für euch bürgen? Habt ihr einen Führerschein aus Connecticut?« Joe war gar nicht wohl bei dem Gedanken, daß Charlie eine Probefahrt in einer seiner Premium-Gurken machen wollte. Mit seiner schiefergrauen Sonnenbrille sah er aus wie jemand, der keinen Spaß versteht; wie ein Profikiller oder Polizist.

»Nein«, antwortete Charlie, »aber ich habe eine Handvoll Krügerrands«, und holte sie aus der Jackentasche wie Spielzeuggeld. »Na, wie sieht's aus? Komme ich damit als Kunde in Betracht, oder was?«

Am Abend brachen sie gen Westen auf, den Wind im Rücken. Kugeln aus Steppengras wirbelten vorüber. Ausgebleichte, flatternde Zeitungen, hilflose Fledermäuse, die ihre eigenen Rufe nicht mehr vernahmen. Die Straße rüttelte an ihren Reifen in einem ungleichmäßigen, angsteinflößenden Rhythmus, und sie malten sich aus, daß dunkle Mächte in der Nacht am Werke waren – oder daß ihre Stoßdämpfer nichts mehr taugten.

Charlie saß am Steuer, und Buster gab Geleitschutz. Die pockennarbige Mondlandschaft glitt an ihnen vorüber wie das Dekor eines alten Schwarzweißfilms.

»Einfach unfaßbar«, sagte Charlie, schaltete das Radio ab und steckte sich eine Tareyton an. »Amerika, die Neue Welt, Terra incognita, diese großartige unendliche Weite da draußen. Als Kolumbus hier ankam, dachte er, er findet Wesen mit zwei Köpfen. Halb Mensch, halb Wolf. Menschen, die ihre Gesichter am Bauch tragen, mit mehreren Genitalien, flügelgroßen Ohren und Schlangenhaaren. Sieh dich um, Buster, und *begreife*, wo du hier bist. Diese Weite. All die Stellen, auf die noch nie jemand seinen Fuß gesetzt hat.«

Charlie schaltete mit dem linken Fuß das Fernlicht ein, und die Landschaft flammte auf wie ein Filmstudio im Scheinwerferlicht. Die Schatten wurden länger, die Sterne fahl.

»Tausende von Meilen, Buster, und das in jeder Richtung. Das ist wirklich ein Trip, Mann, das ist fast so gut wie Fliegen. Einfach unfaßbar, wieviel *Nichts* da draußen ist.«

Sie aßen in Imbissen am Straßenrand und besuchten viele berühmte Touristenfallen. Die Niagarafälle, Mount Rushmore, Little Big Horn, The Alamo. Es war Busters erster Besuch in Amerika, und sie erforschten das Land, als ob er nie zurückkehren würde.

»Ich glaube, bisher bin ich vor so ziemlich jeder Beziehung davongelaufen, die mir etwas bedeutet hat«, gestand Buster eines Abends bei seinem üblichen Cheeseburger mit Banane, Speck und Pommes frites. »Wieso tue ich das denn nur, Charlie? Ich meine, Muk Luk ist doch ein nettes Mädchen. Es ist ja nur, daß ich mich ihretwegen die ganze Zeit so verdammt *schuldig* fühle. Weil ich sie nicht liebe. Oder nicht genug. Weil ich nicht oft genug mit ihr zusammen bin. Oder nicht genug mit ihr zusammen bin, *wenn* ich mit ihr zusammen bin, verstehst du, was ich meine? Und wenn man mal ehrlich ist, Charlie, dann liebe ich doch Muk Luk nicht deswegen nicht, weil sie nicht gut aussieht. Da können die Leute sagen, was sie wollen. In Pinguinaugen sieht Muk Luk eigentlich gar nicht so übel aus.«

Sie saßen an einem ausgeblichenen Tisch neben der Musikbox, die nie wieder laufen würde. Die Kunstledersitze waren aufgeschlitzt und zerrissen, und überall quoll schmutziggelber Schaumstoff hervor.

»Ich fürchte, für solche Beziehungsgeschichten, und auch noch zwischen den Rassen, da fühle ich mich nicht ganz zuständig, Buster«, erwiderte Charlie und rührte Kaffeeweißer in die teerige Brühe. Er war ganz damit beschäftigt, die ältliche Kellnerin hinter dem Tresen nicht zu beachten, die ihn schon jetzt wütend anfunkelte, weil er ihr bestimmt kein großes Trinkgeld geben würde. »Ich meine, ich bin ja eigentlich nie lange genug an einem Ort geblieben, um überhaupt eine Beziehung zu *haben*. Jedenfalls bestimmt keine, die das Weglaufen wert gewesen wäre.«

Darüber mußte Buster erst einmal nachdenken.

»Bist du denn nie verliebt gewesen, Charlie? Hast du dir nicht mal ausgemalt, wie das sein würde? Nicht daß ich dir *raten* will, das zu tun; das ist das größte schwarze Loch, das sich einer überhaupt graben kann. Aber ich weiß nicht; auf lange Sicht ist doch irgendwie was dran, auch wenn es noch soviel Kummer macht. Wenn ich doch nur mal lange genug irgendwo bleiben könnte, daß ich rausfinde, *was* es ist.«

In New York konnte Muk Luk inzwischen überhaupt nicht mehr schlafen und nahm keine feste Nahrung mehr zu sich. Sie litt an Kopfschmerzen, Übelkeit, Schwindelgefühl und Verdauungsstörungen. Sie konnte das Fernsehen nicht mehr ertragen, nicht einmal das Zappen mit der Fernbedienung. Sie konnte an nichts anderes denken als an ihn. Buster mit dem geheimnisvollen sanften Schimmern in den Augen. Buster mit seinem Duft nach frischen Makrelen. Buster mit seinen strömungsgünstigen Schultern und den Schwimmhäuten zwischen den krallenbewehrten Zehen. Nun, wo er fort war, hatte das Leben keinen Sinn mehr. Muk Luk lag nur noch den ganzen Tag da, und die Zimmermädchen mußten sie aus dem Bett heben, wenn sie die Laken wechseln wollten.

»Du findest schon jemand neuen«, versuchte Rick sie zu trösten und nahm ihr das leere Stolichnaya-Glas aus der behaarten Hand. »Eines Morgens wachst du auf, und peng!, da ist es geschehen – da bist du auf einmal wieder Hals über Kopf verliebt. Ich meine, es könnte uns doch viel schlechter gehen, oder? Wir könnten wieder da draußen sein und auf Eisblöcken schlafen, mein Schatz. Da könntest du dir morgens den Schnee aus den Augen wischen und als erstes die Zehen auftauen.«

Muk Luk saß in ihrem großen Messingbett und starrte den Kronleuchter an. Millionenfach gebrochenes Licht. Und in keinem dieser Spiegel würde sie je wieder ihren Buster erblicken.

»Das wäre Muk Luk egal«, sagte sie tonlos, wie Drahtbügel, die in einem leeren Schrank klimpern. »New York ist zu turbulent für Muk Luk. Muk Luk will irgendwohin, wo es nicht so weh tut.«

Die ganze Nacht lang lag sie wach und machte sich ihre Gedanken, und den ganzen Tag lang lag sie wach und träumte. Der Zimmerservice, dessen Rechnungen direkt von Charlies fettem Tantiemenkonto abgebucht wurden, besorgte ihr jeden Luxus, der für Geld zu haben war: Kaviar, Käsetoast, Courvoisier, Kabelfernsehen mit Pornokanal. Und doch waren Muk Luks Sinne nie befriedigt, ihre Erwartungen nie erfüllt. Wohin sie in der Welt auch blickte, sah sie nur, daß etwas fehlte, daß etwas keine Konturen hatte. Wie? Warum? Wann? Wen kümmert das? Und je mehr sie sich diese dummen, abgegriffenen Fragen stellte, desto klarer wurden Muk Luk zwei Dinge, die ihr angst machten.

Die Antworten waren überall.

Und sie bedeuteten ihr nichts mehr.

## 2
## Öffentliches Privatleben

Hoch oben in den summenden, klimatisierten Chefetagen waren die führenden Köpfe des weltweiten Worldco-Firmennetzes zusammengekommen, um die äußerst brisante Lage zu beraten.

»Der Charlie-der-Rabe-Markt hat seinen Höhepunkt überschritten«, rief Ray vom Marketing. »Und dann, Mann! Verkaufszahlen rückläufig. Bestellungen rückläufig. Stimmung auf dem Nullpunkt. Akzeptanz im Einzelhandel, Möglichkeiten für Product Placement, Crossover-Potential – überall geht's bergab, bergab, bergab. Ich hab' ein ganzes Lagerhaus voll Charlie-der-Rabe-Eierwärmer und -Topflappen, und lieber Himmel, keiner will sie ge*schenkt*. Und die Remit*ten*den, Mann. Selbst in meinen schlimmsten Alpträumen habe ich so etwas noch nicht gesehen. Wagenladungen. Ganze Konvois von Bussen und Sattelschleppern. Dicke graue Säcke in der Post, unfrei mit Rückschein. Ein einziges Fiasko. Ich begreife überhaupt nicht mehr, was ich hier *tue*. Früher habe ich *Ideale* gehabt, Mann. Ich habe an der Kent State studiert. Ich war in Woodstock. Ich habe Melanie gehört, versteht ihr? Und wie sieht es heute mit meiner Frau und mir aus? Wir machen es praktisch überhaupt nicht mehr. Ich frage mich, ob ich nicht die ganze Sache hinschmeißen und wieder aufs College gehen soll. Nochmal studieren oder so. Vielleicht sogar englische Literatur. Das habe ich immer gern gemacht, englische Literatur – William Blake, Wordsworth und wie die Jungs alle heißen. Aber heutzutage, wenn ich um neun oder zehn aus dem Büro nach Hause komme, da kann ich nicht mal mehr gerade pinkeln; ich setze mich hin und sehe mir Letterman oder *Studs* oder so was an und nehme eine Schlaftablette. Was ist denn nur los mit unserer Welt, Mann? Was ist denn aus der Welt geworden, in der wir uns ausgekannt haben, die wir gern gehabt haben?«

Jemand gab dem Wachdienst ein Zeichen, und ehe man sich versah, bekam Ray vom Marketing eine kräftige Beruhigungsspritze und wurde aus dem großen, blauen Konferenzraum von Worldco International getragen, ohne daß auch nur einer mit der Wimper zuckte.

Direktoren, Marketing- und Verkaufsexperten, Juristen, allesamt Fachmänner (und die eine oder andere Alibifachfrau), saßen um den großen langen Mahagonitisch mit einer Art unterschwelliger Unruhe, so als ob sie alle bloß darauf warteten, daß der Chauffeur kam und sie zu einer *wirklich* wichtigen Besprechung fuhr.

»Soweit also der heute Marketingbericht«, sagte der Vorsitzende des Aufsichtsrates knapp und beinahe ein wenig verlegen. Der Vorsitzende wirkte einerseits ungeheuer wichtig, andererseits aber auch vollkommen harmlos, und schien oft selbst nicht zu wissen, welches von beiden er denn nun war. »Lassen wir jetzt Bart von der Produktentwicklung zu Wort kommen und hören wir, was sich in den kreativeren Abteilungen unserer Organisation tut. Bart?«

Das weitläufige, kühle Konferenzzimmer war erfüllt von toter, maschinell aufbereiteter Luft. Einige räusperten sich. In dem Raum war es so still, daß viele der Versammelten nicht anders konnten – sie mußten einfach hören, daß es draußen längst nicht so still zuging.

*Wir*, drang es von den Straßen herauf. *Wir. Wir. Wir. Wir.*

»Na ja«, übertönte Bart die Rufe, die heraufdrangen, »also was die kreative Seite angeht, tja also, da geht's eben immer voran, nicht wahr? Neue Ideen. Neue Produkte. Neue Marketingstrategien. Neue Konzepte im Ladenmanagement und neue Verkaufsmethoden im Einzelhandel. Und na ja, nun speziell auf der *kreativen* Seite, da möchte ich Ihnen unser neues Vorstandsmitglied für kreative Managementberatung vorstellen, die eben von einer unserer – ähm – *Schwester*firmen zu uns gewechselt hat. Bunny? Möchten Sie ein paar Worte sagen?«

Bunny Fairchild stützte sich mit einem Ellbogen auf den Konferenztisch und musterte die lange Reihe der größtenteils männlichen Vorstandsmitglieder. Noch gar nicht lange her, da habe ich für die Burschen Kaffee gemacht, dachte Bunny. Ich habe mich begrabschen lassen und mir ihre albernen Hahnenkämpfe ansehen müssen. Und siehe da – jetzt warten *sie* auf mich, *moi*.

Es war eine wunderbare Stille. Doch sie hielt nicht lange.

(»Wir. Wir. Wir. Wir...«)

Bunny teilte reihum Aktenmappen aus. Dann wandte sie sich an Bobby, ihren persönlichen Assistenten, und flüsterte ihm ein paar knappe Worte zu.

Woraufhin Bobby sich entschuldigte und federnden Schrittes den Tisch entlang zu den großen, glänzenden Türen schritt.

»Wenn Sie nun bitte Ihre Mappen aufschlagen wollen, meine Herren, dann können wir uns ein paar von den Ideen ansehen, die ich in den letzten Tagen entwickelt habe.«

Ein geschäftiges Rascheln begann, und ein zufriedener Seufzer lief durch das ganze Gebäude. Die Vorstandsmitglieder waren begeistert von Bunny, denn sie war genau das, was sie sich von einer Produktrepräsentantin erhofften. Sie fragte nie, was sie wollten, sondern sagte ihnen einfach, was sie kaufen sollten.

Die großen Türen öffneten sich wieder, und Bobby kehrte zurück, begleitet von einem Trupp drängelnder, in eine Deodorantwolke gehüllter Tiere in Abendkleidung.

Die Tiere schlurften nervös in ihren ungewohnten Schuhen, flüsterten einander zu und mühten sich, immer hinter dem dezent angedeuteten Kreidestrich zu bleiben. Bobby half ihnen, ihre Plätze zu finden.

»Wie Sie alle wissen«, fuhr Bunny fort, »ist der Markt für unsere Charlie-der-Rabe-Produkte gesättigt, und es wird Zeit, daß wir zu neuen Ufern aufbrechen. Mit anderen Worten – neue Tiere müssen her. Putzige, knuddelige Tiere. Tiere mit Ausstrahlung. Tiere, die nicht zu brav sind, mit denen man aber auch keinen Ärger hat. Mir schwebt so eine Art Bruce Willis unter den Tieren vor, nur ohne die erotischen Untertöne. Eine Art Madonna, nur ohne die Anwälte. Wenn Sie nun einen Blick auf die Tiere werfen, die ich heute hier versammelt habe, dann werden Sie, glaube ich, feststellen, daß wir da einen reichen Fundus an echtem, unverbrauchtem nichthumanoidem Talent haben. Lassen Sie uns mal sehen ...«

Bunny konsultierte ihre Aktenmappe.

»Tier Nummer sieben. Würde Tier Nummer sieben bitte vortreten?«

Die Tiere scharrten verlegen mit den Füßen und murmelten untereinander, versuchten die Nummerntafeln zu lesen, die jedes um den Hals trug. Nach einer Weile trat ganz am Ende der Reihe Tier Nummer sieben vorsichtig einen Schritt vor.

Bunny griff zum obersten Blatt ihres Ordners. Dann las sie laut vor.

»Gorilla, Wanda Philippa. Geboren: 30. August 1963. Geburtsort: Finsterstes Afrika. Sternzeichen: Löwe. Augen schwarz, Haare schwarz. Persönlichkeitsmerkmale: Einfühlsam, nicht prüde, verbreitet gute Stimmung, ist gern gefällig. Wanda trägt ein bodenlanges paillettenbesticktes Ballkleid von Givenchy. Die Frisur stammt von Sassoon, die Fingernägel von Bloomingdale. Ich weiß nicht, ob das wirklich die vorteilhafteste Aufmachung ist, aber ich dachte, wir probieren mal ein paar Sachen durch, bis wir sehen, was am besten ankommt. Grundsätzlich stelle ich mir sie als jemanden vor, der Spaß an der Lust hat. Sexy, aber mit Selbstironie. So wie Zsa Zsa früher einmal war ... Also, Wanda, hast du vielleicht den netten Herren, die hier heute zusammengekommen sind, etwas zu sagen?«

»Tja, also eigentlich weiß ich nicht.«

Tief unter ihrem dichten Fell errötete Wanda. Trotz Givenchy fühlte sie sich merkwürdig nackt, als seien in diesem großen, schmucklosen Konferenzzimmer alle Regeln des Anstands in ihr Gegenteil verkehrt.

»Ich glaube, ich bin einfach gern in New York, glaub' ich.«

Rund um den großen Tisch saßen die Vertreter des Aufsichtsrats und lächelten. Sie dachten an ihre Häuser auf dem Lande, an automatische Rasensprenger und junge skandinavische Au-pair-Mädchen mit dunkelroten Lippen.

»Hübsche Kleider mag ich auch. Was Romantisches erleben. Ich lasse mich gern in ein hübsches Restaurant ausführen. Obwohl Stan, mein Freund, am liebsten zu Hause ißt.«

Die Vertreter des Aufsichtsrats lächelten weiter.

»Ich hab' gern meinen Spaß, und ich arbeite hart. Und ich finde, daß ich eine positive Grundeinstellung habe – daß ich nicht immer gleich alles kritisiere, wissen Sie. Ich meine, im Vergleich zu den Schreihälsen da draußen, die nie etwas *Positives* über unser Land zu sagen haben, sondern immer nur alles kritisieren und kaputtmachen können. Das ist vielleicht nicht gerade eine große politische Einsicht, aber ich denke mir, irgendwie politisch bin ich schon. Ich meine, ich bemühe mich, meine Freunde nicht im Stich zu lassen und immer anständig zu sein und so weiter. Aber letzten Endes will ich wohl nur einfach glücklich sein, neue Leute kennenlernen, eine hübsche Wohnung finden und, wer weiß, mich vielleicht eines Tages sogar verlieben. Das ist doch nicht zuviel verlangt, oder?«

»Danke, Wanda.«

Bunny legte Wandas Datenblatt mit dem Gesicht zuunterst auf den Mahagonitisch, und von einer Sekunde zur anderen bedeutete Wanda nichts mehr. Es war, als hätte jemand einen Schalter gedrückt und sie hätte aufgehört zu existieren.

Eine längere Pause trat ein, und die Anwesenden hätten es Stille genannt.

(»Wir. Wir. Wir. Wir.«)

»Tier Nummer vierzehn.« Bunny gab den anderen Mitgliedern des Aufsichtsrats mit einer Handbewegung zu verstehen, sie sollten sich dem nächsten Datenblatt zuwenden. Zumindest einer der Herren murmelte vor sich hin: »Gefällt mir, diese Wanda. Verrücktes Huhn.«

Bunny ließ sich nicht irremachen.

»Rick, Husky. Geboren: 6. März 1989. Geburtsort: Nome, Alaska, aber mit seiner ganzen Familie noch als Welpe in die Antarktis umgesiedelt. Sternzeichen: Fische. Persönlichkeitsmerkmale: Bedingungslos treu. Jagt gerne Stöcken und Bällen nach. Sehr gutaussehend, markige Züge, spricht Kinder unmittelbar an, Jungen wie Mädchen. Heute trägt Rick ein nietenbesetztes Lederhalsband von Frederick's of Hollywood. Ich dachte, bei Rick setzen wir auf wortkargen Heroismus, klassisch und amerikanisch – so etwas kommt doch nie aus der Mode, meinen Sie nicht auch? Der treue Hund, wie er leibt und lebt, rettet die Menschen aus jeder nur erdenklichen Gefahr. Feuer, Überschwemmungen, Hungersnot, alles, was das Herz begehrt. Natürlich müssen wir zuerst ein paar Stunthunde züchten, die als Body-Doubles bei den Actionszenen dienen können, aber ich glaube nicht, daß unser Rick da etwas dagegen hat. Was meinst du, Rick? Hättest du was dagegen, dich mal als Zuchthund zu betätigen, Junge?«

»Hört sich cool an.« Rick hechelte glücklich. Er war gern in einem Zimmer, in dem fast alle Anwesenden Männer waren, denn da *mußte* doch einfach einer dabeisein, der einen hübschen Stock zum Werfen hatte.

»Rick?« fragte Bunny in aller Form. »Möchtest *du* uns vielleicht auch etwas über dich erzählen?«

Rick begann zu geifern.

»Also, am liebsten hätte ich jetzt eine schöne große Schale Wasser«, sagte er.

Bunny kniff die Augen zusammen, ihre Digitaluhr gab ein leises Piepen von sich, und Bunny wandte sich der nächsten Seite zu. Rick wurde zu Wanda ins Reich der Postexistenten geschickt.

»Muk Luk, Eskimo«, las Bunny vor. »Geboren: 27. April 1955. Geburtsort: Irgendwo in Alaska. Den meisten von Ihnen wird wahrscheinlich schon aufgefallen sein, daß Muk Luk im eigentlichen Sinne kein Tier ist, doch andererseits kann man sie auch nicht gerade unter die Menschen zählen. Ich dachte mir, Muk Luk könnte vielleicht den Sinn für das Urtümliche und Geheimnisvolle ansprechen. Muk Luk ist zäh, was aber noch lange nicht heißt, daß sie nicht auch ein liebevolles Wesen ist. Bei Muk Luk haben wir übrigens den Glücksfall, daß wir den sogenannten Mitzieheffekt nutzen können. Die Tatsache, daß Muk Luk früher einmal mit Charlie zusammen war, macht es möglich, Potential aus der vorigen Kampagne auf sie zu übertragen, ohne daß wir selbst irgendwelche Verantwortung dafür übernehmen müssen. Anders ausgedrückt, das Publikum kennt Muk Luk bisher nicht, aber es hat das Gefühl, daß es sie kennen *sollte*. Schon allein deswegen setze ich große Hoffnung auf diese Eskimosache. Nur eine Kleinigkeit ist problematisch.«

Doch das war allen längst klargeworden.

»Das Gesicht,« sagte Bunny.

Ein paar Tränen kullerten zwischen Muk Luks sommersprossigen Lidern hervor und liefen die haarigen Wangen hinunter.

»Tier Nummer neunzehn...« sagte Bunny nach einer Weile. »Tier Nummer vierunddreißig... Tier Nummer zwölf... Tier Nummer fünfundvierzig...«

Der lange Nachmittag neigte sich dem Ende zu. Die Stimmen auf den Straßen wurden lauter. Und je mehr die Stimmen anschwollen, desto mehr tat die ganze Chefetage, als sei nichts zu hören.

Während die Tiere nacheinander vorgeführt wurden, blätterte der Vorsitzende des Aufsichtsrats träge in der neuesten Nummer von *USA today*, seiner absoluten Lieblingszeitung. Ganz besonders mochte er die bunten Statistiken und Grafiken, die breiten Ränder und das benutzerfreundliche Layout. Aber am besten daran gefiel ihm, wie es an jeder Straßenecke präsentiert wurde wie ein Fernsehprogramm. Scheiß auf die Deutschen und die Japse, dachte der Vorsitzende des Aufsichtsrats oft. Die wissen vielleicht, wie man Sachen produziert, aber *wir*, wir wissen, wie man sie ver*packt*.

»Tier Nummer siebenundzwanzig«, sagte Bunny. »Tier Nummer drei... Tier Nummer einundzwanzig... Tier Nummer neun...«

Am unteren Ende der Klatschspalte auf Seite 2 sah er eine Fotografie von Mr. Big, mit einer schwarzen Kapuze maskiert. Sie hatte zwei Löcher für die Augen, zwei weitere für die dicken Hörner. Letztes Wochenende hatte Mr. Big in Harlem gesprochen, und für den heutigen Nachmittag stand eine Rede im Central Park auf dem Programm. In diesem Standard-Publicityfoto stand er flankiert von zwei Dobermännern mit Armbinden und Stirnbändern.

*Das* ist die Art von Tier, die wir auf *unserer* Seite haben müßten, dachte der Vorsitzende des Aufsichtsrats. Jemand mit Mumm in den Knochen. Jemand wie Mr. Big.

»Tier Nummer vierzig«, sagte Bunny. Sie spürte, wie die Aufmerksamkeit ihrer Zuhörer nachließ. Deshalb hob sie sich auch immer das Beste für den Schluß auf.

Das nächste Tier trat vor, die untere Körperhälfte in etwas Gewagtes, Seidiges gewandet, die obere Hälfte glitzernd und schick. Es sah aus wie eine Kreuzung aus französischer Unterwäsche und einem Taucheranzug.

Ein kurzes Räuspern ging durch die Reihen der versammelten Herrschaften.

Als es verklang, war das Vorstellungsgespräch schon im Gange.

»Und was tun Sie so, Sandy? In der Antarktis, meine ich.«

»Tja, früher war ich Hausfrau, aber nach der Invasion... der *Befreiung*, meine ich, habe ich eine Stellung im Büro des Generals bekommen, und da führte irgendwie eins zum anderen, wissen Sie.«

»Nein, Sandy, ich weiß es eben *nicht*. Wollen Sie es mir nicht erklären?«

»Na ja, am Ende habe ich die Stelle als General Heathcliffs persönliche Assistentin bekommen. Habe mich um seine gesellschaftlichen Verpflichtungen gekümmert, ihm assistiert, wenn ausländische Würdenträger zu bewirten waren, sein Quartier in Ordnung gehalten und so weiter. Manchmal fungierte ich als persönliche Gesandte des Generals, habe – wie soll man sagen – VIPs zwischen hier und der Antarktis *eskortiert*. Deshalb war ich am Kennedy Airport, wo Ihre Talentsucher mich dann ›entdeckt‹ und hier zu diesem Vorstellungsgespräch gebracht haben. Ich reise als Begleitung für die zwei Offiziere hier, und wir waren gerade mit einer Maschine der Air Tundra gelandet.«

Bunny hatte das Gefühl, daß irgendwie ein leichter Mißton die Harmonie störte, so als hätte jemand zuviel frische Luft ins Zimmer gelassen. Sie blickte die ganze Reihe der Tiere entlang bis zu Wanda, die breitbeinig dasaß und sich die Füße kratzte. Dann wanderte ihr Blick wieder zurück, an Sandy vorbei, und blieb auf den zwei kuriosesten Wesen der ganzen Versammlung haften.

»Verzeihung, die Herren.« Mit ihrem Tonfall hätte Bunny das ganze Zimmer mit Eis überziehen können. »Kann ich etwas für Sie tun?«

Der eine der beiden Männer war voller blauer Flecken, groß, muskulös und trug einen grünen Arbeitsanzug. Neben ihm stand eine humanoide Gestalt, die von Kopf bis Fuß in weiße Bandagen gewickelt war. Beide hatten Kalaschnikows über der Schulter und konnten wegen ihrer diversen Schienen und Gipsverbände nur mit Mühe strammstehen.

»Lieutenant-Colonel Jack Hollister, zu Ihren Diensten, Ma'am.« Der Leutnant hob die rechte Hand bis auf halbe Höhe zum Gruß;

das war das Äußerste, was seine Pflaster zuließen. »Und das ist mein Partner Sergeant Juri Ruditjew, Gastoffizier.« Er wandte sich dem bandagierten Humanoiden zu. »Sag etwas zu der Dame, Juri.«

»Maffi Hei-Miefmäffe mall«, brüllte Juri, auch wenn die vielen Lagen Watte und Gaze seine Stimme dämpften und ein wenig undeutlich machten. »Maffi Hei-Miefmäffe mall!«

Bunny gab mit eindrucksvollen Gesten dem Aufsichtsrat zu verstehen, daß sie es selbst nicht fassen könne, doch niemand sah hin. Alle Aufsichtsratsmitglieder waren ganz damit beschäftigt dahinterzukommen, was ihr fülliger Vorsitzender, der den Kopf auf ein Kissen aus bunten Zeitschriften gelegt hatte und sanft vor sich hinschnarchte, denn nun wirklich und in seinem Innersten von der ganzen Sache hielt.

»Der General meinte, wir könnten vielleicht zusammenarbeiten, Ma'am«, sagte Hollister. »Wir haben im *Menschenjäger-Journal* von dem Kopfgeld gelesen, das Sie ausgesetzt haben, und sind sofort hergekommen.«

Hollister holte die zusammengerollte Zeitschrift aus der Hosentasche und schlug eine ganzseitige Anzeige auf. Der Text lautete:

GESUCHT: TOT ODER LEBENDIG
CHARLIE DER RABE
WEIL ER DAS VERTRAUEN DES AMERIKANISCHEN VOLKES MISSBRAUCHT HAT

(DEM, DER UNS SEINEN KOPF AUF EINER STANGE BRINGT, WINKEN **$ 100.000**)

*[Dieses Angebot gilt nicht in Puerto Rico, Kanada oder auf den Philippinen.]*

Sämtliche Anwesenden tauschten in rascher Folge nichtssagende Blicke aus. Draußen war weiterhin das beredte Schweigen zu hören: »Wir. Wir. Wir. Wir.«

Dann, als habe der Mangel an Aufmerksamkeit ihn angestachelt, begann der schwer bandagierte Humanoide neben Hollister zu zukken, daß er kaum noch zu bändigen war.

»Maffi Hei-Miefmäffe mall!« Der Schrei drohte aus dem Kokon herauszubrechen wie eine grausige Motte. »Maffi Hei-Miefmäffe mall!«

Mit einem Mal fühlte Bunny sich merkwürdig ruhig. Die professionelle Anspannung schwand aus ihrem Körper – eine Katharsis, die sie nicht oft erlebte.

Die Welt, dachte sie, ist tatsächlich noch verrückter als ich.

»Was ist denn mit Ihrem Freund?« fragte sie Hollister, als ob er der einzige Mensch im ganzen Gebäude sei. »Was will er sagen?«

Hollister lächelte sie an und dachte dabei: Zu mager. Nicht genug dran.

»Er sagt: ›Macht die Scheiß-Piepmätze alle. Macht die Scheiß-Piepmätze alle. Macht die Scheiß-Piepmätze –‹«

»Schon verstanden«, sagte Bunny.

Aber die Titten sind nicht schlecht, fügt Hollister noch hinzu.

Nun war er an der Reihe.

»Das will ich hoffen, Lady«, sagte er. »Denn diesmal ist das kein dienstlicher Auftrag oder so was. Diesmal ist das verdammt noch mal eine persönliche Rechnung, die wir da zu begleichen haben.«

ACHTER TEIL

# *Die Rache der Natur*

# 1
## Popstar

Mittlerweile war es längst keine politische Krise mehr. Es war eine Krise der Bedeutungen – das war es, was einem wirklich angst machte. Die Worte standen nicht mehr für Dinge, die Regierungen standen nicht mehr für Menschen, und Bilder standen für überhaupt nichts mehr. Überall auf ihrem Planeten verloren die Tiere auch noch das letzte Vertrauen in die Kunst der Rede. Statt dessen griffen sie zu dicken Knüppeln, Steinen, zerbrochenen Flaschen, Axtstielen, gesplitterten Billardqueues und Tischlerplatten.

Tiere stürmten das Parlament in London, den Kongreß in Washington und die Bastille in Paris, sie stürmten Moskau und Peking. Sie jagten Scheunen, Hühnerställe, Mülltonnen, Vogeltränken, Militärjeeps und Wäschekörbe in die Luft. Auf den Straßen trieben militante Kaninchen, Gänsebanden, subversive Antilopen, radikale Yaks, freiheitstrunkene Dingos und politisch korrekte Schweine ihr Unwesen. Überall auf dem Planeten tobten und fluchten, zerstörten und zertrampelten die Tiere. Sie wieherten und bellten und schnaubten und zwitscherten.

»Wir sind doch keine Bestien!« donnerte Mr. Big an einem Nachmittag im Central Park in sein pfeifendes Ansteckmikrofon. »Wir sind Güte! Wir sind Gerechtigkeit! Wir sind Macht! Wir haben das Recht auf unserer Seite. Und wir werden nicht dastehen und abwarten bis in alle Ewigkeit, keine *Minute*, keine *Sekunde* länger! Wir wollen sie *jetzt!* Wir wollen unsere Freiheit *jetzt!* Freiheit *jetzt!* Freiheit *JETZT!*«

Mr. Big stampfte auf dem hölzernen Podium auf und ab, die übliche schwarze Maske über dem Kopf mit den breiten Hörnern. Er dampfte vor Schweiß und Lust wie James Brown nach einer ganz besonders energischen Darbietung von »Soul Man«.

Mit einem eindrucksvollen Schwung seines schimmernden schwarzen Umhangs kam Mr. Big genau in der Mitte des Podiums zu stehen. Und dann wandte er sich um und sprach wieder zu den Massen, die vor Ehrfurcht den Atem anhielten.

»Worauf warten wir also noch, Brüder, Mittiere? Soll die Welt denn für immer *denen* gehören? Oder gehört die Welt schon *heute abend uns*?«

Abgeschirmt von zwei bewaffneten Leibwächtern, verließ Mr. Big das Podium, und schon begannen rachedurstige Tiere in alle Richtungen davonzustürmen. Sie warfen Zäune, Bänke, Mülltonnen, Hot-dog-Stände, Büsche und sogar kleine Bäume über den Haufen. Ihr vielkehliges Brüllen ließ die Kiesel auf der Erde und die Blätter an den Bäumen erzittern. Der große Tag war gekommen. Und sie lebten ihn, als käme ein solcher Tag nie wieder.

»Wahnsinn, Boß«, schwärmte Dave der Otter und führte Mr. Big über eine ausgetretene Holztreppe zu den Garderoberäumen im Untergeschoß. »Beste Rede Ihres Lebens, ehrlich. Sie wissen wirklich, wie man so was anpackt, Boß. Sie wissen, wie man diese ganzen verrückten Tiere dazu bringt, daß sie einem wirklich *zu*hören.«

Mr. Big war müde, abgespannt und ein wenig traurig. All die erwartungsvollen Gesichter dort draußen, Gesichter, die auf seine Stimme warteten, seine Hoffnungen, seine Träume. Die ja nun nicht einmal mehr seine Träume waren. *Seine* Träume gehörten *ihnen*.

Die beiden Orang-Utans mit ihren Armbinden und Mauser-Pistolen im Schulterhalfter durchkämmten die Garderobe, während Mr. Big schwer atmend draußen wartete. Sie durchwühlten Schubladen und Schränke mit einer kalten, grimmigen Wachsamkeit. Als sie sich vergewissert hatten, daß alles in Ordnung war, kamen sie wieder heraus und bezogen Posten neben der Tür.

Mr. Big betrat die Garderobe, Dave der Otter folgte ihm auf dem Fuße. »Die reinste Bergpredigt, Boß. Hendrix in Woodstock. Oder dieser Ross Perot im Fernsehen. Ganz besonders gefiel mir das mit der Verantwortung der Träumer. Das war wirklich – wie soll man sagen – *profund*, Boß. Verdammt profund war das. Wirklich.«

Mr. Big trottete zum Schminktisch und nahm den steifen weißen Kragen ab, den Umhang, die Stiefel. Er blickte auf und sah in dem hohen schmalen Spiegel sein maskiertes Spiegelbild. Selbst dieses Bild gehörte ihm nicht mehr. Auch das Bild gehörte *ihnen*.

Dave der Otter rauchte eine Marlboro nach der anderen und war ganz aufgedreht von dem Nikotinstoß.

»Und dann die Passage, wie einer im Raumschiff um die Erde fliegt, Boß. Wie er den ganzen Planeten unter sich liegen sieht, Mann, unseren schönen blauen Planeten. Und daß wir – wie war das? –, daß wir uns entscheiden müssen, ob wir nun zu diesem wunderschönen Planeten dazugehören wollen oder nicht. Das war mehr als nur *profund*, Mann. Das war, ja das war regelrecht *inspiriert.*«

Mr. Big war nicht so ganz zufrieden mit seinem maskierten Spiegelbild. Er war jemand, der etwas vorstellte, das gewiß. Er war groß, mächtig, ausgesprochen fruchtbar – in jungen Jahren war er ein gefragtes Zuchttier gewesen. Doch nun erkannte er sich kaum noch wieder. Ja, inzwischen kam ihm sein Kopf mit der Kapuze vertrauter vor als sein eigenes Gesicht.

»Das habe ich gestohlen«, sagte Mr. Big. »Von einem Vogel.« Er lehnte sich zurück, bis seine rauhen Schenkel den cremefarbenen Fernsehsessel fanden. Der Sessel war stellenweise schon ganz abgeschabt, so daß der käseweiße Schaumstoff hervorquoll, doch auf diesem Sessel zu sitzen war Mr. Bigs größtes Freizeitvergnügen, und er achtete stets darauf, daß er bei jedem seiner Auftritte dabei war, ob in Tokio oder Bhopal.

»Der Bursche hieß Charlie«, sagte Mr. Big, »und war seinerzeit ein großer Redner. Aber er war auch ein Lügner, der immer aus den falschen Gründen log. Er log, um sich wichtig zu machen. Um die Aufmerksamkeit der Presse zu erlangen. Er hörte sich gern reden. Ich hingegen, ich bin Mr. Big, und ich lüge aus den *richtigen* Gründen. Weil ich *alle* Tiere retten will, ganz gleich welcher Art und welchen Geschlechts.«

Dave der Otter nahm ein paar kurze Züge, so als ob er versuchte, an der Spitze seiner Zigarette ein ordentliches Feuer zum Brennen zu bringen.

»Absolut, Boß. Niemand würde auch nur im mindesten an Ihrer Integrität zweifeln. Haben Sie gesehen, wie die Leute losgezogen sind? Mann, die waren zu allem entschlossen. Ich wünschte, ich könnte sehen, wo sie jetzt sind.«

Irgendwo in der Ferne hörte man ein einzelnes wildes Tier brüllen.

»In der Fifth Avenue«, sagte Mr. Big, doch ohne Nachdruck oder Überzeugung.

Mit einer langsamen kreisenden Bewegung seiner Schultern lehnte Mr. Big sich an den Hutständer und hakte den Rand seiner schwarzen Kapuze an einem der Messinghaken ein. Dann, als ob er aus einer Badewanne stiege, zog er sich die Kapuze vom Kopf und betrachtete sein Alltagsgesicht, wie es ihm unerbittlich aus dem gleißenden Spiegel entgegenstarrte.

Dieses Bild würde immer ihm gehören.

Auch wenn die Massen noch so sehr nach mehr riefen.

Dave der Otter hatte allerhand durchmachen müssen, seit die Multis seinen Handelsposten übernommen hatten. Die versammelten Aktionäre von Worldco, Gap und den Army and Navy Stores hatten zuerst seinen Laden ausgeplündert und ihn dann auf die Straße gesetzt, und Dave hatte sich mit schweren Gedächtnislücken mitten in Brasilien wiedergefunden, mit einer Flasche schlechten Rums und einem nymphomanischen Mastschwein namens Stella. Sein Sturz hätte kaum tiefer sein können: Einst Wohlstand, Reichtum, Selbstachtung, nun ein Souterrainzimmer im *barrio*, nichts zu essen in den Schränken, und dann auch noch Stellas leicht moschusartiger Wurstgeruch, der sogar durch die Duschvorhänge drang. Mit einem Schlag hatte Dave alles verloren, was ihm etwas bedeutet hatte. Nicht einmal seine alte Selbstachtung hielt ihn noch warm.

Was er brauchte, das war Wahrheit, und am Ende fand er sie. Die *Worte des Mr. Big*, kostenlos an Straßenecken und in Waschsalons verteilt. Sie sorgten dafür, daß seine Gedanken nicht zu sehr um die eigene Person kreisten. Eines Tages, das schwor er sich, würde er es ihnen allen heimzahlen. Mit Mr. Bigs Hilfe würde er dem ganzen Planeten den Marsch blasen.

»Was hätte ich ohne Sie tun sollen, Boß? Wo hätte ich hingesollt? Ich hätte nichts mehr gehabt, woran ich noch hätte glauben können.«

Dave schrubbte Scaramangus den Rücken mit einer Wurzelbürste und einer Literflasche Walgreen's-Babyshampoo. Es war der Morgen nach dem Aufstand in Manhattan, und sie waren in einem Stall vor Ort untergekommen, den sie sich mit zwei mürrischen alten Kleppern namens Asphodel und Roger teilten. Über ihnen blies ein leiser Wind große Rauchwolken vorüber. Die ganze Stadt war unglaublich still. Nicht einmal die Blätter flüsterten. Nicht einmal die Steine.

»Drück mal die Blase auf«, ließ Scaramangus sich vernehmen und wies auf einen reifen Karbunkel auf seiner Schulter. »Und mehr Duft, Otter. Mehr Parfüm, mehr Haarspülung.«

»Klar, Boß. Alles nach Wunsch.« Dave faßte den Karbunkel zwischen den Pfoten und drückte mit aller Kraft. Ein Pfropfen aus weißem Fett schoß heraus, knapp an Daves linkem Auge vorbei. Eiter lief aus der Wunde hervor, und Dave ging mit seiner Bürste darüber. »Ein neuer Morgen, nicht wahr, Boß? Wie eine Erlösung, nur daß wir uns *selbst* erlöst haben, stimmt's, Boß? Nicht so ein Klugscheißer von einem Gott oder Heiland. Von heute an sind *wir* für unser Leben verantwortlich. Und wenn jetzt was nicht funktioniert, dann sind wir *selber* dran schuld.«

Nur sporadisch sickerten Nachrichten von den Straßen herein. Den Gerüchten zufolge war in Manhattan nun alles ruhig. Zoos und Zwinger waren geöffnet, ihre Bewohner befreit. Tiere hielten die Stadtverwaltung, die Börse, die Bibliotheken und Kommunikationseinrichtungen besetzt. In fernen, noch schwelenden Gebäuden verschanzt, waren Mr. Bigs freiheitstrunkene Brüder mit keinem Telefon, keinem Fax, keinem Lautsprecherwagen zu erreichen. Und was die Menschen anging, davon sah man keine mehr auf den Straßen. Jedenfalls keine lebendigen.

»Niemand hat je behauptet, daß der Tag der Vergeltung ein leichter Tag sein wird«, sagte Mr. Big. Er blickte hinauf in das strahlende Blau. Die Luft war frisch, die Bäume ragten in den Himmel. Hier, im Mittelpunkt des Sturms, war alles ruhig, wie ein Patient auf dem Operationstisch. »Morgen werden wir uns aus der Asche erheben und eine Neue Weltordnung begründen. Aus den Flammen offenbart sich uns das neue Evangelium. Wir werden eine neue Welt errichten, Brüder. Eine neue Welt.«

Mr. Bigs Stimme stachelte Dave an, immer schneller und kräftiger zu bürsten. Er schrubbte so sehr, daß aus den Poren von Mr. Bigs Haut das Blut kam.

Doch Dave wußte, daß das genau das war, was Mr. Big sich wünschte. So sehr geliebt zu werden, daß es schon wehtat.

»Genau, Boß. Das neue Evangelium. Die Neue Weltordnung. Sie ist schon da, Boß. Sie ist schon da.«

Die beiden weißmähnigen Klepper traten derweil unruhig von einem Bein auf das andere und mühten sich, trotz aller kalten Rhetorik, die sie umwehte, warm zu bleiben.

»Vielleicht haben sie ja recht«, flüsterte die klapprige Asphodel ihrem Gefährten zu. »Vielleicht ist die Welt ja wirklich besser geworden. Vielleicht kann man jetzt zum ersten Mal in unserem Leben wirklich riskieren, unter Tieren zu leben. Vielleicht ist man jetzt sicher«

Doch Roger, der mit seinem schartigen rechten Huf scharrte und die alten Erinnerungen abzählte, traute der Sache nicht.

»Wer unter Tieren lebt, wird niemals sicher sein«, erwiderte er. »Tiere werden immer Tiere bleiben. Und Fleisch bleibt immer Fleisch.«

## 2

## Überholspur

Wie üblich war Rick der Husky der letzte, der begriff, was los war, und der erste, der etwas unternahm.

»Wir brauchen ein Auto«, erklärte er den anderen. »Wir brauchen Lebensmittel, Campingausrüstung, CB-Funk und Benzin in Reservekanistern.« Er scheuchte die anderen über die mit dünnem Teppichboden belegten Gänge wie ein Schäferhund, der Lämmer in ihren Pferch treibt. Überall heulte der Feueralarm, und die Sprinkleranlage versprühte weiße Wasserstrahlen. »Wir müssen die Ruhe bewahren, vernünftig bleiben, wir müssen wissen, was wir wollen, denn im Augenblick gibt es nur zwei Dinge, auf die es ankommt: zusehen, daß wir soviel wie möglich für uns rausholen, und zusehen, daß wir mit heiler Haut davonkommen.«

Ringsum liefen die Angestellten um ihr Leben. Sekretärinnen, persönliche Assistenten, Leute, die Management-Fortbildungskurse organisierten, Leute, die Hintergrundrecherchen für Marktanalytiker anstellten, Investmentberater, Börsenkenner, technische Referenten der Betriebspsychologen. Die einen zertrampelten sich gegenseitig wie panische Rinder in einem brennenden Stall, die anderen stahlen alles, was nicht niet- und nagelfest war.

Rick der Husky scheuchte seine Freunde durch eine unvermittelt aufgetauchte Notausgangstür, hinter der sich ein schier unübersehbares Labyrinth an Treppen auftat, überall erwachsene Männer, die vor sich hinschluchzten, überall die Papierspiralen der Aktenvernichter, wie der Versuch, eine letzte Barriere zu errichten. Die Demonstranten waren sogar bis in die Tiefgarage im zweiten Untergeschoß vorgedrungen, wo sie nun die Volvos umwarfen und überall hinpinkelten. Von Zeit zu Zeit griffen sie sich fliehende Angestellte und rissen sie in Stücke. Unter den flackernden Neonröhren war der dunkelgraue Betonboden übersät mit totem Fleisch, zerrissenen Sportjacken aus Baumwollmischgewebe und fallengelassenen Reizgasdosen, und es sah aus wie in einem heruntergekommenen Schlachthaus.

Rick scheuchte Wanda und Muk Luk in einen Wagen mit Vierradantrieb, bei dem die Schlüssel steckten. Er sprang sofort an.

Teufel, dachte Rick. Diese Japse verstehen wirklich was vom Autobauen.

Überall in New York tobte der Aufstand, eine biblische Feuersbrunst. Gigantische Vögel stießen aus den Lüften herab, fette Ratten krochen aus der Kanalisation, und überall flohen die Menschen und wurden von Banden wilder Tiere verfolgt. Auf *dich* haben wir gerade gewartet, riefen sie, wenn ihnen wieder ein Anwalt oder ein Vertreter des mittleren Managements in die Pfoten, Krallen oder Pranken fiel, wieder ein viel zu hoch bezahlter Vertreter einer politischen Lobby. *Dich* wollen wir nicht hier haben, und *dich* nicht und *dich* auch nicht. Überall waren Gemetzel im Gange, denn gehetzte Menschen gab es im Überfluß. Die Tiere stürzten sich auf sie, verstümmelten sie, vergingen sich an ihnen, rissen sie in Stücke. Wenn es so weiterging, würde es noch Jahre dauern, bis sie anfingen, übereinander herzufallen.

Rick der Husky nahm den Roosevelt Drive stadtauswärts, über die Triborough Bridge, dann den schlaglochübersäten Bruckner Expressway. Auf der Straße brodelte der Teer, wie nach einem Vulkanausbruch.

»Sieht aus wie das Ende der Welt«, sagte Wanda, auf dem Rücksitz zusammengekauert, das paillettenbestickte Givenchy-Abendkleid um die Hüften drapiert wie die Blätter eines riesigen ins Kraut geschossenen Salatkopfs. »Es sieht aus wie das Jüngste Gericht. Wie *Panik im Jahre Null.*«

Rick der Husky hatte sich am Steuer eine Marlboro angesteckt, und Muk Luk saß auf dem Beifahrersitz, ihren Speer zwischen den Knien.

»Seht euch doch nur diesen Müllhaufen an«, sagte Rick. »Wie können die Menschen nur hier leben? Das ist keine Stadt, das ist ein *Belagerungszustand.*«

»Stadt ohne Hoffnung«, bestätigte Muk Luk. »Stadt ohne Liebe. Stadt ohne alles mögliche. Aber vor allem Stadt ohne Buster.« Dann begann sie zu weinen, und die Tränen kullerten in den verfilzten Pelzkragen ihres schon lange nicht mehr gereinigten Parkas. Muk Luk machte sich nichts aus Revolutionen, aus Industriegebieten, öffentlichen Schulen, der zerfallenden Infrastruktur, nicht einmal aus dem weiten Horizont der großen weiten Welt *dort draußen.* Alles, was sie noch kannte, war die Leere in ihrem Herzen. Und immer mehr war es auch das einzige, was sie noch kennen wollte.

»Keine Sandwiches aus dem Delikatessenladen mehr«, sagte Wanda traurig. Sie blickte aus dem Rückfenster auf die brennende Stadt, doch alles, was sie sah, war das Spiegelbild ihres eigenen haarigen, kummervollen Gesichts. »Keine Matinees im Ziegfeld mehr. Kein Macy's. Kein Bloomingdale.«

Wanda konnte im Dunkel gerade noch die Pfeiler der Freewaykreuzungen, Brücken und Rampen erkennen. Überall standen große Plakattafeln mit Nummern für Telefonsex, für übersinnliche Liebe, Nummern für vertrauliche Hinweise zu Polizistenmorden.

»Meine Kinder fehlen mir«, sagte Wanda zum Schluß noch traurig. »Mir fehlt sogar mein schrecklicher Ehemann Roy.«

Sie hörten die Sirenen. Sie sahen, wie die gewaltigen elektrischen Lampen flackerten. Sie rochen Rauch, Holzschutzmittel, Benzin. Rick der Husky warf immer wieder mißtrauische Blicke in den Rückspiegel. Er verstand das einfach nicht.

Wieso war außer ihnen niemand auf dem Freeway?

»Viele Leute haben nur Abfälliges über New York zu sagen«, faßte Wanda es zusammen und wischte sich eine kleine Träne aus dem Augenwinkel. »Aber man sieht nie jemanden, der es eilig hat, von hier fortzukommen.«

## *3*

## Die Krisensitzung

Noch in derselben Stunde kamen der Präsident und seine wichtigsten Sicherheitsberater im Vorführraum im Keller des Weißen Hauses zusammen. Außer den üblichen Vertretern der Sicherheitsbehörden hatte der Außenminister auch einige neue Gesichter dort versammelt, es gab Kaffee im Überfluß und ein Buffet mit Meeresfrüchten für zweihundert Personen.

»Sie erinnern sich doch noch an Bob Ryerson, Mr. President? Stellvertretender Sicherheitschef des Abschirmdienstes in London.«

»Mr. President.«

»Und John Stout, unser Medienberater in internationalen Tierangelegenheiten.«

»Mr. President.«

»Und natürlich die Erste Sekretärin der Generalstaatsanwältin, Adrienne Velikovsky, die heute morgen ihre Chefin vertritt. Wie ich höre, hat die Staatsanwältin später am Tag einen Auftritt bei Oprah Winfrey gebucht, um die Werbetrommel für ihr neuestes Buch zu rühren.«

»Mr. President.«

»Und das ist Ryersons persönliche Assistentin, Becky Sanvoy, die den phantastischen Marshmallow-Salat für die letzte Präsidentensoiree in der Downing Street gemacht hat. Sie werden sich vielleicht erinnern.«

»Mr. President.«

»Und die Gebrüder Sanchez, vormals Sonderbeauftragte unseres letzten gescheiterten Kuba-Projekts.«

»Señor el Presidente.«

»Señor el Presidente.«

»Und das ist – Himmel, sind Sie das, Manuel? Und das – bitte um Verzeihung, Mr. President, da muß es ein Mißverständnis bei den Vorbereitungen zu dieser Sitzung gegeben haben. Das ist Manuel, der den Swimmingpool reinigt.«

»Mr. President. Wir haben ziemliche Schwierigkeiten mit dem Chlor in Ihrem Becken, Mr. President.«

»Lassen Sie uns die Schwierigkeiten mit dem Chlor auf später verschieben, Manuel. Und hier, Mr. President, haben wir unseren Koordinator für CIA-Recherchen, Roger Arnoldson. Rog hat früher für UPI gearbeitet und ist dann zu uns übergelaufen. Im Zuge unserer großen Kampagne, bessere Beziehungen zu unseren Brüdern vom fünften Stand anzuknüpfen. Rog?«

»Morgen, Mr. President. Da braut sich ganz schön was zusammen, draußen bei den Tieren, und ich würde bei allem Respekt vorschlagen, daß wir uns so schnell wie möglich damit beschäftigen. Solange noch *Zeit* dafür ist.«

»Rog ist Autor, Produzent und Regisseur des Dokumentarfilms, den wir gleich sehen werden, damit wir uns ein Bild von der ganzen Affäre machen können, Mr. President. Aber möchte sich vielleicht vorher noch jemand ein Sandwich oder etwas Krautsalat holen? Wir haben nichts dagegen, daß während der Vorführung gegessen wird, aber bitte nicht allzu laut schmatzen, ja? Und keine Unterhaltungen, bitte. Ich hasse es, wenn Leute *reden*, während ich mir einen Film ansehe.«

So ungezwungen wie möglich begab sich der Präsident zu seinem Platz am höchsten, hinteren Ende des Raumes, einem verschwenderisch gepolsterten Ledersessel, von dem aus er die Hinterköpfe der Versammelten betrachten konnte wie die Kegel auf seiner ganz persönlichen Kegelbahn.

Der Außenminister hielt eine große eisgekühlte Coke in der einen Hand und einen linierten gelben Schreibblock in der anderen.

»Leg los, Sid!« rief er.

Nach anfänglichem Stocken kam das Sirren des Projektors in Gang. Die Leinwand wurde in weißes Licht getaucht und flackerte, bis das erste farbige Bild kam.

4

3

2

1

*Ta-ta-ta-taa!*

Der Nationale Sicherheitsrat
mit amtlich anerkannter finanzieller Unterstützung
des Bundesamts für Luft- und Raumfahrt,
der Coca-Cola Company,
der CIA (Abteilung für verdeckte Inlandsoperationen)
und der Ford Motor Corporation
präsentiert –

*Ta-ta-ta-taa!*

Eine Roger-Arnoldson-Produktion
eines Roger-Arnoldson-Films
EINE WARNUNG AN AMERIKA:
DAS MR.-BIG-SYNDROM

*Ta-ta-ta-taa!*

Schon jetzt begannen die Zuhörer in dem verdunkelten Kinosaal auf ihren Sitzen hin und her zu rutschen.

Genau wie die öffentlichen Ansprachen des Präsidenten war das die Art von Konferenz, die wirklich *ewig* dauern konnte.

# 4

## ETHNOZENTRISCHES

Flankiert von zwei ängstlichen Adjutanten, floh General Heathcliff im Licht des Sternenhimmels in Richtung Norden, verfolgt von tobenden Pinguinen mit überteuerten US-Waffen. Während seiner ganzen Dienstzeit in der Antarktis war dies wahrscheinlich das einzige Mal, daß der General die Offiziersunterkünfte verlassen hatte, und er war überrascht, daß es draußen längst nicht so kalt war, wie er erwartet hatte. Und noch nie im Leben hatte er so viele Sterne gesehen.

»Manche Tiere wissen einfach nicht, was gut für sie ist«, haderte General Heathcliff, während er in seinen grünen Dienststiefeln, Standardausrüstung, über die Eisschollen stapfte und schlitterte. In der Ferne konnte er noch eine Reihe kleiner schwarzweißer Flecken ausmachen, die sich in den verrücktesten pointillistischen Mustern voneinander entfernten und wieder zusammenfanden. Er hörte das *popp-popp-popp* von schlecht gewarteten M-15-Gewehren, die ungefähr in seine Richtung abgefeuert wurden. »Die halten Macht für etwas, was sie *haben wollen*, liebe Güte. Macht über ihre Umwelt, Macht über sich selbst. Begreifen nicht, daß Freiheit nichts anderes ist als mehr Verantwortung, und können sich einfach nicht vorstellen, was für eine ungeheure Tortur das die meiste Zeit ist. All die schlaflosen Nächte, die man einsam daliegt. Die nie erwiderte Liebe, die faulen Schecks. Ich hab' mir den Arsch aufgerissen für diese Vögel, und was kriege ich zum Dank? Ein paar lausige Verpflegungspakete und einen alten Daunenparka. Alles am Arsch. Alles am dikken fetten *Pinguin*arsch!«

»Nur noch eine Meile, General«, flehten die Adjutanten ihn an. »Wenn wir bis zu den Bergen da vorne kommen, dann haben wir's geschafft. Dann können wir die Nacht überstehen und morgen einen Gegenschlag versuchen.«

»Gegenschlag am Arsch!« Der General stampfte seine Antwort ins Eis wie eine Grundsatzerklärung. »Sollen die Arschlöcher doch ihre Pinguininsel be*halten*, ist mir doch egal! Sollen *die* doch ihre Straßenlampen in Ordnung bringen und ihre Einkaufszentren bauen, sollen sie selber ihre Proklamationen verkünden und sich die endlosen Beschwerden anhören. ›Das mit der Sperrstunde gefällt uns aber gar nicht, General Heathcliff! Steuern zahlen, nein, keine Lust! Wir wollen dies nicht, und wir wollen das nicht!‹ Soviel Gejammere habe ich noch nie gehört! Wenn die Pinguine die Verantwortung selbst übernehmen, kann ich nur sagen: Viel Glück dabei. Jedenfalls werden sie dann keinen General Anthony Heathcliff mehr haben, den sie für alles verantwortlich machen können! *Das* steht fest!«

Sie bekamen den General am Fuße des Mount Erebus zu fassen, fesselten ihn mit Packband und trugen ihn an einer langen Stange zur Pinguininsel zurück. Die beiden Kollaborateure wurden ohne viel Federlesens erschossen und den Bären überlassen. Sie hießen Joe und Bob.

»Das könnt ihr mit einem Offizier der US-Streitkräfte nicht machen!« brüllte General Heathcliff. Sein Gesicht war blau vor Kälte und Empörung, und er hing mit dem Kopf nach unten an seiner Stange wie ein erlegtes Wild. »Ich habe Rechte nach der Genfer Konvention. Ich verlange, daß man mich mit *Respekt* behandelt!«

Die Pinguine steckten in viel zu großen grünen Militärstiefeln. Nach der Schlacht an der Kantine, der Schlacht am Colaautomaten und der Schlacht am Materialdepot waren sie inzwischen das Kämpfen und Töten leid, ja, sie waren sogar ihre eigene Wut leid. Sie machten alles nur noch halbherzig, ganz gleich ob sie nun ihre Schnürsenkel banden oder einen Handlanger exekutierten.

»Halt deine blöde Klappe«, schnauzte Junior, der sich beim jüngsten Staatsstreich so tapfer geschlagen hatte, daß er nun seine eigene Einheit kommandierte. Junior haßte Leute wie General Heathcliff, denn jeder, der seine Autorität für selbstverständlich nahm, erinnerte ihn an seinen toten Vater Whistling Pete. »Du sprichst nur, wenn du dazu aufgefordert wirst, Soldat! Sonst bringen wir dich zurück aufs Eis zu deinen Kumpeln, und dann kannst du sehen, was dir Graues aus dem Luftloch kommt, das ich dir in die Stirn bohre. Wie würde dir das gefallen, *hm?*«

Die Einheimischen der Pinguininsel befeuerten inzwischen ihren revolutionären Eifer mit erlesenen Schnäpsen aus General Heathcliffs geplünderten Privatvorräten. Kollaborateure wurden systematisch erschossen und im Schnee verscharrt, Gefangene wurden aus dem stacheldrahtumzäunten Lager befreit und erhielten hohe Verwaltungsposten in der provisorischen Regierung.

Die Prozession hinaus vor die Stadt kam nur langsam, eher lustlos voran. Der General hatte die Henkersmahlzeit, den letzten Wunsch und auch die Augenbinde verweigert. Die Zigarette hatte er allerdings genommen. Menthol ohne Filter.

»Ich will euch Spatzenhirnen in die Augen sehen«, brüllte er. Es war wirklich der größte Augenblick im Leben des Generals, zumal *Patton* mit George C. Scott stets sein Lieblingsfilm gewesen war. »Ihr könnt mir für keine zehn Cent angst machen, ihr Hühner, und wißt ihr, warum? Weil ihr albern ausseht, deswegen. Ganz gleich wie viele Gewehre ihr habt, wie viele Panzer und eines Tages womöglich sogar Aufklärungssatelliten, ihr bleibt trotzdem Pinguine, die über eiskalte Felsen watscheln. Und *das* ist ein Leben, das ich wirklich *niemandem* wünschen würde.«

»Gewehr bereit!«

Junior gab das Kommando mit erhobenem Arm. Es war wichtig, daß man in solchen Augenblicken die Form wahrte, damit die Wellen der Leidenschaft nicht gar zu hoch schlugen.

»Nur weiter so, träumt von Abenteuer und Eroberung«, brüllte der General. Seine Hände waren hinter dem Rücken zusammengebunden, die Zigarette hatte er im Mundwinkel und sog gierig daran. »Für mich werdet ihr immer watschelnde Vögel mit fetten Ärschen bleiben. Keine Nation auf diesem Planeten wird euch je anerkennen.«

»Anlegen!«

Junior betrachtete seine schlecht gekleideten Leute, wie sie ihre M-15 anlegten und zielten, entsetzlich große Gewehre, für die sie hölzerne Stützen brauchten. Junior war verdammt stolz auf seine Jungs und auf das, was sie geleistet hatten. Und er war auch verdammt stolz auf sich selbst.

»Wann immer einer euch ansieht, wird er immer nur eines denken. Schau nur, was für putzige kleine Pinguine. Auch wenn ihr ihm eine M-15 vor die Nase haltet. Selbst wenn ihr Handgranaten oder Neutronenbomben zündet. Die Leute werden euch ansehen, wie ihr den starken Mann markiert, und sie werden sagen: Ach, sind die süß, schaut euch doch nur die süßen kleinen –«

»Feuer!«

Es war ein langer Augenblick, ein Augenblick, in dem die Zeit stillzustehen schien. Für Juniors Ohren klang das Verstummen der Stimme des Generals in der eiskalten Luft lauter als der Knall der Gewehrsalve.

»Ich hoffe, daß ich euch Pinguinen beibringen kann, was Gerechtigkeit ist«, hatte General Heathcliff am ersten Tag der Besatzung feierlich erklärt. »Ich hoffe, daß ich euch beibringen kann, was Gesetz ist. Ihr sollt von mir etwas über die Menschen lernen und über die Verantwortung der Nationen. Ich wünsche mir, daß ihr uns nicht als Feinde anseht. Ich wünsche mir, daß wir Freunde werden.«

Du hättest dir besser überlegen sollen, was du dir wünschst, dachte Junior, als er den großen, reglosen Leib des Generals im Schnee liegen sah.

Und wenn du dich schon nicht vorsehen kannst, dann geh wenigstens diesem einen Pinguin hier aus dem Weg.

Dann ließ Junior seinen Trupp kehrtmachen, und sie gingen nach Haus.

## 5

## Die Revolution

In vielen Teilen der Welt stellten die triumphierenden Tiere schon sehr bald unter Beweis, daß sie sich auf die Grausamkeiten, die sie zuvor erdulden mußten, ebensogut verstanden wie ihre alten Peiniger. Sie schlachteten wahllos Menschen und verzehrten sie, oder sie spannten sie vor primitives Ackergerät. Sie trugen die abenteuerlichsten Mäntel und Jacken aus Menschenhaar und Menschenleder und prahlten mit dieser barbarischen Mode auf Gartenparties und politischen Versammlungen. Sie richteten Konzentrationslager ein, Umerziehungslager, kollektive Bauernhöfe, und sie zwangen die gefangenen Menschen, sich den Schädel zu rasieren und gemeinsam laut aus den *Gesammelten Weisheiten des Mr. Big* zu lesen. Sie übernahmen sogar die lokalen Fernsehsender und produzierten eigene, haarigere Versionen der alten Sendungen der Privatsender: *Alle meine Tiere, Allein gegen die Menschen, Das Goldene Tier* und natürlich die beliebteste von allen, die *Dave-Otter-Show* mit Mr. Bigs engstem persönlichem Freund und Ratgeber, Dave dem Otter.

»Ich sage dir, Dave, wir müssen etwas gegen diese Bettler auf den Straßen unternehmen.« Am anderen Ende der Leitung war ein Dobermann aus Detroit, wo die Tiere die brennende Stadt beherrschten. »Es ist doch widerwärtig, einfach widerwärtig. Überall wird man angebettelt, sie halten einem ihre toten Babies unter die Nase, zeigen uns ihre Wunden. Ich bin ja wirklich bereit, einem armen Menschen zu helfen, wenn ich ein paar Dollar übrig habe, aber die meisten von diesen Pennern wohnen in hübschen Häusern in der Vorstadt, sie fahren Cadillacs und Buicks. Sie ver*kleiden* sich als Penner, hat man so was schon gehört? Also für mich, Dave, ist die einzige Lösung, daß man diese Bettelei einfach verbietet, die Kerle bestraft, exekutiert oder so etwas. Oder vielleicht lebenslänglich Arbeitslager.«

»Wenn ich mich da mal eben zwischenschalten darf«, unterbrach Dave der Otter und lehnte sich bedeutungsvoll über seinen polierten Tisch. Dave hatte in den letzten Wochen deutlich zugenommen, und das Haar war mit einer fettig glänzenden Pomade nach hinten gekämmt. »Ich denke mir, da sind ein paar wirklich wichtige Punkte zur Sprache gekommen, und wir sollten zunächst einmal, wenn ich so sagen darf, bei ihnen verweilen.«

Mit einer leichten Pfotenbewegung schaltete Dave der Otter den Anrufer aus Detroit ab. Dann holte er sein Päckchen Wertungskarten mit Standardkommentaren hervor, das er im Schoß liegen hatte.

»Gerade der erste Punkt unseres Anrufers verdient es, festgehalten zu werden« – Dave mischte die Karten, fühlte nach dem gezinkten As –, »und worauf es ankommt, ist folgendes.«

Dave der Otter hielt die Karte der Kamera 1 zur Extremen Grossaufnahme hin. Auf der Karte hieß es:

Die Menschen sind Lügner

»Ganz recht, liebe Säuger und Mollusken zu Hause an den Empfängern. Die Menschen lügen, da gibt's nichts drumherumzureden. Lügen ist in der genetischen Struktur aller Gehirne vom Menschentypus vorprogrammiert; es hat etwas mit den strukturellen Möglichkeiten der Sprache zu tun oder so, das würde jetzt hier zu weit führen, aber ihr könnt es mir ruhig glauben, okay? Um aber nun« – er atmete tief durch – »zu meinem *eigentlichen* Punkt zurückzukommen« – Dave der Otter hielt noch einmal seine Karte in die Höhe:

– »vergeßt das ja nicht.«

Es war eins von Bunny Fairchilds Lieblingsprogrammen, vielleicht das liebste überhaupt, denn meist endete es mit der immergleichen, vom Band eingespielten Botschaft Mr. Bigs.

»Ich trage diese Kapuze, um deutlich zu machen, daß nicht das Individuum zählt«, erklärte Mr. Big den Massen. »Ich trage diese Kapuze, weil man mich als Abstraktion begreifen soll. Ihr seid genauso Tier wie ich. Ich bin genauso Tier wie ihr. Unter unserer Maske aus Muskeln und Knochen sind wir allesamt Brüder und Schwestern. Die meisten von uns – ausgenommen, wie ihr alle wißt, ein einziger schwarzer Vogel namens Charlie der Rabe.«

Dazu wurde ein ausgesprochen finster dreinblickender Charlie eingeblendet, ein Standbild aus Archivaufnahmen eines anderen Senders. Charlies Mund stand offen, mitten in einer seiner Schimpfkanonaden. Er trug eine Sonnenbrille, und das Gesicht wirkte aufgequollen, von zuviel Alkohol oder zuwenig Schlaf.

»Bringt mir diesen Vogel«, forderte Mr. Big seine Zuschauerscharen auf, »und ich werde ihn lehren, wie man denkt. Er ist ein verwirrtes Tier auf der Suche nach Liebe, nichts weiter. Und die können wir ihm geben, Brüder. Wir können ihm so viel Liebe geben, daß er gar nicht mehr weiß, wo er sie hinstecken soll.«

Bunny stemmte sich mächtig in die Pedale ihres Exercycle-Trimmfahrrads, denn sie war nun schon die zweite Woche nicht aus ihrer kameraüberwachten Hochsicherheits-Penthauswohnung herausgekommen; am liebsten strampelte sie sich die Kalorien vom Leib, wenn sie dazu fernsehen und Ben-and-Jerry's-Eiscreme essen konnte. Sie hatte den Kalorienzähler so eingestellt, daß er jedesmal einen Signalton abgab, wenn sie genug Kalorien für einen Löffel Cherry Garcia verbraucht hatte, und dabei sah sie sich das neue Tierfernsehen an und war ganz begeistert von den Marketingmöglichkeiten, die sich dort eröffneten.

Hier brauchte man keine Tiere, um Menschen etwas zu verkaufen. Hier nahm man Tiere, um *Tieren* etwas zu verkaufen.

*Ping* erklang die Glocke des Exercycle.

Und Bunny nahm einen Löffel voll Eiscreme.

»Das sind nicht unsere Feinde, nein, *Sir*«, sagte sie, an das Bild ihres ehemaligen Chefs gewandt, der in ihren Gedanken noch sehr präsent war und der sich zwei Tage zuvor mit einer Beretta, die Bunny praktischerweise in der Handtasche gehabt hatte, eine Kugel in den Kopf gejagt hatte. »Das ist der vielversprechendste neue Markttrend seit langem.«

Wie eine als Infosendung aufgemachte Werbung oder ein Buch von Norman Mailer unterbrach das Tierfernsehen seine Sendungen oft mit Eigenreklame. In dem Spot, der eben über den Bildschirm flimmerte, wurden »Tiere auf der Straße« vor laufender Kamera interviewt. Die heutige Frage lautete: »Glauben Sie, daß Mr. Big Sie liebt, und wenn ja, warum?«

»Ich glaube, daß Mr. Big mich liebt«, antwortete Roy der Gorilla bedächtig, so als habe er eine Fischgräte im Mund. Roy war zusammen mit den anderen Bewohnern seiner Scheune in einem großen gelben Bus in die Stadt gekommen, um die Unterstützung der Landarbeiterschaft für die städtische Revolution zu demonstrieren. »Schließlich sagt er ja, daß er mich liebt, und er scheint doch ein anständiger Bursche zu sein. Ja, das wäre wohl mein Grund, nicht wahr? Ich meine, wenn er uns nicht lieben würde, warum sollte er sich denn dann die ganze Arbeit machen, die Weltherrschaft zu übernehmen? Das wäre doch wirklich Unsinn, oder?«

Roy wirkte vor der Kamera, als habe er einen leichten Sonnenstich, und er lächelte allzu strahlend in die schwarze Linse. Er trug eine neugekaufte Baseballmütze der Mets und ein JE T'AIME, MR. BIG-T-Shirt.

Bunny schaltete per Fernbedienung den Ton ab und sah dem Affen auf dem Bildschirm zu, wie er weitere Banalitäten von sich gab.

Das ist nicht unser Feind, sagte Bunny in Gedanken. Das ist kein wildes Tier auf Beutezug. Das ist ein ganz normaler, durchschnittlicher Junge, der den ganzen Tag hart arbeitet, damit er abends Geld zum Ausgeben hat. Er kauft gern ein, am liebsten bunt verpackte Konsumgüter. Er will genauso sein wie alle anderen. Und mehr noch – er ist wirklich *gern* im Fernsehen.

Roy, der Gorilla auf dem Bildschirm, das war wie eine Erleuchtung für Bunny. Sie hatte eine Vision.

»Gott«, sagte Bunny. »Ich *liebe* Marketing.«

Und das helle Glöckchen ihres Exercycle beging diesen magischen Augenblick mit einem heiteren *ping*.

*Ta-ta-ta-taaa!*

Der Präsident war ein wenig eingenickt und hatte von einem zottigen weißen Bären geträumt, der mit einem Sonnenschirm aus rosa Spitze über ein Hochseil tänzelte. Als Kind war der Präsident immer mit Begeisterung in den Zirkus gegangen und hatte sich die dressierten Tiere angesehen. Leider war er ja nun kein Kind mehr. Er war erwachsen.

Nach der Vorführung wurde der Präsident von Sicherheitskräften eilig hinaus zu seiner Limousine gebracht. Eine ganze Flotte Motorradpolizisten grüßte ihn mit laufenden Motoren. Scharfschützen auf den Dächern. Das kugelsichere Glas funkelte.

»Wir haben die neuesten Berichte aus Washington, Mr. President –«

»Mr. Big hat eben über Rundfunk und Fernsehen seine Forderungen bekanntgegeben –«

»Der Kreml ist am Apparat, Mr. President, und es hört sich ganz so an, als ob die betrunken –«

»Der Kongreß hat Ihre Frau vorgeladen, wegen Besserwisserei –«

Der Präsident konnte sich nicht entscheiden, was ihm besser gefiel, die Neuigkeiten oder die Aufmerksamkeit, die er bekam. Er nahm auf dem Rücksitz der Limousine Platz, und Gesichter starrten durch die Fenster zu ihm herein. Sie spitzten die Ohren, um zu hören, was über das Funkgerät hereinkam. An Schalttafeln überall auf der Welt warteten die Menschen auf seinen nächsten Schritt.

Es ist Zeit, daß etwas unternommen wird, Mr. President, hörte er von überallher. Es ist Zeit, daß Sie den ersten Schritt tun.

»Also gut, entschieden«, knurrte der Präsident. Er war keiner von denen, die als Hosenscheißer in die Geschichte eingehen würden. Schließlich war er der Präsident der Vereinigten Staaten, verdammt nochmal.

»Wie bitte, Mr. President?«

Jemand mußte der First Lady Bescheid sagen, daß er nicht zum Tee zu Hause sein würde.

»Ab zum nächsten Highway«, sagte der Präsident zu seinem Fahrer, »und dann drücken Sie auf die Tube. Wir fahren mit diesem Motorradkonvoi geradewegs nach New York.«

NEUNTER TEIL

# *Das Ende*

## 1
### Universitätsbetrieb

Charlie und Buster hatten das, was oft die wirkliche Welt genannt wird, hinter sich gelassen und Zuflucht in einer Universität im Mittelwesten gefunden, in der Abteilung für interkulturelle Studien. Da er mehr oder weniger der einzige wirklich qualifizierte Dozent für Tierfragen war, der in jenem Jahr auf dem Markt war, hatte Charlie ein großzügiges »Einstellungspaket« bekommen: Bezahlung zum Professorentarif, kostenlose Wohnung auf dem Campus, Gesundheitsfürsorge, Mensamärkchen und sogar noch eine Assistentenstelle für Buster. Als Gegenleistung hielt Charlie wöchentlich zwei Vorlesungen in Tierideologie für das neu eingerichtete Studienfach Kolonialfragen und hatte regelmäßig bei allen Wohltätigkeitsveranstaltungen der Fakultät und bei öffentlichen Essen zu erscheinen.

»Lernt doch mal selber Bücher lesen«, versuchte es Charlie jeden Dienstag- und Donnerstagmittag. Seine Studenten verdauten lautstark ihre Beefburger, lagen mit den Köpfen auf den Tischen und hielten die Augen mit Bleistiften und Fingern offen. Viele traten schon in die Tiefschlafphase ein, noch bevor Charlie auf dem Podium seine Aktentasche geöffnet hatte. »Ihr werdet euer Leben lang gesagt bekommen, *wie* man liest, und das ist noch viel schlimmer, als wenn einem jemand sagt, *was* man lesen soll, das könnt ihr mir glauben, und mehr als das habe ich euch wohl heute mittag nicht zu sagen. Wie spät haben wir denn jetzt – fünf nach eins? Tja, da blieben also noch anderthalb Stunden totzuschlagen. Hat einer von euch Fragen, oder wollt ihr lieber nach Hause gehen und ein hübsches Nickerchen machen?«

Solche Angebote wurden von Charlies Studenten mit einiger Verwirrung und Befremdnis aufgenommen. Zum ersten Mal in ihrem jungen Leben kam eine Amtsperson daher und fragte sie, ob sie etwas tun wollten, was sie tatsächlich *wollten*. Da mußte doch ein Haken dran sein.

»Soll das heißen, Professor«, meldete sich ein Doktorand aus den hinteren Reihen zu Wort, »daß sämtliche Systeme des soziopolitischen Diskurses zu einem Heideggerschen Geworfensein tendieren?«

»Sicher«, erwiderte Charlie und wedelte die Frage beiseite wie anderer Leute abgelegten Zigarettenrauch. »Wenn Sie das so interpretieren wollen – mir soll's recht sein.«

»Oder wollen Sie sagen«, hakte eine Examenskandidatin aus der ersten Reihe nach, die Charlies Vorlesung besuchte, um sich auf ihre bevorstehende mündliche Magisterprüfung vorzubereiten, »daß die sozial determinierten Geschlechterrollen die Polyvalenz der Disponibilitäten feministischen Diskurses limitieren?«

»Sie nehmen mir das Wort aus dem Munde«, erwiderte Charlie und lächelte glücklich, eins der wenigen Male in seinem Leben.

»Wenn ich also recht verstehe«, nahm eine retrogewandete junge Frau aus einer der mittleren Reihen – Batik-T-Shirt, langer Blümchenrock – einen weiteren Anlauf, »dann sagen Sie, daß wir, na ja, irgendwie einfach aufstehen und *weggehen* könnten? Ich meine, einfach auf unsere Zimmer gehen und uns *schlafen* legen oder wozu wir sonst Lust haben?« Sie drückte ihre gräßlichen, schlecht geschriebenen Soziologiebücher an sich, als könnten sie ihr Schutz bieten.

Der ganze Hörsaal murmelte anerkennend, wie ein Ozean, der sich seiner selbst bewußt wird. So etwas kam nicht oft an einer Universität vor – dieses spontane gemeinschaftliche *Interesse.*

»Wie gesagt, macht ein Nickerchen, lest ein Buch, seht fern – was ihr wollt.« Mit Begeisterung verfolgte Charlie, wie das Verständnis in all diesen jungen Augen dämmerte. »Ich meine, diese ganze Geschichte mit der Bildung, das ist doch letzten Endes eure Sache, oder? Und wenn ihr *kein* Interesse an Bildung habt, na, dann ist das genauso eure Sache.«

Wie die Universitäten des Mittelalters befanden sich die Stätten höherer Bildung dieser Tage in einem Belagerungszustand. Seit Ausbruch der Tierunruhen waren rund um den Campus Stacheldrahtzäune aufgebaut, Panzer postiert und Geschützstellungen eingerichtet worden, nicht nur, um die Studenten vor der Welt draußen zu schützen, sondern auch zum Schutz der Welt draußen vor den Studenten. Das geschah, weil die Welt draußen voller Aufstände, Meutereien, Streitigkeiten und Mißgunst war. Und weil die Welt hinter dem Zaun voller Studenten war, deren größte Freude darin bestand, sich bis zur Besinnungslosigkeit zu besaufen und mit ihren Autos Briefkästen umzufahren.

Während Charlie seine Vorlesungen absolvierte, zu Komiteesitzungen ging oder Sprechstunde hielt, genoß Buster in vollen Zügen die pastorale Seite des Collegelebens. Er schlief bis in den Vormittag, frühstückte Tee und Croissants in einem nahegelegenen Studentenheim, spazierte hinauf in die grünen Hügel, sonnte sich träge und sah den attraktiven jungen Studenten zu, wie sie ihre Frisbeescheiben in den blauen Himmel warfen. Dieses Frühjahr gab es Schmetterlinge und Limonadenstände, die Kirschbäume blühten, die Mädchen trugen schulterfreie Oberteile, und die buntesten Vögel kamen aus dem ganzen Land zu Besuch. Pirole, Blauhäher, Stare und verschiedenfarbige Finken. Doch ganz gleich woher sie kamen, das Lied, das sie sangen, war stets dasselbe, ein trauriges Lied und dabei rührender, als Buster es sich je hätte träumen lassen.

Sie kommen und holen sich Buster und Charlie
Tralala, lalala, lalalaa.
Sie kommen und holen sich Buster und Charlie
Tralala, lalala, lalalaa.

Dieser Tage war die große Jagd auf Buster und Charlie ein Thema, das in keiner Nachrichtensendung und auf keiner Titelseite der Boulevardzeitungen fehlte, und gab Stoff für immer neue Gerüchte in Tierkreisen ab – doch um all das kümmerte Buster sich nicht mehr. Was geschehen war, das war geschehen – das hatte er aus dem Leben mit Whistling Pete gelernt. Und es gab Dinge, da konnte man einfach nichts machen – das wiederum hatte er aus dem Leben mit Charlie gelernt.

»He Mann, wow, du bist dieser Pinguin, stimmt's?«

Bisweilen wurde Buster von schlaksigen, leicht zu beeindruckenden Studenten angesprochen. Sie strichen sich lange Haarsträhnen aus dem Gesicht und boten Buster großzügig von ihrem Bier, ihren Zigaretten und ihrem Marihuana an.

»Was sagt ihr?« fragte Buster bescheiden zurück. »Kann ich irgendwie behilflich sein?«

»Du *bist* das, stimmt's? Und du bist immer mit diesem schwarzen Vogel zusammen – wie heißt er gleich? Dauernd im Fernsehen zu sehen. Charlie, ja genau. Charlie der Rabe.«

Buster blickte in die Ferne, hinüber zu den efeuumrankten Gebäuden, den Springbrunnen, die längst nicht mehr sprudelten, den menschenleeren Buchläden. Elfenbeintürme sah er nirgends, aber er würde die Suche danach nie aufgeben.

»Ihr steckt ganz schön in der Scheiße, was? Die Tiere können euch nicht ausstehen und die Menschen genausowenig, ihr seid völlig aus der Mode, genau wie Madonna oder so was. Mann. Ich kann's nicht fassen. He, Leute, seht euch das an! Hier ist Buster der Pinguin!«

## 2
## Fünfzehn Minuten

Capt. Jack Hollister und Sgt. Juri Ruditjew fuhren mit dreiundvierzig Meilen die Stunde auf der Interstate durch Pennsylvania, die Staaten der Plains und South Dakota, und die ganze Zeit über liebten sie sich wie hormontrunkene Jünglinge. Sie fuhren in einem Abrams-M1-Kampfpanzer, der, ähnlich wie Hollister, Mühe hatte, wenn es geradeaus ging, aber in den Kurven nicht zu schlagen war. Zur Ausstattung gehörten eine 105-mm-Kanone Modell M68A1, ein Maschinengewehr Kaliber 12,7 und zwei vom Kaliber 7,62 mm, Airbags und Servobremse. Die Steuerung stand auf Automatik, und die Stereoanlage spielte leise Jackson Browne.

»Du bist wirklich ein ganz besonderer Mensch, Juri«, hauchte Captain Hollister, als er seine grüne Drillichhose hochzog und den grauen Stoffgürtel festzurrte. Er lutschte ein Pfefferminzbonbon und spürte das tiefe Surren der Lycoming-AGT-1500-Gasturbine in den Knochen. »Ehrlich, Juri. Nicht nur, daß du keine Angst vor deinen Gefühlen hast – du hast auch keine Angst, ein Mann zu sein. Und das ist eine Kombination, die man heutzutage nicht oft findet, schon gar nicht bei so einem sturen russischen Militaristen, wie du einer bist. Du bist einfach zu schade für die Frauen, Juri. Du verdienst eine Liebe, die tiefer und dauerhafter ist als die ganze Bumserei Nacht für Nacht, die kostspieligen Restaurants, die sündhaft teuren Grußkarten. Wenn ich mir's recht überlege, Juri, bist du wahrscheinlich sogar zu schade für *mich.*«

Es war schwer zu sagen, wieviel Juri von dem begriff, was sich zwischen ihm und seinem Vorgesetzten abspielte. Unter seiner Bandagenflut war lediglich zu spüren, wie er beständig zuckte und dazu immer wieder dieselben dumpfen Laute ausstieß.

Die Unternehmung war zwar nicht offiziell abgesegnet, aber es handelte sich doch um das, was man in einschlägigen Kreisen als »unbestätigte Geheimoperation« zu bezeichnen pflegt. Erst wenige Tage zuvor hatte jemandes Vorgesetzter jemand anderes Vorgesetzen wissen lassen, daß für den Fall, daß zwei nicht näher bezeichnete ehemalige Angehörige eines Aufklärungstrupps sich für das Wochenende ein bestimmtes militärisches Gerät »borgten« und besagtes militärisches Gerät anschließend bei der Eliminierung zweier gefiederter Unruhestifter zum Einsatz käme, die an einer dieser schwachsinnigen, aus öffentlichen Geldern finanzierten schöngeistigen Universitäten politisch korrekte antiamerikanische Parolen verbreiteten – na, daß das dann eben einfach so war. Da waren keine dummen Fragen zu stellen, klar? Und angenommen, besagte ehemalige Angehörige eines Aufklärungstrupps wären unmittelbar danach wie vom Erdboden verschwunden – na, da würde beim CIA doch auch kein Hahn danach krähen, oder?

»Voraussichtliche Ankunft am Einsatzort Punkt 14 Uhr Ortszeit, Juri.« Jetzt, wo Hollister wieder das Steuer übernommen hatte, gab er sich ganz sachlich, betätigte allerlei Schalter, tippte Zahlen in Digitalanzeigen und drehte an den Balance- und Klangreglern der Stereoanlage. Aus den Lautsprechern ließ Jackson Browne sie wissen, daß er einfach immer die falschen Frauen erwischte und trotzdem noch am *Leben* war.

Hollister hätte das nicht besser singen können.

»Diese verfluchten Vögel haben sich ein Versteck ausgesucht, an dem sie sich vollkommen sicher vor uns fühlen«, erklärte Hollister. »Einen Ort mit lauter Büchern, Juri. Eine Traumwelt, die absolut nichts mit der Wirklichkeit zu tun hat, einen Ort, an dem es nur so wimmelt von langhaarigen Hippiemädchen, die mit praktisch *jedem* ins Bett hüpfen. Schwarze Football-Kolosse und basketballspielende Bohnenstangen, die kräftigen *weißen* Jungs wie uns, die aus genauso sozial schwachen Familien kommen, die Bildungschancen stehlen. Sportkommentatorinnen, schlitzäugige Chemielehrer, fluoridiertes Wasser. Eine ganze Stadt voll mit jugendlichen Nichtstuern, die nichts anderes im Sinn haben, als den ganzen Tag in der Sonne zu liegen, Bier zu trinken und mit ihren Professoren zu schlafen. So was macht mich ganz krank, Juri. Da kommt mir die Galle hoch. Die Welt geht vor die Hunde, und diese Generation-X-*Kinder* können nichts anderes als sich Rockvideos auf MTV ansehen und dabei onanieren.«

Hollister konnte die Finger nicht vom Abzug des 12,7er MGs lassen, während sie über die sanften bernsteingelben Hügel von Wyoming rollten.

*Das* hier, das ist meine Welt, dachte Hollister bei sich. Dieser donnernd dahinrollende furchterregende Metallkoloß.

Und dann hörte Captain Hollister sie kommen, aus dem dröhnenden Dunkel. Der Planet der Tiere zog seine Bahn, und sie surrten darüber wie Engel auf singenden Flügeln.

Auf dem Radarschirm tobte ein wahrer Schneesturm.

»Sieht aus, als bekämen wir Besuch«, sang Hollister leise und zündete sich ein Zigarillo an.

Im selben Augenblick stürzten sich die Pressehubschrauber herab und begannen mit der Exklusivberichterstattung, live vor Ort.

Auf sämtlichen Fernsehgeräten des Campus lief der gleiche Nachrichtenkanal.

»Ist das Krieg, Captain?«

»Nein. Es handelt sich um eine örtlich begrenzte Operation.«

»Hat der Internationale Gerichtshof Ihr Vorgehen gebilligt?«

»Der Internationale Gerichtshof kann mich mal. Stehen Sie etwa nicht zu unseren Jungs in Uniform?«

»Haben Charlie und sein Freund, der Pinguin, wirklich etwas derart Schlimmes verbrochen, daß sie es *verdienen*, mit einer Haubitze in Stücke geschossen zu werden?«

»Wollen Sie damit etwa sagen, daß ich kein guter Amerikaner bin? Wollen Sie meine Integrität als militärischer Vertreter unserer großen Nation in Frage stellen? Zeit meines Lebens habe ich diese Tieranarchisten bekämpft, Lady – ich bin keine von diesen liberalen Medientanten mit ihren Wein- und Käseparties. Ich bin keiner von diesen Kongreßbürokraten, diesen Mittzwanzigern mit Ringen im Ohr! Ich habe mehr als ein Dutzend Auszeichnungen bekommen, und mein ... mein Freund Juri hier auch. Wir sind Weltpolizisten und lassen uns von niemandem dafür Vorwürfe machen, daß wir unsere Pflicht tun. Das ist Drecksarbeit, sicher, aber jemand muß sie ja schließlich tun.«

Charlie und Buster waren auf einen hohen, grasbewachsenen Hügel am Rande des Campus gestiegen. Das Dröhnen der Fernsehstimmen lag in der Luft wie der Widerhall historischer Ereignisse.

»Ach Charlie«, sagte Buster. »Jetzt sind meine Memoiren doch nicht mehr fertig geworden, und nun ist es zu spät. Und ich werde nie mit einem Fesselballon fliegen. Ich werde nie ein Mädchen entjungfern. Ich werde nie zum Schönheitschirurgen gehen und mir, na ja, du weißt schon, das Doppelkinn wegmachen lassen, das mich immer so gequält hat. Ich werde nie nach Kalifornien kommen, nie Französisch lernen, niemals Kinder haben, und meine Frau Sandy werde ich auch nie wiedersehen. Aber das ist schon in Ordnung, Charlie. Wenn man die Welt sehen will, dann muß man eben Opfer bringen. Alles hat seinen Preis, und wenn ich bedenke, wie viel ich gesehen habe, dann hat es sich trotz allem gelohnt.«

Sie hörten den Schwarm von Journalisten auf sich zukommen, noch ehe das militärische Gerät zu sehen war. Die Journalisten saßen in großen, überladenen gelben Bussen, tranken Bier und verfolgten Sportsendungen auf tragbaren Fernsehapparaten. Aus rasenden Jeeps und Kleintransportern ragten Mikrofone wie seltsame Roboter-Gliedmaßen. Der Abrams-Panzer wirkte geradezu winzig in dem ganzen Medienrummel, der ihn umgab. Im Licht einer 100 000 Watt starken Batterie von transportablen Scheinwerfern sah er platt und farblos aus, wie ein schmuddeliger Teppich auf Rädern.

Charlie war bereit. Mehr noch als Buster.

»Sieht aus, als bekämen wir Besuch«, sagte Charlie, ließ sich neben Buster im Gras nieder und wartete, daß etwas geschah.

Während sich Hollister, Juri und die Journalistentruppe von Westen her näherten, nahm Rick der Husky eine holprige Abkürzung über eine überwucherte Feuerschneise und näherte sich mit noch größerer Geschwindigkeit von Südosten her.

»Muk Luk ist *müde*. Muk Luk mag nicht aufstehen. Muk Luk will *schlafen*.«

Muk Luk lag zusammengerollt auf dem Rücksitz, die Whiskyflasche in der Hand. Wanda packte sie an den Schultern, schüttelte sie und spritzte ihr aus einer Evian-Flasche lauwarmes Wasser ins Gesicht.

»Du *mußt* aber aufstehen, Muk Luk. Du mußt tun, was du am besten kannst. Sonst *gibt* es bald keinen Buster mehr, dem du nachtrauern kannst. Stell dir das doch nur vor, Muk Luk. Stell dir vor, wie sehr du ihn *dann* erst vermissen wirst.«

Unter ihrem Berg von Parkas hatte Muk Luk alles bis auf die langen Unterhosen abgestreift. Wochenlange Vernachlässigung hatte ihr Haar und ihre Muskeln schlaff und glanzlos werden lassen, und sie sah spindeldürr aus, wie eine Meeresschildkröte ohne Panzer. Ihre Arme schlotterten kraftlos, als Wanda sie packte und schüttelte.

Im Autoradio lief auf CSPAN-FM eine Liveübertragung aus der Wagenkolonne des Präsidenten: »Sagen Sie den Pinguinen, daß wir mit ihnen verhandeln wollen!« schnauzte der Präsident seinen Beraterstab an,

> und daß das *kein* Ultimatum ist. Und obwohl, wie soll ich sagen – Zitat – der Verlust eines unserer hervorragendsten Offiziere hierzulande allseits tiefe Betroffenheit ausgelöst hat – Zitat Ende –, sind wir nach wie vor bereit, langfristig Anreize für internationale Investoren zu schaffen und in einer UN-Resolution die Souveränität ihrer blödsinnigen kleinen Insel zu garantieren – ach verdammt, Max. Versprechen Sie ihnen das Blaue vom Himmel – aber machen Sie ihnen klar, daß wir das Kernkraftwerk der Pinguininsel auf Waffenproduktion kontrollieren werden und daß wir das verfluchte Ding *abschalten* wollen –

Rick schaltete das Radio aus und nahm die Hügelkuppe im dritten Gang. Der altersschwache Pontiac schaukelte besorgniserregend, als er sich durch dichtes Brombeergestrüpp und die Überbleibsel alter Lagerfeuer wühlte. Einen Augenblick lang setzte der Motor aus, Rick trat kurz die Kupplung, und der Schwung schob ihn wieder an.

Und dann sahen sie auf einmal den ganzen Campus vor sich liegen wie eine Freilichtbühne: ringsum grüne Rasenflächen und schmucke Backsteinbauten.

»Na los, Muk Luk!« rief Rick. »Schluß jetzt mit dem Selbstmitleid, reiß dich zusammen! Verdammt nochmal, du bist eine Eskimofrau, und kein einziger hier kann es mit dir aufnehmen! Also reiß dich zusammen und mach dich an die Arbeit! Wir haben keine Zeit zu verlieren, Muk Luk! Und Charlie und Buster auch nicht!«

## 3

## Ein Medienereignis

Allein die Werbeeinnahmen für die Erstausstrahlung würden alles je Dagewesene übertreffen, und die Ereignisse wurden live auf über dreihundert Kabel- und weltweiten Kanälen gleichzeitig übertragen. Das war die Art von uneingeschränkter Produktakzeptanz, von der Marketingfachleute früher als einem unerreichbaren Ideal geträumt hatten. Der absolute Quotenrenner. Natürlich hatten sie in der Ausbildung alle davon gehört, aber niemand hätte so etwas je für möglich gehalten.

»Das bringt mehr als Foreman gegen Ali!« jubilierten die Marktstrategen von Worldco Books, Worldco Films und Worldco Home Entertainment, lugten vorsichtig hinter den bleiverstärkten Türen ihrer Firmenbunker hervor und blinzelten in die Mittagssonne. »Das bringt mehr als Woodstock vier! Mehr als Bobby Riggs und Billie Jean King! Mehr als die Invasion vom Mars. Mehr als das Ende dieser ganzen Scheißwelt!«

Selbst in den von den Krawallen verwüsteten Straßen der amerikanischen Städte war Stille eingekehrt; nur ein paar versprengte Tiere zogen noch ziellos umher.

»Und wie stehst du dazu, Charlie?« Der Kommentator hielt Charlie das Mikrofon unter die Nase wie eine harte Tatsache. »Möchtest du jetzt, wo du praktisch erledigt bist, noch ein paar Worte an unsere Zuschauer daheim vor dem Bildschirm richten?«

»Eigentlich nicht«, erwiderte Charlie und kaute teilnahmslos auf einem langen Löwenzahnstengel. »Ich denke mir, die Zuschauer, egal welcher Spezies und welchen Geschlechts, werden schon erwachsen genug sein. Die sollen sich selbst ein Urteil bilden.«

»Willst du damit sagen, daß du dich aus der Politik zurückgezogen hast, Charlie?«

»Ich habe mich nicht zurückgezogen. Ich verschwende nur nicht meine Zeit mit Typen wie euch.«

»Ist das nicht ein bißchen unfair, Charlie? Schließlich erfinden wir von den Medien die Nachrichten ja nicht. Wir berichten nur darüber.«

»Klar«, sagte Charlie. »Was denn sonst.«

Überall auf dem Planeten der Tiere begann das schlafende Ungeheuer sich zu regen.

»Hallo Bunny? Hier ist Jack, Barts Nachfolger bei Worldco Books and Entertainment –«

»– Hallo. Hier ist der Anschluß von Bunny Fairchild. Ich bin zur Zeit in einer Besprechung oder bei der Versteigerung von millionenschweren Taschenbuchrechten –«

»Bunny? Hallo, hast du mich verstanden, hier ist Jack aus der Produktentwicklung. Bunny, hörst du mit?«

»– Wenn Sie nach dem Signalton Ihren Namen und Ihre Telefonnummer –«

»Ich habe schon vor zwanzig *Minuten* meinen Namen und meine Scheißnummer hinterlassen. *Willst* du nicht mit mir sprechen, Bunny? Unser Verleger hat mich ja gewarnt. Er hat mich ge*warnt*, daß du versuchen würdest, mir aus dem Weg zu gehen –«

»– umgehend zurück. Ach übrigens, wenn Sie wegen der neuen Sandy-die-Pinguinette-Werbekampagne anrufen, wegen der ich neulich mit Sears und der May Co. in Verhandlungen gestanden habe, dann ist, wie man so schön sagt, die Sache schon gelaufen. Pech für Sie. Vielleicht klappt's ja beim nächsten Mal. Bye-bye.«

Jack knallte den Hörer auf und drehte sich mit seinem ledernen Bürostuhl im Kreis. Sein unmittelbarer Vorgänger, Bart, hatte nicht schnell genug auf eine Krise reagiert, und jeder wußte, was aus ihm geworden war.

Jack konnte nicht anders, er warf einen wissenden Blick in die Runde und sah sich in Barts ehemaligem Büro um, das nach den »Vorfällen« der jüngsten Zeit einem mittleren Schlachtfeld glich. Zertrümmertes Mobiliar lag wild verstreut zwischen zerfetzten Absatzstatistiken, zerfledderten Hardback-Bestsellern und vertrocknetem Tierkot.

Jack nahm den Hörer ab und wählte eine andere Nummer.

»Hallo? Wer zum Teufel ist da?«

»Hallo, Stan. Hier ist Jack, der Nachfolger von Bart bei Worldco.«

»So, so? Weißt du was, du kannst mich mal, Jack! Du und die ganzen Typen da drüben bei Worldco!«

»Jetzt hör mal, Stan, nichts für ungut, okay?«

»Ich scheiße auf dein Getue, Jack! Weißt du, wo ich gerade bin? Ich verstecke mich mit meiner verdammten Frau unter dem Bett und habe seit drei Tagen nicht gebadet und nichts gegessen! In meiner Wohnung sieht es aus wie nach einem Bombenangriff, Jack. Und *ihr* seid schuld daran, ihr verdammten Idioten bei Worldco!«

»Du bist Geschäftsmann, Stan.«

»Und du bist ein Arschloch, Jack.«

»Wir stehen doch auf derselben Seite, Stan. Wir glauben an dieselben Dinge. An das Recht auf Waffenbesitz, die Allmacht und Allwissenheit eines gütigen Gottes und das freie Spiel der wirtschaftlichen Kräfte.«

»Für mich bist du ein verdammtes Arschloch, Jack. Und das gilt auch für deine bescheuerte Freundin, diese Ziege Bunny Fairchild.«

»Laß mich nur eben sechs Worte sagen, Stan.«

»Meine Putzfrau hat mich verlassen und ist zu den verdammten Tieranarchisten übergelaufen, und ich habe seit drei Wochen keine Frau mehr gehabt!«

»Und diese sechs Worte lauten.«

Jack sprach langsam, Wort für Wort. Er sagte sich immer wieder, daß Stan Garfield ein gewiefter Geschäftsmann war, der merkte, wenn man ihm ein gutes Geschäft anbot.

»Ja?« sagte Stan langsam.

Es war keine Antwort. Wie eine Null in den Absatzzahlen hatte seine Antwort mehr Platzhalterfunktion.

»Wir«, sagte Jack.

»Soweit okay.«

»Wollen.«

»Ich höre, du Schwachkopf.«

»Dir.«

»Na komm schon, Junge.«

»Ein.«

»Ich höre. Und wenn jetzt nichts Ordentliches kommt!«

»Geschäft anbieten.«

Wieder eine lange, bedeutungsvolle Pause. Ein Platzhalter von einer Größe, daß beider Steuererklärungen in alle Ewigkeit hineingepaßt hätten.

»Ach ja?« erwiderte Stan. »Dann müßt ihr euch aber schon einen anderen Tonfall angewöhnen, wenn ihr mit mir reden wollt.«

Faxgeräte, Handys, E-mail, Expreßkuriere und Konferenzschaltungen traten in Aktion, und der ganze Planet der Tiere summte und glühte. Ideen machten von sich reden. Neue Identitäten stiegen aus der Asche der Firma. Markennamen und geschützte Firmenzeichen kletterten aus den Trümmern der Städte und aus U-Bahn-Schächten. Irgendwo in den fast schon in Schlaf versunkenen Trümmern des internationalen Geschäftslebens meldete sich ein ganzes System wieder zu Wort. Und alles, wovon es nun noch sprechen wollte, das war *es selbst.*

»– Ist mir scheißegal, ob du ver*sucht* hast, Bunny Fairchild zu erreichen – versuch es eben noch *mal*! Und wie heißt diese Schwuchtel bei Twentieth Century Fox? Hol mir *den* auch noch an den Apparat –«

»– und ich will eine Umwandlungsklausel in diesem Vertrag, die gleiche Klausel, die ihr mir beim *vorigen* Vertrag ver*sprochen* habt –«

»– Stan Garfield auf Apparat eins, Sir –«

»– Ach ja? *Scheiß* auf Stan Garfield!«

»– Ach ja? Danke gleichfalls, du dreckiges Arschloch –«

»– Wir haben eine Zuschauerquote von neunundneunzig Komma acht Prozent, und die null Komma zwei fehlen uns nur, weil sie im Sterben liegen oder schlafen oder weil sie gerade auf dem Klo sind –«

»– Sorgt dafür, daß diese Schwanzlutscher in dem Panzerwagen langsamer fahren – Nahaufnahme von dem Eskimomädel – und ich will die Titten von dieser Affenfrau sehen, und zwar pronto –«

»– Die Stofftiere stehen heute nachmittag in den Regalen, verstanden, und es ist mir *scheiß*egal, ob die Läden gerade geplündert worden sind. Hier geht's um deinen *Job*, Mann –«

»– Jetzt zum letzten Mal, ich will eine Leitung zu Bunny FAIRCHILD–«

»– Jack O'Malley auf Apparat fünf, Mr. Garfield –«

»– Stan? Die kommen mit der Produktion nicht nach, und wir haben die Ware nicht vor morgen früh in den Läden –«

»– Ach *ja*? –«

»– Aber wir bemühen uns nach wie vor, Bunny drüben bei der CMA zu erreichen – sie sagen, sie ist ge*schäftlich* unterwegs, Stan. Weißt du, was diese Ziege jetzt schon wieder ausgeheckt –«

»– *Scheiß* auf deine Produktion, Jack! Hast du gehört, was ich sage? Scheiß scheiß scheiß scheiß scheiß auf *dich*!«

Selbst ihr letztes Stündlein war nun nicht mehr ihre Privatsache. Ihr Leben gehörte längst jemand anderem.

Ausgestreckt auf dem grünen Rasen, sahen Buster und Charlie zu, wie der Kulturbetrieb mobil machte, eine Armee aus falschen Nachrichten. Rings am Horizont standen Menschen, die Videokameras und Mikrofone auf sie gerichtet hielten. Sie wollten keine Regung verpassen, die Charlie und Buster vielleicht machten, doch was aus den beiden wurde, das kümmerte sie nicht.

»Die Menschen haben auf dieser Welt schon eine ganze Reihe wirklich bemerkenswerter Leistungen vollbracht«, gab Charlie zu, kaute an seinem schon ganz weich gewordenen Löwenzahnstengel und genoß die Sonne auf dem Rücken. »Aber in *einer* Beziehung, da haben sie *kein* gutes Händchen, und das ist der Umgang mit Raum. Schau dich doch nur um, Buster. Alles kleistern sie mit Beton zu. An jeder Ecke stellen sie Millionen von Autos ab, die überall die Luft verpesten. Sie stellen harte, schrecklich unbequeme Bänke an den Bushaltestellen auf, wo niemand außer den Pennern sitzen will, und was machen sie dann? Sie scheuchen die Penner fort, als ob die *anständigen* Leute *Schlange* stünden, um sich auf ihren Bänken Hämorrhoiden zu holen. Die Menschen sollten das tun, was sie wirklich gut können, sie sollten Kekse, Limonade, grausige Sylvester-Stallone-Filme und Levi's fabrizieren. Aber wenn es um Raum geht, darum, ihn zu gestalten, das überlaßt mal lieber Mutter Natur, Leute. Ich weiß, da gibt's widerliche Insekten und solche Sachen, aber das grüne Gras, das ist doch wenigstens weich. Da kann ich mich auf den Boden legen, ohne daß ich Beulen am Hintern kriege.«

Buster hatte noch nie so große Menschenmengen gesehen, die solche Unsummen dafür ausgaben, daß sie so wenig mitbekamen. In den letzten Stunden waren überall auf dem Campus Andenken- und Imbißstände errichtet worden. In sackleinenen Zelten oder von der Ladefläche alter Lastwagen verkauften Leute Souvenir-T-Shirts und alle möglichen merkwürdigen Plastikdinge. Fleißig waren die Menschen, dachte Buster, daran war nicht zu rütteln. Aber was sie mit dem ganzen Kram eigentlich wollten – das war eine andere Frage.

»Für die sind wir nicht mal Tiere, stimmt's, Charlie?« Buster betrachtete sein Konterfei über der Hauptstraße auf Monitoren, groß wie im Stadion. »Wir haben ja nicht mal mehr Fleisch und Blut. Es ist, als ob sie allen Sinn aus uns herausgelutscht hätten, findest du nicht auch, Charlie? Sie haben uns jedes Gran Tieressenz ausgelutscht, und jetzt sind von uns nur noch die Bälge und die Schnäbel übrig.«

Darüber dachte Charlie einen Moment lang nach. Dann legte er seinem Freund den Flügel um die Schulter und drückte ihn.

»Die spinnen, die Menschen, stimmt's, alter Freund? Ich meine, wie können diese haarlosen Aufrechtgeher so intelligent sein und sich trotzdem dermaßen blöd aufführen?«

Es war das erste Mal in den vielen Monaten, die sie nun schon zusammen waren, daß Charlie ihn berührt hatte. Es war ein Augenblick, den Buster genoß. Er hätte sich gewünscht, daß er länger dauern könnte.

»Gute Frage, Charlie«, antwortete Buster.

Aber die Welt sah nicht so aus, als ob sie ihnen diese Frage beantworten würde.

Rick dem Husky gefiel die Art, wie die Dinge sich entwickelten, ganz und gar nicht.

»Offenbar ist das hier die einzige Richtung, in die sie uns fahren lassen«, erklärte er seinen Freunden. »Und ich weiß nicht, wie das mit euch ist. Aber mich macht das wirklich nervös.«

Die Flut von Kleinbussen mit Journalisten und Mannschaftswagen der Bereitschaftspolizei blockierte sämtliche Zufahrtsstraßen zum Campus. Wohin Rick auch kam, waren Männer und Frauen mit orangefarbenen Leuchtkellen, die ihn die menschengesäumten Straßen hinunterdirigierten.

»Bahn frei für die Eskimofrau!« kommandierten Verkehrspolizisten über die High-Tech-Megaphone ihrer Einsatzwagen. »Bahn frei für die Eskimofrau!«

Wanda war ganz begeistert von den vielen Lichtern und dem Rummel, der überall herrschte.

»Wer weiß, vielleicht ist das meine große Chance«, sagte sie, an sich selbst gewandt, und zupfte sich vor ihrem goldenen Taschenspiegel die Augenbrauen. »Ich meine, schließlich sind größere Karrieren als meine schon aus kleineren Anfängen entstanden.«

»Grrr«, knurrte Rick aus tiefster Kehle. Seine Nackenhaare sträubten sich.

Als sie durch ein Nadelöhr aus Kameras und Tonaufnahmegeräten aller Art geschleust wurden, stürzte sich eine ganze Horde Reporter auf den Wagen und umringte ihn wie ein Heuschreckenschwarm, der jedes Körnchen auffrißt, das sich blicken läßt.

»Ist Muk Luk anständig in Form?«

»Könnte man sagen, daß das hier die Begleichung einer alten Rechnung ist?«

»Was spielst du für eine Rolle bei der Sache, Rick? Bist du als Welpe mißbraucht worden? Hat dich jemals ein Ufo entführt?«

»Wanda, Wanda, dürfen wir dir ein paar Fragen stellen, Wanda?«

»Aber gewiß!« rief Wanda. Sie versuchte ihr Fenster weiter aufzubekommen. Sie wollte die Tür öffnen. »Ich gebe gern ein Interview! Ich helfe, wo ich nur kann!«

Doch Rick hatte die Schalter am Armaturenbrett im Griff. Mit einem Quietschen von Gummi und Glas schloß er alle vier Fenster.

Dann drückte er den Knopf für die Zentralverriegelung, und mit einem dumpfen Schlag rasteten die Türen ein.

»Rick! Laß das! Mach die Fenster auf! Ich will mit den Leuten sprechen!«

Rick betrachtete Wandas fassungsloses Gesicht im Rückspiegel. Sie war gar nicht mehr sie selbst. Sie war haargenau das stupide Tier, das die Kameras sehen wollten.

»Grrr«, sagte Rick zu ihr. »Mach dich doch nicht noch lächerlicher. Wir haben hier etwas zu erledigen.«

Muk Luk stöhnte auf, als Wanda ihren Klammergriff löste, und ging mit einem lauten Plumpsen zu Boden.

»Nichts hat Zweck«, murmelte sie. »Nirgends lohnt es hinzugehen, nirgends kommt man hin. Muk Luk will einfach nur nach Hause in ihren Iglu und nie wieder hierher zurück. Die Menschen, die so nahe am Äquator leben, die werden verrückt davon.«

Mittlerweile kam die Kulturindustrie ordentlich in Schwung und tat, was sie am besten konnte. Sie machte die Zeit zur Ware und verkaufte sie in kleinen bunten Päckchen. Erfand dieselben alten Ideen, die schon unzählige Male zuvor erfunden waren. Duplizierte und reduplizierte jedes Bild, das je entstanden war, und steckte sie allesamt auf CD, auf Mikrochip, auf Laserdisk.

»Der Panzer ist auf dem Rasen –«

»Wir haben Großaufnahmen vom Publikum –«

»Wir haben Großaufnahmen vom Panzer –«

»Wir haben Großaufnahmen von Charlie und dem Pinguin. He, kann einer von euch da draußen mal zu ihnen hingehen und für ein bißchen *Leben* sorgen? Die sitzen da auf ihren blöden Ärschen und *sonnen* sich –«

»Wir haben Großaufnahmen von der Affenlady mit ihrem Ausschnitt, von Rick am Steuer mit Zigarettenstummel im Mundwinkel, Muk Luk besinnungslos an Wandas üppigem Busen –«

»Mann, schau dir die Fresse an –«

»Die Titten –«

»Wer ist denn da auf Leitung zwei?«

»Was *glaubst* du wohl, wer das auf Leitung zwei ist, du bescheuerte Brillenschlange, du Haufen Affenkacke! Ich will Action! Leidenschaften! Lesbenliebe mit der Affenlady und der Eskimofrau! Ich will – ich will – ich will – ech – ech – ech – ech –«

»Stimmt da was mit der Leitung nicht?«

»Nur ein kleiner Herzanfall –«

»– ech – ech – ech – ich will – ich will – ja, das ist besser, nur ein Glas Wasser, und holt endlich Bunny Fairchild an den Apparat, *und zwar auf der Stelle* – ich will ein großes Finale – ein Finale, bei dem die Post abgeht! Habt ihr gehört! Ich will, daß dieser Panzer feuert, bis nur noch Fetzen übrig sind! Explodierende Flugzeuge! Einstürzende Häuser! Ihr müßt jedem da draußen Raketen in den Hintern stecken, daß sie bis zum *Mond* fliegen –«

»Kamera fünf auf Wagen zwei. Kamera vier auf Wagen eins. Die Artillerie bewegt sich. Reaktion des Pinguins. Aber kann jetzt endlich mal einer da hingehen und für *Leben* sorgen?«

»Und *Schnitt* zu dem Präsidenten auf Sechs –«

»– trotz der entsetzlichen Ungerechtigkeiten, die zwischen Mensch und Tier immer noch existieren, doch sagen, daß wir ein Land der Harmonie sind und nicht ein Land der Gegensätze. Ein großmütiges Volk, kein kleinliches. Eine Kultur der Versöhnung und nicht – na ja, immer so weiter, das könnt ihr aus alten Reden von Lyndon Johnson nehmen oder sowas. Und was unser Treffen mit Mr. Big angeht, da schreibt ihr einfach, daß die Gespräche zur beiderseitigen Zufriedenheit verlaufen sind und daß er für mich – Zitat – nobel, gottesfürchtig, fast schon ein Baptist – Zitat Ende – ist. Aber hauptsächlich, daß wir über die Wiedereröffnung der Geschäfte in Manhattan verhandeln und daß die Wiederaufnahme des normalen Geschäftslebens – Zitat – durchaus im Bereich des Möglichen liegt – Zitat Ende –, und auf alle anderen Anfragen einfach ein Kein-Kommentar-Stempel, okay? Das wär's.«

»Und *Schnitt* zu Helikopter zwei. Wir haben den Panzer auf dem Rasen. Wir haben den Panzer im Bild, wie er über die Decken von den Studenten und über Plastikbecher rollt. Wir haben einen Augenzeugenbericht live auf Kamera vier. Und *Schnitt* auf vier.«

»In den letzten Minuten dieser sensationellen Ereignisse hier ist die Situation ganz schön haarig geworden, finden Sie nicht auch, Sir? Ich hoffe nur, Sie finden den Ausdruck ›haarig‹ in diesem Zusammenhang nicht anstößig.«

»Ganz und gar nicht, mein Herr, ich finde überhaupt nichts Anstößiges daran. Läuft die Kamera da? Bin ich jetzt wirklich live im Fernsehen?«

»Das sind Sie, Sir, und darf ich wohl fragen, wie Sie heißen und woher Sie kommen?«

»Ich bin Roy der Gorilla, und, na ja, ursprünglich komme ich aus Afrika, aber heute wohne ich auf einer ziemlich großen Industriefarm unten im Süden, in einem schönen Staat, den ich immer gern Georgia nenne.«

»Dann sind Sie wohl auf Urlaub hier im Norden?«

»Ich bin mit der Mr.-Big-Busrundreise unterwegs, die eine äußerst lehrreiche Erfahrung für mich war und mich mit vielen reizenden Frauen der verschiedensten Spezies und Nationalitäten bekannt gemacht hat –«

»Und was sagen Sie zu dem, was sich da draußen auf der Wiese gerade abspielt?«

»Also, Charlie ist schon in Ordnung, und der Pinguin, der ist ja wirklich süß. Aber die Army, die ist auch in Ordnung, und ich weiß, daß die ein ganz schön schweres Leben haben. Also irgendwie hoffe ich schon, daß sie Charlie nicht umbringen. Aber ich will auch, daß die Männer von der Army ihren Einsatz erfolgreich abschließen, denn die müssen ja wahrscheinlich schwer arbeiten für ihr –«

»Und *Schnitt* zu dem Panzer auf dem Rasen –«

»Und *Schnitt* zu Charlie und Buster –«

»Und *Schnitt* zu dem Eskimomädel –«

»Jetzt, Muk Luk! *Jetzt!*«

Sie hatten sie an die Motorhaube des Rambler gelehnt und ihr den Speer in die Wurfhand gedrückt wie der Freiheitsstatue die Fackel. Aus jedem nur erdenklichen Winkel waren die Kameras der meistbegünstigten Handelspartner auf sie gerichtet.

Das ist doch alles Wahnsinn, dachte Rick. Als ob mein Leben schon verfilmt würde, bevor es überhaupt geschehen ist.

Und im selben Moment verdrehte Muk Luk ihre fieberglänzenden Augen und verlor das Bewußtsein, sackte an der Flanke des Wagens herunter und sank auf das grell erleuchtete Gras.

Wanda hob Muk Luks schartigen Speer auf und zeigte ihn Rick

mit einem irren, fassungslosen Blick, so als ob ihr jemand ein Ballkleid in Größe 54 gereicht hätte, wo doch jeder wußte, daß Wanda 48 trug.

»Himmel, Rick. Was sollen wir denn *damit* machen?«

Die Medien waren unvoreingenommen. Niemand, der für sie arbeitete, hatte jemals Hemmungen, für sich soviel herauszuschlagen wie nur möglich.

»Schnitt zu dem Panzer –«

»Schnitt zum Geschützturm –«

»Schnitt zu Charlie –«

»Schnitt zu dem Pinguin –«

»Schnitt zum blauen Himmel –«

»Schnitt zum grünen Gras –«

Überall auf der Welt blickten Tiere wie Menschen gleichermaßen gebannt auf die Ereignisse, deren Verlauf längst vorbestimmt war.

»Tja, alter Junge, das wär's dann wohl.«

»Sieht so aus, Charlie. Ich möchte bloß wissen, warum die so *lange* brauchen.«

Charlie musterte Buster noch einmal mit seinem so vertrauten zynischen Blick.

»Du begreifst das wirklich nicht, was?«

»Was meinst du, Charlie?«

»Sie ziehen es in die Länge, damit sie mehr *Reklame* unterbringen.«

Und dann hatte der Panzer die Wiese erreicht. Und Charlie und Buster blickten finster dem summenden Kanonenrohr in die Mündung. Und der Himmel war erfüllt von Hubschraubern.

Und dann geschah es.

Dann geschah es.

Und dann geschah es.

Nachdem sie Milliarden für Kameras, Waffen, Verpflegung, Massageservice, Ruhigstellung der Minderheiten, Digitalton, CD-ROM, Dolby Surround, Recherchen vor Ort, Koordinatoren für Außenaufnahmen, Doktortitel in Kommunikationswissenschaft, Filmhochschulabschlüsse, Prozesse gegen Konkurrenten und für schlechte Wellen aufgewendet hatten. Das eine, das alle fürchteten und das niemand verhindern konnte.

Nichts.

Es geschah nichts.

»Geh mal einer auf den Panzer –«

»Wir haben den Panzer –«

»Was machen denn die Wichser da drin?«

»Macht doch mal die Klappe auf. Wir gehen mit den Kameras runter. Wir haben die Klappe offen. Jetzt sind wir im Inneren des Panzers. Wir sehen Menschen hier unten. Zwei Männer, die sich am Boden wälzen, lieber Himmel – Schnitt – Schnitt – Schnitt, sage ich – *Schnitt!* – Um Himmels willen, *SCHNITT!*«

Der Augenblick der Erfüllung war einfach zuviel für Leutnant Jack Hollister und seinen Adjutanten Juri Ruditjew gewesen.

Als die Kameras sie fanden, wälzten sie sich auf dem Boden des Abrams-Panzers und liebten sich, als gäbe es kein Morgen.

## 4

## Das grosse Finale

Den meisten der Tiere da unten ergeht es nicht anders als Ihnen oder mir«, sagte Bunny Fairchild zu ihrem Gast im Frachtraum des Hubschraubers und blickte hinunter zu den mediengepeitschten Massen, den hastig errichteten Verkaufsständen, den qualmenden Barbecue-Grills und den Sportbooten auf Autoanhängern. »Sie wollen zu viel vom Leben und bekommen immer zu wenig. Sie wachen auf, gehen zur Schule, suchen sich eine Arbeit, bekommen Kinder, machen katastrophale Urlaubsreisen, leiden sinnlos, und ebenso sinnlos sterben sie. Sie gehen zu Aufführungen des Schultheaters, zu Flohmärkten, politischen Versammlungen, Sportveranstaltungen, Offroad- und Bootsausstellungen. Sie wissen vielleicht nicht, was sie wollen, aber sie wissen, daß es etwas Schönes sein soll. Sie suchen und suchen, und wenn alles Suchen nichts mehr hilft, dann kommen sie zu uns. Und wir wollen ihnen helfen.«

Unten war der Motorradkonvoi des Präsidenten in einem schnittigen Bogen mitten vor den versammelten Nachrichtenkameras und dem zugehörigen technischen Personal vorgefahren. Der Präsident stand bereits auf dem soliden Podium und hatte zu einer seiner herzergreifenden Reden angesetzt. Die Zuhörer, Tiere wie Menschen, standen geistesabwesend dabei und warteten, daß etwas Bedeutendes geschah.

»Wir bieten ihnen all die Wahrheit und Gerechtigkeit, die wir für uns selbst längst aufgegeben haben«, sagte Bunny leise. Der Hubschrauber stockte, schaukelte und setzte dann zur Landung an, und sie spürte etwas Leichtes in ihrer Brust, ein Gefühl der Freiheit und der unbegrenzten Möglichkeiten. »Ich will nicht sagen, daß wir besser als andere sind. Aber wir sorgen dafür, daß diese bedauernswerten Geschöpfe außer sich selbst noch etwas anderes haben, an das sie glauben können. Das ist nämlich alles, was sie wollen. Etwas anderes als sie selbst.«

»Laßt keine Zwietracht zwischen uns entstehen«, dröhnte die Stimme des Präsidenten aus den Lautsprechern. »Wir wollen uns nicht bekriegen. Wir wollen zusammenarbeiten, zum Nutzen und Frommen aller. Wir wollen neue Waren produzieren und sie stolz in den Schaufenstern unserer neuen Weltwirtschaft präsentieren –«

Doch die Menge wartete auf jemand anderen, und als der Hubschrauber den Asphalt berührte, schlugen die Wellen der Erwartung hoch. Sie waren gekommen, um Gerechtigkeit zu sehen, und alles, was sie gefunden hatten, waren wieder nur ein hoher Regierungsbeamter und ein Haufen Fernsehkameras gewesen.

Nun endlich war dieser andere gekommen. Und es war jemand, mit dem sie bis zu diesem Augenblick überhaupt nicht gerechnet hatten.

»Es ist Zeit«, sagte Bunny zu ihrem Gast, als sie mit einem leichten Stoß aufsetzten. Die Rotorblätter wirbelten Bonbonpapiere und fortgeworfene Programmhefte auf wie altes Konfetti. »Wir wollen sie ja nicht warten lassen. Wir sind da.«

Und dann eskortierte sie Mr. Big über den windigen Asphalt, damit er zum Präsidenten und zu den versammelten Massen sprechen konnte.

## Zehnter Teil

# *Und was danach geschah*

# 1

## Öffentlich-rechtlich

Charlie und Buster wurden verurteilt wegen Hochverrats, Flucht vor strafrechtlicher Verfolgung, Erschleichung des Vertrauens der Öffentlichkeit und wegen der leichtfertigen Verbreitung antiautoritärer Parolen ohne erkennbares Gewinnstreben. Nachdem ein dreiköpfiges Gericht von ihresgleichen das Todesurteil über sie gefällt hatte, übergab man die beiden der Obhut der neuen staatlichen Tierverwahranstalt, und nach einem Gnadengesuch, das ihr amtlich bestellter Rechtsbeistand, Dave der Otter, in letzter Minute einreichte, wurde das Todesurteil schließlich in eine lebenslange Haftstrafe umgewandelt.

»Wir müssen den Tatsachen ins Auge blicken«, sagte Dave zu den Juristen in den oberen Etagen. »Ihr könnt sie nicht ausstehen, ich kann sie nicht ausstehen, aber was würde das für einen Eindruck machen, wenn man so einen putzigen kleinen Pinguin auf dem elektrischen Stuhl schmoren ließe, noch dazu vor laufenden Fernsehkameras? Ihr wollt doch schließlich eine neue Art von Regierung sein, nicht wahr? Eine fürsorgliche Regierung. Also schlage ich vor, daß wir die zwei Witzbolde in einen finsteren Kerker sperren und den Schlüssel wegwerfen. Wenn ihr sie auf den elektrischen Stuhl schickt, macht ihr sie nur zu Märtyrern. Aber wenn wir sie irgendwo in der Versenkung verschwinden lassen, dann kräht kein Hahn mehr nach ihnen.«

Die Jahre verliefen ruhig und ereignislos in dem kleinen Drahtkäfig, der kaum größer war als ein Drei-Sterne-Gefrierfach. Zur Ausstattung der Zelle gehörte eine Kloschüssel aus Porzellan, ein Wasserspender, ein Transistorradio und ein Etagenbett. Während das Leben draußen ohne sie weiterging, lasen sie Bücher und Zeitschriften, veranstalteten Dameturniere mit den anderen Gefangenen des Zellenblocks und wurden alle paar Tage von ihrem freundlichen, gutmütigen Wärter mit dem Schlauch abgespritzt.

»Ich frage mich, ob Nietzsche, als er von der Ewigen Wiederkunft erzählte, dabei die Popkultur vor Augen hatte«, sinnierte Charlie. Er klammerte sich an das Drahtgeflecht, damit ihn der eiskalte Wasserstrahl aus dem langen grünen Gartenschlauch nicht umriß. »Früher gab es Moden, die kamen und gingen. Heute kommen sie und sind nicht mehr wegzukriegen. Weißt du eigentlich, daß die Kids von heute immer noch die Stones und die Beach Boys hören, und dabei sind die alten Säcke längst über *fünfzig*? Rapmusik ist immer noch da. Sogar Hörspiele. Und der Ku-Klux-Klan wird auch nie von der Bildfläche verschwinden. Genausowenig wie die Demokraten, die Republikaner, Hollywood, Lucille Ball, Frisbee-Scheiben, Knetgummi, die Flat-Earth Society, Raumschiff Enterprise, James Bond und Mickymaus. Je mehr sie darauf besteht, immer wieder etwas Neues zu bringen, desto eintöniger wird die populäre Kultur. Freiheit ist längst kein Lebensgefühl mehr, Mann. Sie ist ein einziges riesiges Marketingkonzept.«

Draußen vor ihrem triefnassen Käfig rollte Roy der Gorilla den Gartenschlauch auf, hängte ihn wieder über den eisernen Wasserhahn und lächelte.

»Macht mir echt Spaß, wenn du so interessante Sachen erzählst, Charlie«, sagte Roy. »Der Job als Aufseher hier im Tiergefängnis, der ist wirklich klasse, findet ihr nicht auch?«

Ihr einziger Besucher war Rick der Husky, der alle paar Wochen bei ihnen vorbeischaute und außer den neuesten Nachrichten von zu Hause immer auch einen Picknickkorb mit Cornedbeef-Sandwiches und Krautsalat mitbrachte.

»Wanda ist jetzt in Frisco«, berichtete er, als er nach dem Essen die Zigaretten herumgehen ließ, »und verkauft Dessous in ihrer neuen Boutique in der Innenstadt. Hauptsächlich für Damen, aber hin und wieder verkauft sie im Hinterzimmer auch mal was für Tiere. Wanda hat einen Sozialversicherungsausweis und einen Steuerberater, und wenn man sie so reden hört, könnte man denken, sie ist Prinzessin von Arabien oder so was. Ach, das wißt ihr noch gar nicht? Jetzt, wo die Tiere als vollwertige Mitglieder des neuen Weltwirtschaftssystems anerkannt sind, dürfen sie auch Steuern zahlen. Schade nur, daß sie nicht auch krankenversichert sind.«

An den Tagen, an denen Rick zu Besuch kam, drängten Buster und Charlie sich dicht an den Drahtzaun, und er steckte ihnen die neuesten Briefe von den Freunden draußen zu. Zu ihrer Überraschung stand in den Briefen fast nur Gutes, oder zumindest waren die Nachrichten längst nicht so schlecht wie erwartet.

Lieber schwarzer Vogel, lieber Buster,

Wetter ist beschissen. Aber jetzt die Neuigkeiten.

Großer Kummer von Muk Luk ist vorbei. Muk Luk geht jetzt mit komischen Typen von Firma aus, die Daves Handelsposten übernommen hat. Muk Luk macht die fremden bleichen Männer jetzt nicht mehr besoffen und versucht gar nicht erst, es mit Händen zu machen. Haut ihnen einfach Stiel von Axt über Kopf und schafft sie heim mit Schlitten.

Manchmal denkt Muk Luk, Gewalt ist keine Lösung. Aber die Typen verdienen es nicht besser.

Muk Luk denkt oft an euch und hofft, daß ihr bald schreibt.

Immer Grüße.
Muk Luk, Eskimo

»Ist mir egal, was ich oder andere früher mal über ihr Aussehen gesagt haben«, schloß Charlie, nachdem er eines von Muk Luks mit Buntstift gekritzelten Briefchen gelesen hatte. »Aber dieses Eskimomädel hat wirklich Klasse.«

Buster wollte ihr antworten, aber mehr als ein paar nichtssagende, gestelzte Floskeln brachte er nicht zustande. *Wir haben uns sehr gefreut, von Dir zu hören.* Oder *Wenn ich bedenke, was ich für Fehler gemacht habe.* Ihm war klar, daß da etwas war, was er Muk Luk unbedingt noch sagen mußte. Aber er wußte einfach nicht, was.

Draußen, in der sogenannten wirklichen Welt, hatte die gesellschaftliche Landschaft sich für Mensch und Tier vollkommen verändert. Erstmals in der Geschichte der westlichen Zivilisation arbeiteten Tiere als Verkaufsrepräsentanten oder Produktionsleiter und saßen sogar im Aufsichtsrat von Firmen, die Kinderspielzeug, Popmusik und Flüssiggas herstellten. Sie durften nun ihre Kinder in öffentliche Schulen schicken, in den örtlichen Supermärkten einkaufen und ihre eigenen Kongreßabgeordneten wählen. Städte wurden neu in Bezirke aufgeteilt, um Gewerbegebiete für Tiere zu schaffen (die zugegebenermaßen nicht in den besten Vierteln lagen), und wenig später war sogar die Unterhaltungsindustrie so weit, daß sämtliche Positionen, von den einfachen Angestellten bis hin zu den unter Vertrag stehenden Berühmtheiten, unabhängig von der Artzugehörigkeit vergeben wurden. Nach jahrhundertelanger gedankenloser, dummer und oftmals wirtschaftlich unrentabler Spaltung schloß sich nun endlich die Kluft. Menschen und Tiere mußten einfach nur daran *glauben*.

»Unsere Stunde ist endlich gekommen«, verkündete Mr. Big allabendlich in seiner landesweit ausgestrahlten Late-Night-Talkshow, die derzeit vom Hundefutterhersteller Purina und vom Verband der Orangenanbauer in Florida gesponsort wurde. »Gemeinsam werden wir siegen; wir werden hart arbeiten, zu Wohlstand kommen und schließlich unsere eigenen wunderbaren Automobile fahren. Darum gehet hin und genießet euer Leben in vollen Zügen. Und wo wir schon gerade dabei sind: Vergeßt nicht, jede Menge Hundefutter und Orangensaft zu kaufen, denn ich will, daß ihr auf eure Gesundheit achtet. Keinen Augenblick lang sollt ihr, Brüder, Mittiere, daran zweifeln, daß Mr. Big euch alle liebt!«

Natürlich gab es jetzt mehr Gefängnisse, doch darüber verlor kaum jemand ein Wort. So hatte die mit Bundesmitteln finanzierte Tierverwahranstalt, in der Buster und Charlie derzeit einsaßen, mehr Häftlinge als die meisten Gefängnisse in der freien Welt; rund vierzehntausend Insassen lebten dort in einem Gewirr aus winzigen, übelriechenden Zellen, die oft keine ordentlichen Toiletten und sanitären Einrichtungen hatten. Überwiegend handelte es sich bei Charlies und Busters Mithäftlingen um Säugetiere, die sogenannte opferintensive Gewaltverbrechen begangen hatten – bewaffnete Raubüberfälle und Autodiebstähle, Einbrüche und Sexualdelikte. Nach Meinungsumfragen galten kriminelle Elemente wie Buster und Charlie als egozentrische Soziopathen, bei denen Rehabilitationsmaßnahmen ohne Wirkung blieben – nicht daß es davon allzu viele gegeben hätte.

»Wir arbeiten entweder in der Gefängniswäscherei«, erklärte

Buster Rick bei einem seiner Besuche, »oder wir nehmen an gruppentherapeutischen Sitzungen in der psychiatrischen Abteilung teil. Also, ich habe angefangen, einen Gürtel aus Glasperlen zu weben. Aber nach einer Weile habe ich irgendwie das Interesse daran verloren.«

Rick, der an den Schläfen allmählich grau wurde, hatte schon lange keine tröstenden Ratschläge für seine Freunde mehr auf Lager. Er redete nicht mehr von Unterschriftensammlungen oder Anträgen auf Bewährung oder Begnadigungen durch den Präsidenten – all diese Hoffnungen hatten sich längst zerschlagen. Meistens steckte er ihnen nur noch die Zeitungen und Süßigkeiten zu, die er im Gefängniskiosk erstanden hatte, machte es sich auf dem kalten Betonboden vor ihrer Zelle bequem und schlief fest ein.

»Findet euch damit ab, Jungs«, riet Dave der Otter ihnen leutselig, als er einmal einen neuen Mandanten durch das Gefängnis führte. »Eure große Zeit ist vorüber. Die Menschen draußen *interessieren* sich einfach nicht mehr dafür, was aus ein paar hergelaufenen Unruhestifern wie euch geworden ist. Ich meine, wenn ich an eurer Stelle wäre, würde ich sehen, daß ich mich an den Gefängnisfraß gewöhne und würde meine Memoiren schreiben oder so. Ihr habt einfach nicht mehr viele Freunde da draußen, versteht ihr?«

## 2

## Gedächtnisschwund

Die ersten paar Jahre war Buster ganz mit dem kometenhaften Aufstieg seiner Exfrau Sandy beschäftigt. Gleich nach der Revolution (dem »jüngsten globalen Umstrukturierungsprogramm«, wie populäre Gegenwartshistoriker sie gern nannten) war Sandy als eines der weltweit gefragtesten neuen Supermodels in den Modezeitschriften ganz groß herausgekommen. Sie war älter als die meisten Supermodels der vorangegangenen Ära und hatte nicht ganz so lange Beine, aber sie hatte einfach etwas, was gute Laune machte, eine gewisse erotische Ambivalenz, und binnen kurzem war sie eins der vertrautesten Gesichter, die einem aus den parfümprobengetränkten Seiten von *Cosmopolitan Tier, Esquire Tier* und natürlich der jährlichen Bademodennummer der *Tiersport-Illustrierten* entgegenblickten.

»Pinguinastisch!« verkündete die Sprechblase zu dem Bild, auf dem Sandy sich an einem Swimmingpool räkelte oder an weißen Sandstränden Calypso tanzte. *»It's Penguilicious!«, »C'est très Penguifique!«* Oder: »Hi, Baby, wie wär's mit einer Pinguin-Zigarette?« Auf den meisten dieser Reklamefotos hatte Sandy so wenig an, daß Buster, ob er nun wollte oder nicht, immer vor Augen hatte, woran er ohnehin in all den Jahren nie aufhören konnte zu denken.

Am Dienstag- und Donnerstagnachmittag durften Charlie und Buster auf den Gefängnishof, wo sie Hufeisen warfen, Hanteln stemmten oder ziellos ihre Runden über die ungepflegte Joggingbahn zogen. An sonnigen Tagen, wenn der Himmel so blau war wie Wasser, konnte Buster an überhaupt nichts anderes mehr denken als an Sandy, daran, wer wohl heute mit ihr ins Bett ging und welcher Spezies er angehörte. In solchen Augenblicken fühlte Buster sich von den kalten Betonwänden wie erdrückt, und er war ganz zappelig vor lauter Adrenalin. Er mußte aus diesem Gefängnis heraus. Er mußte zurück zu Sandy.

»Charlie?«

»Hm?«

Genau wie Rick wurde auch Charlie an den Schläfen allmählich grau und dürr an den Gelenken. Außerdem hörte er auf dem linken Ohr nichts mehr, und Buster achtete immer darauf, daß er auf der rechten Seite war, wenn er sprach.

»Hast du eigentlich jemals daran gedacht, hier auszubrechen?«

Charlie schob einen Strohhalm von einer Schnabelseite zur anderen.

»Also, ehrlich gesagt, nein, alter Freund.«

Sie saßen auf einer Holzbank im Gefängnishof und beobachteten Roy den Gorilla oben im Wachturm. Gerade schielte Roy, ein Auge zugekniffen, in die Mündung seines Gewehrs und versuchte ein Kaugummipapier herauszubekommen, das er aus Versehen hineingesteckt hatte.

»Es ist nämlich komisch, Charlie. Das ist mir irgendwie jetzt erst aufgegangen. Du bist doch ein Vogel, Charlie. Du könntest einfach hier rausfliegen, oder nicht? Einfach losfliegen und *abhauen.* Ich würde dir da keinen Vorwurf machen, weißt du. Nur weil ich nicht fliegen kann, würde ich dir doch keine Vorwürfe machen, daß du in die Freiheit kannst.«

Zum ersten Mal, seit die beiden sich kannten, sah Buster die Gläser von Charlies Zweistärkenbrille beschlagen. Charlie nahm sie ab und wischte sie am Ärmel seines baumwollenen Arbeitshemdes ab.

»Ich weiß, daß du mir keine Vorwürfe machen würdest, alter Junge. So einer bist du doch nicht, oder?«

Und an diesem denkwürdigen Nachmittag setzte Charlie sich hin und erklärte Buster, was es mit dem Fliegen auf sich hatte. Daß es keine Funktion der Flügel war, sondern ein Ausdruck des Herzens. Schon seit Jahren (und auf jeden Fall seit die beiden sich kannten) fehlte Charlie die Psychodynamik, die das Fliegen erst möglich machte. Ihm fehlte der Glaube an sich selbst. Der Glaube an die Welt, in der er lebte. Der Glaube daran, daß ein Vogel mit den Mitteln der Sprache und des eigenen Körpers in Dimensionen vordringen kann, von denen er überhaupt nichts weiß.

»Ich bin nicht zu Fuß gegangen, um dir Gesellschaft zu leisten«, gestand Charlie am Abend, als die Lichter gelöscht waren. »Ich bin gelaufen, weil ich nicht anders konnte. Vielleicht hätte ich dir das damals sagen sollen, aber ich weiß auch nicht. So was gibt man eben nicht gern zu. Daß man ein Vogel ist und Flügel hat und trotzdem nicht fliegen kann. Gerade wenn Fliegen vorher praktisch das einzige war, was man wirklich konnte.«

Und da kamen Charlie die Tränen. Buster legte ungelenk einen Flügel um Charlies Schulter, und er fühlte sich unglücklich und klein. Die Schluchzer sprudelten nur so aus Charlie hervor, wie früher die gewitzten Worte. Sein ganzer Körper bebte, die Schultern zuckten.

»Charlie, bau mir hier ja nicht ab, hörst du?«

Buster konnte nicht verhindern, daß auch ihm ein paar dicke, kummervolle Tränen über die Backe rollten. Mit einem Mal spürte er, wie unglaublich eng die Zelle war, in der sie eingesperrt waren. Er konnte die Tiere in den Nachbarzellen hören, wie sie winselten vor Schmerz, vor Furcht und schrecklichen Gewissensbissen.

»Ich weiß nicht, was ich tun soll, wenn du schlappmachst, Charlie. Glaub mir, wir kriegen das irgendwie hin. Eines Tages kriegen wir das hin, das verspreche ich dir. Wir kommen hier raus, und dann päpple ich dich wieder auf, hörst du?«

In den Tagen nach Charlies Beichte begann Buster sich Gedanken über die Welt der Tiere zu machen.

Wenn das Fliegen nur eine Frage des Herzens war, warum, fragte sich Buster, konnte dann nicht jeder fliegen, der guten Herzens war? Warum nicht sogar ein Pinguin? Sogar ein einsamer Pinguin in mittleren Jahren, der ein paar Dummheiten in seinem Leben gemacht hatte und den einen oder anderen Schlag dafür hatte einstecken müssen?

In den nächsten anderthalb Jahren verbrachte Buster praktisch jede freie Minute auf dem Gefängnishof, trainierte sein Herz für den Augenblick, wo es sich mit ihm in die Lüfte erheben sollte. Er stand da, starrte hinauf in den Himmel und flatterte mit seinen Stummelflügeln, unbeirrbar und mit gleichmäßigem Schlag, und zwang seine Gedanken, weit über die dumpfen, trüben Realitäten jener staatlichen Institution hinauszufliegen. Über die Betonwände. Über den Brunnen, dessen Wasser nach Aluminium schmeckte. Über das schmierige Essen, die rostigen Gemeinschaftsduschen. Buster ließ seinen Gedanken freien Lauf, bis sie dahinschwebten mit dem beharrlichen, regelmäßigen Flattern seiner schwarzweißen Flügel. In Gedanken, in seinem Herzen, flog er dann. Er erhob sich in den blauen Himmel und flog davon, fort von all der schalen, sinnlosen Wirklichkeit, von der er einfach nichts mehr hören wollte.

»Ich bin ein guter Pinguin«, flüsterte er zu seiner Bestärkung, wie ein Mantra. »Ich bin ein starker Pinguin. Ich bin ein Pinguin, der für eine noble Sache gefochten hat, und ich habe noble Träume geträumt. Ich habe Herz genug zum Fliegen. Ich habe Geist genug. Und ich habe Flügel genug, mehr als genug. Ich komme zurück zu dir, Sandy. Ich erhebe mich über diese Gefängnismauern und komme zurück nach Haus.«

Nach jedem mißglückten Flugversuch kehrte Buster in seine Zelle zurück, nun wieder mit einer Bescheidenheit, die Bände sprach. Charlie, der sich neuerdings der Ölmalerei widmete, blickte gar nicht mehr auf, wenn Roy mit seinem klimpernden Schlüsselbund kam und Buster hereinließ. Er rührte nur weiter seine Pigmente an und malte seine hellen Bilder. Mit manchen Sachen, dachte er bei sich, muß ein Vogel einfach allein fertigwerden.

»Das ist hübsch, Charlie«, sagte Buster immer mit einer unbestimmten Bewegung in Richtung der bunt bekleckslten Staffelei. Dann legte er sich auf seine Pritsche und starrte hinauf zur Decke, machte sich Gedanken über den Himmel jenseits, darüber, wie lange er wohl noch brauchen würde, bis er sich in die Lüfte erhob. An allen verfügbaren Flächen hingen mittlerweile Charlies Bilder von Bergen, Flüssen, Tälern und Meeren, allesamt aus großer Höhe gesehen. Manchmal zeigten sie sogar den ganzen Planeten der Tiere in all seiner Pracht, einen Kürbis, der sich langsam dreht, in einem lichtdurchfluteten Universum. Charlies Gemälde, die ungeheure Weite der Perspektiven, hatten etwas, eine Art Leuchten von innen heraus, das Buster lieber nicht gesehen hätte. Charlie war dort oben gewesen, das verkündeten all seine Bilder unmißverständlich. An Orten, von denen Buster nur träumen konnte.

»Danke, Buster«, sagte Charlie. Er legte den Kopf schief und musterte das Bild, an dem er gerade arbeitete, aus einem etwas anderen Winkel. »Ich muß sagen, ich finde es auch gar nicht schlecht.«

Es kam vor, daß sie dann die ganze Woche lang kein Wort und keinen Blick mehr wechselten. Tag für Tag standen sie auf, lasen die Zeitung, aßen ihre Rationen aus schmutzigen Plastikschüsseln und gingen wieder schlafen.

Jahre vergingen.

Der Planet der Tiere drehte und drehte sich.

Und dann, eines Tages im Vorfrühling, kam Roy der Gorilla und brachte ihnen eine gute Nachricht. Es war Roys letzte Amtshandlung, bevor er in Ruhestand ging, und er war traurig, weil er all seine guten Freunde hinter den Gefängnisgittern vermissen würde. Für die vielen Jahre treuer Dienste bekam Roy ein Essen in der Kantine, die gesetzliche Mindestrente und eine Swatch. Buster und Charlie konnten die Swatch allerdings schon nicht mehr sehen, so oft hatte er sie ihnen gezeigt, und Roy war froh, daß er nun noch eine Neuigkeit für sie hatte.

»Was sagt ihr dazu, Jungs, ihr werdet begnadigt. Da seid ihr doch sicher überglücklich, oder?«

Weder Charlie noch Buster rührten sich von ihren Pritschen.

»Vielleicht wollen wir ja gar nicht weg«, sagte Charlie.

Roy nahm die Dienstmütze ab, und darunter hatte er ein zerknülltes Blatt Papier. Er strich es glatt und versuchte es in eine Form zu bringen, die ein wenig amtlicher aussah.

»Sieh doch mal her, Charlie. Lies mal, was hier steht. *Wir, die Regierung der Vereinigten Staaten der Tiere, verkünden hiermit von ganzem Herzen, daß Buster und Charlie nach Hause gehen können.* Roy fuhr mit dem Finger über den verschmierten Laserausdruck, als ob er den Satz tatsächlich lesen könnte. »Nun kommt schon, Jungs! Macht doch nicht so ein Gesicht! Es ist der Jahrestag der Befreiung, und all eure Untaten sind euch verziehen! Das habt ihr doch immer gewollt oder nicht? Frei sein?«

Als sie vor das Tor auf den Gefängnisparkplatz traten, standen sie eine Weile mit steifen Gliedern da und blinzelten in die grelle Sonne. Zur Entlassung hatten sie beide einen neuen Anzug bekommen, einen grauen Stoffrucksack und ein Käsesandwich mit Tomaten. Und wer da in einer extralangen Luxuslimousine mit verspiegelten Fenstern am Bordstein auf sie wartete, war kein anderer als Dave der Otter.

»Nun macht schon, Jungs, steigt ein. Ich hab' nicht den ganzen Tag Zeit.«

Als Buster und Charlie auf die üppigen klimatisierten Ledersitze kletterten, fanden sie warme Mahlzeiten, die auf Edelstahltabletts schon für sie bereitstanden, Champagner in einem Kühler, dazu Kräcker und Toast, dick mit Kaviar bestrichen.

»Hoch die Tassen, Jungs«, sagte Dave der Otter mürrisch, als er vom Parkplatz auf eine lange, häßliche Straße durch ein Industriegebiet einbog. Dave trug seinen neuesten Karriereknick, der ihm zu allem Überfluß auch noch eine lächerliche Chauffeursuniform beschert hatte, nicht eben mit Fassung. »Mit eurer Begnadigung wollen sie dem ganzen Tiervolk vorführen, was für tolle Burschen sie sind. Aber ihr zwei habt Glück, ihr braucht nie wieder zurück ins Gefängnis.«

Auf ihrer Fahrt durch die endlosen Außenbezirke und Gewerbegebiete einer typischen amerikanischen Großstadt sahen Buster und Charlie ganze Viertel voller grauer, gesichtsloser Lagerhäuser und Munitionsfabriken. Sie sahen schüchterne, mißtrauische Kinder, die vorbei an Metalldetektoren auf die unkrautüberwucherten Spielplätze der öffentlichen Schulen oder in Kinokomplexe geschleust wurden. Sie sahen pleitegegangene Einkaufszentren, verfallene Wohnanlagen, die fast ganz aus Stuck gebaut waren, und sie sahen Reklametafeln, wohin sie blickten, und alles auf der Welt war darauf das GRÖSSTE, BESTE, SCHÖNSTE UND VOLLKOMMENSTE.

»Seh sich nur einer die ganzen Straßen an«, sagte Charlie und blickte ganz verdutzt hinaus in die Welt. »Straßen zu anderen Städten, anderen Ländern. Straßen, die zu anderen Straßen führen.«

Überall Verkehr. Gewaltige Sattelschlepper mit Lebensmitteln und Konsumgütern. Überall Luftverschmutzung. Überall Tiere ohne festen Wohnsitz, die in verfallenden Gebäuden und auf leerstehenden Parkplätzen kampierten. Überall Häuserzeilen und Einkaufszentren und Fachgeschäfte, nach Rasse, Geschlecht, sozialer Schicht und Spezies klassifiziert. Wombat-Wohnpark. Brüllaffen-Boutique. Cocktailbar zur Neunschwänzigen Katze. Und der allseits beliebte Mollusken-Minigolfplatz. In den ungefähr zehn Jahren hatte sich die Welt überhaupt nicht verändert. Was natürlich nichts daran hinderte, immer weiter zu wachsen.

Als sie sich dem Stadtzentrum näherten, wurden die Häuser höher, doch in nennenswert besserem Zustand waren sie nicht. Es dauerte nicht lange, bis Dave der Otter sie über eine lange Betonrampe hinunter in eine gewaltige, düstere Tiefgarage fuhr und sie zu einem finsteren, graffitibeschmierten Lastenaufzug brachte.

»Hereinspaziert, die Herrschaften«, sagte Dave. »Nächster Halt: ganz oben.«

Er drückte den Knopf für die 120. Etage – EXPRESS.

Und mit einem unterirdischen *Wusch* begann der Aufzug seine lange Fahrt.

»Ich muß leider sagen, du bist kalter Kaffee, Charlie.« Bunny Fairchild strampelte auf ihrem Exercycle mitten in einer großen, elegant möblierten Penthauswohnung. Seit Buster und Charlie sie das letzte

Mal gesehen hatten, hatte Bunny größere Brüste bekommen, höhere Wangenknochen, eine niedliche Nase und einen merkwürdig schimmernden Teint, so als ob jemand mit einer Schmirgelmaschine darübergegangen wäre. Ihre wohlgeformten Beine strampelten unermüdlich auf dem Exercycle, und dazu aß sie Cherry Garcia von Ben and Jerry und rauchte aus einem nobel aussehenden Päckchen eine nikotinarme Filterzigarette nach der anderen. »Deine große Zeit ist vorüber, Charlie, und das soll nicht grausam oder gehässig klingen. Aber wir sind ja immer ehrlich zueinander gewesen, Charlie. Das ist wahrscheinlich auch der Grund, weshalb wir uns immer gegenseitig respektiert haben.«

Charlie wußte nicht mehr, ob er schon einmal in dieser Wohnung gewesen war. Der Panoramablick kam ihm allerdings seltsam vertraut vor.

»Du bist eine aufrechte Frau, Bunny.« Nicht die Spur von Ironie war aus Charlies Worten herauszuhören, und Buster, der von der Höhe einen unangenehmen Druck auf den Ohren hatte, blickte zu ihm hinüber. »Bei dir wissen die Leute immer, woran sie sind, und ich finde, das ist ein bewundernswerter Zug, ganz gleich ob bei Mensch oder Tier.«

Doch Bunny hatte Charlie nicht kommen lassen, um Komplimente auszutauschen. Sie hatte ihn kommen lassen, um sich an ihrer Überlegenheit zu weiden.

»Wir brauche dich hier nicht mehr, Charlie. Du hast deine Chance gehabt, und du hast sie vermasselt. Wir wollten dir nur sagen, daß wir nicht nachtragend sind, jedenfalls nicht wir hier auf *dieser* Seite des Zauns. Also, sobald die Zeremonie vorüber ist, seid ihr zwei auf euch gestellt. Kommt bloß nicht auf die Idee, hier anzurufen oder uns zu schreiben, okay? Und ihr seid sicher, daß ich euch nichts anbieten kann? Vielleicht ein Bier oder so was? Oder Eiscreme, hey, Eiscreme habe ich doch immer massenhaft.«

»Du warst eine Eintagsfliege, Charlie«, fuhr Bunny nach dem Duschen fort. Sie trug einen hauchdünnen Seidenkimono und trocknete sich das kurze, blondgefärbte Haar mit einem grünen Seersucker-Handtuch. »Unser Freund Mr. Big dagegen, der hat Stehvermögen. Er kam groß raus, und dann war's vorbei, Charlie, aber dann kam er *wieder* groß raus, Charlie, und dann war's *wieder* vorbei. Und dann nochmal und nochmal und nochmal und nochmal. Die eine Woche kriegen die Zeitungen sich gar nicht mehr ein, was für eine wunderbare faszinierende Persönlichkeit Mr. Big ist. Die Woche drauf schreien alle, was für ein egozentrischer, hohler Poseur er geworden ist. Der Kerl hat schon mehr Comebacks erlebt als Madonna, Sylvester Stallone und Elvis zusammen. Und ich spreche hier nicht nur vom *ersten* Elvis, Charlie. Ich spreche von *beiden.*«

Charlie und Buster saßen nebeneinander auf dem Sofa und teilten sich eine Flasche Mineralwasser mit viel zuviel Kohlensäure. Während Bunny immer weiter vor sich hinplapperte, wanderten die Blicke der beiden unwillkürlich die lange Reihe von Porträtfotos entlang, die an den Wänden hingen, eine Ahnengalerie der bisherigen Präsidenten von Worldco. Den finsteren, energischen Bildern nach zu urteilen waren diese Männer einst wie Giganten auf Erden gewandelt. Sie hatten Länder erobert, waren auf dem Mond gelandet, hatten den Kommunismus besiegt und Amerika noch grenzenlosere Freiheit gebracht.

»Und das war natürlich mein Verdienst, Charlie.« Bunnys Stimme war schneidend und einschläfernd zugleich, und es kam immer wieder vor, daß Buster und Charlie plötzlich bemerkten, daß sie längst den Faden verloren hatten. »Wißt ihr eigentlich, daß Worldco, bevor ich in den Laden eingestiegen bin, die Kapazitäten ganzer Fabriken darauf verschwendet hat, *ein* Produkt für *eine* Konsumentengruppe herzustellen? Sie haben zum Beispiel Handmixer für Menschen hergestellt und sonst nichts. Aber heute, seit ich, *moi*, mit meinem Geistesblitz gekommen bin, produziert Worldco in derselben Fabrik aus Standardteilen mit maximaler Kosteneinsparung Dutzende von Produkten für die ver*schiedensten* Konsumentengruppen. Zum Beispiel Handmixer für Kaninchen. Und Handmixer für Hunde. Handmixer für Katzen, Mäuse, Eichhörnchen, linkshändige Schweine, sogar für Hamster, die ja bekanntlich zu Diabetes neigen, und Nerze. Das nennt man *Produktvielfalt*, Charlie. Und du kannst dir gar nicht vorstellen, was das für die Umsatzzahlen unserer alten Freunde bei Worldco bedeutet.«

Doch Charlie versuchte gar nicht erst sich auszumalen, wie viele Handmixer die Worldco weltweit gleichzeitig auf den Markt bringen konnte. Er war ganz mit dem großformatigen Porträt des gegenwärtigen Präsidenten von Worldco beschäftigt, das an der Westwand eingerahmt von Seidensamtvorhängen und frischen Schnittblumen präsentiert wurde. In den letzten zehn Jahren hatte Stan Garfield sich nicht geschont und hatte soviel Wut in sich geschürt, daß sie Herz, Leber, Nieren, Lungen, Verdauungstrakt, einfach alles weggebrannt hatte. Diesem neuesten Porträt zufolge war nur noch sein Kopf geblieben, der auf eine fahrbare Computerkonsole montiert war. Doch mußte man zugeben, daß Stan Garfield nie besser ausgesehen hatte. Und, wenn man es sich recht überlegte, auch nie glücklicher.

Charlie spürte, wie Buster ihm schon wieder einen Stoß in die Rippen versetzte. Er sah auf zu Bunny, die direkt vor ihm stand und ihm ins Gesicht blickte.

»Tut mir leid, wenn ich dich langweile, Charlie. Möge der Himmel verhüten, daß du womöglich noch etwas *lernst*, solange du hier bist.«

»Das möge der Himmel verhüten«, entgegnete Charlie leise.

Dann eskortierte Bunny sie in die benachbarten Gemächer, wo sie sich ansahen, was noch von Mr. Big übrig war.

Mr. Big verbrachte dieser Tage einen Großteil seiner Zeit in einem gigantischen Whirlpool und ließ seine knorrigen Gliedmaßen an den Seiten heraushängen wie schlaffe Spruchbänder, und auf einem Schemel gleich neben der Toilette stand stets ein großes Glas Brandy bereit. Mr. Bigs Badezimmer war übersät mit Shampoofläschchen, Hautpflegepräparaten und Kosmetika bekannter Markenhersteller. Wenn Mr. Big nicht gerade eines seiner zahllosen Medikamente zu sich nahm, dann ließ er sich von seinem Kammerdiener Schokoladenmilch und fritierte Sandwiches mit Erdnußbutter und Marmelade bringen. Mr. Big saß in seiner dampfenden Wanne, die Pupillen erweitert von allerlei Barbituraten nach der neusten medizinischen Mode, und das teure, ein wenig feuchte Toupet saß ihm auf dem Schädel wie ein schüchterner Hausfreund.

»Tiere der Welt, vereinigt euch!« verkündete Mr. Big, als Charlie und Buster das Badezimmer betraten. Er versuchte sich in seiner Wanne aufzurichten, schlenkerte leicht die Beine. Dann, mit einem

Plätschern und einem leisen Quietschen der Wanne, versank Mr. Big wieder in seinen Dämmerzustand.

Die Pumpe des Whirlpools dröhnte unter dem Fußboden vor sich hin.

Die Feier, die am späteren Nachmittag stattfand, war kurz und kompetent, wie fast alles, was Bunny Fairchild dieser Tage organisierte. Nach einer knappen Vorbesprechung wurden Charlie und Buster zu einer Bühne in der Mitte des Festsaals geleitet, wo sie auf einer Holzbank neben Mr. Big und einem typisch gesichtslosen Vertreter des Wirtschaftslebens Platz nahmen.

»Charlie? Hallo, ich bin Jack O'Malley, Vice President bei Worldco in der Abteilung Marketing. Tut uns leid, daß Stan nicht persönlich kommen kann, aber er mußte heute zum Abschmieren, und, na ja, manchmal klappt eben nicht immer alles so, wie man es sich wünscht. Aber ich wollte mich doch kurz vorstellen, bevor die Sache hier losgeht, und sagen, was für ein großer Verehrer von dir ich früher war. Bevor es mit dir abwärtsging, natürlich.«

»Freut mich, Sie kennenzulernen, Jack.«

Mr. Big war dermaßen aufgeregt, daß sie ihn an der Bank abstützen und mit Pferde-Tranquilizer sedieren mußten. Er trug seinen üblichen schwarzen Umhang, dazu einen verchromten Hosenlatz.

»Ich vergebe euch!« brüllte er immer wieder. »Seid frei und glücklich! Mr. Big liebt euch alle!«

»Noch nicht, Schätzchen«, flüsterte Bunny ihm zu und zog den Umhang über der Schulter zurecht. »Erst auf die Kameras warten, ja?«

Im selben Augenblick öffneten sich die großen Doppeltüren, und eine kleinlaute Reporterschar trottete herein, die sich brav auf ihrer Seite der halbkreisförmigen Absperrung aus roter Samtkordel hielt. Auf ein Handzeichen von Bunny ging ein Schneesturm aus Blitzlichtern nieder, und nach den Aufnahmen durften einige kurze, vorher festgelegte Fragen gestellt werden.

»Wie sind deine Pläne für die Zukunft, Charlie?«

»Wohin willst du gehen?«

»Hast du je erwartet, daß alles so enden würde?«

»Was hast du dir im Gefängnis für Gedanken gemacht? Hast du jemals bereut, was du getan hast?«

»Wirst du wieder Vorträge in Colleges halten?«

»Oder machst du dir einfach ein schönes Leben und ruhst dich auf deinen Lorbeeren aus?«

Charlie lächelte nichtssagend in die Kameras. Seit er ins Gefängnis gekommen war, hatte eine ganz neue Reportergeneration die Zügel von ihren Vätern übernommen. Das Merkwürdige war nur, daß sie haargenauso aussahen und sich auch genauso anhörten.

»Wir gehen fort«, antwortete Charlie, ging jedoch nicht näher ins Detail. »Buster und ich möchten uns für all Ihre Aufmerksamkeit bedanken, aber wir gehen jetzt, und wir kommen nicht zurück.«

Bunny eskortierte Mr. Big an den vorderen Rand der Bühne und kniff ihm fest in den Hintern.

»Jetzt, Schätzchen.«

»Ich vergebe euch!« schmetterte Mr. Big.

Die erforderlichen Papiere wurden unterzeichnet und feierlich den Kameras präsentiert.

»Mr. Big vergibt euch all eure Verbrechen! Und nun könnt ihr frei sein!«

## 3

## Fernab von den Städten

Natürlich fühlten Buster und Charlie sich nicht übermäßig frei, als die extralange Limousine sie später am Nachmittag an einer Bushaltestelle in der Innenstadt absetzte.

»Laßt euch kein Falschgeld andrehen!« rief Dave der Otter ihnen über die Schulter noch nach und verschwand mit quietschenden Reifen in den heißen Smogwolken des Stadtverkehrs. »Blödmänner!«

Es dauerte fast eine halbe Stunde, ehe der nächste Stadtbus kam, vollgestopft mit Tiertagelöhnern, die bis an die Zähne mit Klappmessern, Butterbrotpaketen und Mundgeruch bewaffnet waren.

»Mir ist nicht gut, Charlie«, jammerte Buster. »Ich weiß nicht, ob es von dem ganzen Zirkus vorhin kommt oder von dem verdammten Kohlenmonoxid.«

»Nur noch ein winziges Weilchen«, machte Charlie ihm Mut. »Ich hole uns hier raus, okay?«

Sie fuhren geradewegs zum Worldco-Tierbusbahnhof, wo Charlie zwei Fahrkarten für den nächsten Überlandbus kaufte. Das Geld, das sie bei der Entlassung aus dem Gefängnis bekommen hatten, reichte gerade noch für einen Sechserpack gekühltes Bier.

»Ist das nicht alles furchtbar, Charlie? Was für entsetzliche Leute heutzutage die Welt beherrschen. Sieh dir bloß an, was sie unserem Planeten angetan haben, Charlie. Sieh dir an, was sie sich selbst angetan haben. Jetzt verstehe ich das endlich, Charlie. Ich verstehe, warum du nicht mehr fliegen kannst. Wie könntest du je wieder an etwas glauben? Also, ich könnte es jedenfalls nicht, Charlie. Ich könnte an nichts mehr glauben.«

Buster schlief, während der Bus sich Meile um Meile durch den hupenden Verkehr quälte, über wackelige Brücken und schlaglochübersäte Interstates. Als er aufwachte, war es schon fast Morgen; Charlie saß neben ihm und nahm gerade den letzten Schluck aus seiner warmen Dose.

»Nicht wieder einschlafen«, sagte Charlie. »Wir sind fast da.«

Sie traten hinaus in den kalten, bleichen Morgen voller leise funkelnder Sterne. Hier draußen war das Land erst halb vom technischen Fortschritt verwüstet. Vor ihnen lag ein weites Tal, das ganz zerfurcht war vom Tagebau. Eine alte Raffinerie war erst vor kurzem von den Umweltbehörden stillgelegt worden. Das wenige, was von der Landschaft übrig war, lockte mit ein paar halbvertrockneten Bäumen und einem toten, grau dahinfließenden Fluß.

Aber ein grasbewachsener Berg war noch da, den hatte der Fortschritt noch nicht erreicht. Er war hoch und steil. Charlie steuerte direkt darauf zu und begann sogleich mit dem Aufstieg.

»Manchmal reicht einfach schon Wut«, sagte er und stapfte unbeirrt den moosüberwachsenen Pfad hinauf und kickte die Coladosen und Bonbonpapiere nach rechts und links wie der heilige Patrick, als er Irland von den Schlangen befreite. »Denn du weißt ja wohl, was noch schlimmer ist, nicht wahr? Die Langeweile, Buster. Die schiere unverdünnte geistlose seelenlose Stau-nach-Geschäftsschluß-*Langeweile*, Mann. Wenn der Körper sich langweilt, Buster, dann fließt das Blut nicht mehr durch die Adern oder so was. Man atmet nicht mehr richtig, nimmt keinen Sauerstoff mehr auf. Und wenn man dann ab und zu mal wirklich den *Schnabel voll* hat, dann mag das zwar vielleicht nicht gut für die Psyche sein, aber wenigstens weckt es einen auf. Man unter*nimmt* etwas, statt daß man den ganzen Tag lang nur dasitzt und vor Selbstmitleid vergeht.«

Charlie war schon ganz außer Atem, doch Buster, dem nun seine jahrelangen Flugübungen im Gefängnis zugute kamen, hielt mühelos mit.

»Irgendwie ist die Vogelperspektive doch eine Lüge«, sagte Charlie ein wenig später, als sie oben auf dem Gipfel angelangt waren. Sie saßen im Schatten eines großen braunen Felsens und betrachteten die Landschaft, die sich unter ihnen erstreckte. »Von hier oben sieht alles aus, als hätte sich überhaupt nichts verändert, findest du nicht auch, Buster? Von hier oben sieht man nicht, daß hier bis vor kurzem jemand den ganzen Boden mit Petrochemie vergiftet hat oder daß sie die ganze Tierbevölkerung zu schlecht bezahlter Arbeit in verkommene Städte getrieben haben. Sogar die Schäden, die der Tagebau anrichtet, sieht man von hier oben kaum, stimmt's, Buster? Ich denke mir oft, mehr als das hat Perspektive im Grunde nicht zu bedeuten. Man muß nur einen Punkt so weit fort von den Dingen finden, daß man sie nicht mehr deutlich sehen kann.«

Das überzeugte Buster jedoch nicht ganz.

»Vielleicht bedeutet es auch, daß du mehr siehst als nur den Schaden, Charlie. Vielleicht sieht man, wenn man in solche Höhen kommt wie hier, den ganzen Planeten, man sieht, wie unglaublich er ist, wie gewaltig und ehrfurchtgebietend er immer sein wird. Hast du das denn nicht früher selbst immer gesagt, Charlie? Der ganze wunderschöne blaugrüne Planet, zu dem auch wir gehören. Von dem wir immer ein Teil sein werden und der auch immer ein Teil von uns sein wird.«

Als Charlie nicht antwortete, dachte Buster, er ließe sich diese Worte durch den Kopf gehen. Doch dann ging ihm auf, daß er direkt in Charlies taubes Ohr gesprochen hatte.

Ganz unvermittelt stand Charlie auf und schüttelte sich.

»Weißt du, was die größte Lüge aller Zeiten ist, Buster? Daß wir unser Leben alleine leben. Die Geschäftsleute *wollen*, daß wir allein sind; bei denen geht ja alles nach den Menschen, und für die ist Wettbewerbswirtschaft ein Grundzug der menschlichen Natur. Menschen, die immer allein sind, werden immer versuchen, sich gegenseitig übers Ohr zu hauen, und nie auf die Idee kommen, sich zu solidarisieren; die haben nichts anderes im Kopf als so viel Geld wie möglich zusammenzuraffen, und sie denken immer nur an die Sachen, die sie besitzen wollen. Aber wenn du dir jetzt einmal uns beide anschaust, Buster – wir sind schon so lange zusammen, ich kann mir einfach nicht vorstellen, daß uns je wieder etwas trennen könnte. Ich rede einfach immer mit dir, alter Junge, ob du nun da bist oder nicht. Und ich werde auch immer deine Stimme hören, die mir antwortet.«

Und dann, ohne einen Blick zurück, stürmte Charlie den Berg hinunter. Vielleicht wollte er nicht, daß Buster die Tränen in seinen Augen sah. Oder er wollte nicht riskieren, daß er die Konzentration verlor.

Buster spürte, wie ihm das Adrenalin in die Adern schoß.

»Du schaffst es, Charlie«, flüsterte er laut, noch bevor er überhaupt wußte, was Charlie vorhatte. »Ich weiß es, Charlie. Du *schaffst* es.«

Charlie war mit seinen spindeldürren schwarzen Beinen in einen linkischen Trott verfallen, flatterte mit den ungelenken Flügeln, stolperte über Steine und alte Wurzeln. Er sah ungefähr so elegant aus wie ein Pappkarton, den jemand an einem Seil über den Boden schleift.

»Du schaffst es, Charlie«, rief Buster nun laut. Er sprang auf. Er spürte, wie ihm der kühle Wind um den Schnabel wehte.

»Was sagst du?« rief Charlie über die Schulter. »Ich kann dich nicht hören, Buster!«

Charlie begann nun gleichmäßiger mit den gefängnissteifen Flügeln zu schlagen, auf und ab und auf und ab. Sie schienen nicht ganz synchron – so als würde jeder unabhängig von einer Gehirnhälfte gesteuert. Er stolperte und torkelte den steinigen Abhang hinunter. Nicht einmal an Tempo schien er zu gewinnen.

»Mir ist da etwas aufgegangen, Charlie, seinerzeit, als *ich* es noch probiert habe!« brüllte Buster gegen den Wind. »Manchmal ist es gar nicht das Herz, das dem Kopf sagt, was er tun *kann*! Manchmal ist es der Körper, der dem Herzen sagt, was es *muß*!«

Charlie hatte die Flügel nun ganz ausgestreckt, zerzaust und voller grauer Federn, wie sie waren.

»Was sagst du, Buster? Ich kann dich nicht hören, alter Junge! Ich versuche zu fliegen!«

Und das war der Augenblick, in dem Buster zum ersten Mal Charlie als das sah, was er in Wirklichkeit war und was er immer bleiben würde. Ein närrischer, halb tauber, vor der Zeit alt gewordener Vogel, der einfach nicht in der Lage war, die Welt mit vernünftigen Augen anzusehen. Der durch das Gestrüpp einen Berg hinunterlief, mit seinen albernen ungelenken Flügeln im Wind flatterte und glaubte, er könnte fliegen, wo er doch nicht einmal mehr richtig laufen konnte.

Und als Buster erst einmal begriff, wie unmöglich es war, da wußte er auch, daß es durchaus möglich war.

Charlies ganzer Körper hüpfte ein wenig in die Höhe, so als ob von oben an unsichtbaren Fäden gezogen würde.

Dann kam er wieder herunter, die Beine knickten ihm halb weg, Steine spritzten in alle Richtungen, und nur der Einsatz der Schwanzfedern verhinderte, daß er kopfüber den Hang hinunterschoß.

Er schlug nun kräftiger mit den Flügeln. Er nahm Anlauf. Und zum zweiten Mal hob er sich vom Boden, hob sich auf von dem steilen Abhang. Torkelnd stieg er in die Höhe, Stückchen um Stückchen, über die Baumwipfel hinaus, flog und flog und flog.

»Nicht nachlassen, Charlie!« brüllte Buster. Er hüpfte auf der grünen Bergkuppe auf und ab. Nun wußte er, daß jeder alles, aber auch alles konnte, denn er hatte mit eigenen Augen gesehen, wie das Unmögliche geschah.

Ein Vogel, der mit seinen eigenen zwei Flügeln flog! Wer hätte das je für möglich gehalten?

»Ich kann dich nicht hören, Buster! Ich fliege! Ich traue mich nicht wieder runter!«

»Bleib oben, Charlie! Mach weiter! Flieg weiter! Ich komme schon zurecht!«

»Was sagst du, Buster? Ich muß weiterfliegen! Ich kann nicht runterkommen!«

Charlie wurde zusehends kleiner am Horizont, er schwand im strahlendweißen Sonnenlicht, in ätherische Gischt getaucht. »Paß gut auf dich auf, Buster! Laß dich nicht von den Dreckskerlen unterkriegen!«

Der endlose Himmel verschluckte Charlies Worte und ebenso Charlies schlingernde schwarze Gestalt. So klein. So unglaublich. So weit oben.

»Warte, Charlie, ich komme mit!« Buster konnte sich einfach nicht mehr zurückhalten. Er flatterte mit den Stummelflügeln und rannte den steinigen Berg hinunter, so schnell er nur konnte. Und ehe er sich versah, konnte auch er fliegen. Er hob sich vom Boden. Er flog –

– und dann purzelte er kopfüber den steinigen Abhang hinunter und landete mit dumpfem Schlag auf einem grasbewachsenen Vorsprung.

Am blauen Himmel war nun nichts mehr zu sehen außer ein paar Wolken. Buster war sich nicht ganz sicher, aber ihm war, als ob er noch ein letztes Mal Charlies Stimme hörte.

»Ich *fliege*, Mann! Ich kann wirklich *fliegen!*«

Und dann verschwand Charlies Stimme für immer aus Busters Leben.

Noch nicht einmal eine Dreiviertelstunde später stand Buster am Highway und wartete, daß jemand anhielt, der nach Süden fuhr.

»Pinguine sieht man nicht oft in dieser Gegend.« Der Lastwagenfahrer war niemand anderes als Zack Marmaduke, der griesgrämige, versoffene Seebär, der Buster und Charlie während ihres Gastspiels bei der Handelsmarine das Leben zur Hölle gemacht hatte. »Sag mal, kenn' ich dich nicht von irgendwoher?«

Buster erfuhr, daß auch Zack die letzten zwölf Jahre nicht gerade glücklich verbracht hatte und nun soviel Abstand wie möglich davon bekommen wollte.

»Ich weiß, daß ich ein ziemliches Arschloch gewesen bin«, gestand Zack ihm bei einer Tasse Kaffee, die sie in einem Fernfahrercafé nahmen. »Ich hab' einfach dermaßen die Nase voll gehabt von allem.

Ich kam mir so blöd vor, und immer war ich pleite, und außerdem habe ich damals natürlich *ununterbrochen* gesoffen, das half auch nicht gerade. Ich hab' damals eine Menge Sachen getan, für die ich mich heute schäme. Wenn ich dich und deine Freunde damals gequält habe, dann tut mir das leid.«

Zeitweise hatte Zack einer Gruppe angehört, in der die Überlegenheit der menschlichen Rasse gepredigt wurde. Dann hatte er eine Weile im Gefängnis gesessen, weil er seine Frau geprügelt hatte. Er hatte als Anreißer für ein Striplokal gearbeitet, Geschäftsleuten in Hollywood Kokain besorgt und Waffen zu CIA-gesponsorten Terroristen in Zentralamerika geschmuggelt. Als Zack diese Galerie von Untaten Revue passieren ließ, spürte Buster fast so etwas wie Ehrfurcht. Er hätte nicht gedacht, daß ein Geschöpf so tief sinken und trotzdem am Leben bleiben könnte.

»Das hat mich alles in fürchterliche Wut gebracht, verstehst du, und dann habe ich nur um so mehr gesoffen, und das machte mich dann *noch* wütender, und plötzlich, na ja, da war das alles irgendwie *ihr* Fehler, mein ganzes verkorkstes Leben, und ich hätte sie am liebsten umgebracht, verstehst du? Ich hab' sie rumgeschubst und sie dann wieder geschlagen, und ich wußte ja, daß das nicht richtig war, und das hat mich dann nur um so wütender gemacht. Also hab' ich wieder zugeschlagen. Und wieder. Mann, du kannst dir gar nicht vorstellen, wie ich diese Frau gehaßt habe. Ich habe sie gehaßt dafür, daß sie so einen Menschen aus mir gemacht hat.«

Sie bestellten noch mehr Kaffee, und Buster mühte sich, nicht zu dem Zeitungsständer an der Kasse hinüberzusehen. Ihm war, als hätte er Sandys Bild auf dem Titelblatt einer Boulevardzeitung gesehen. Aber das war weder die rechte Zeit noch der rechte Ort, von *ihr* zu reden.

»Von dem Tage an wollte ich nur noch sterben, aber wenn man sich das mal so richtig klarmacht, dann ist der Tod halt doch keine vernünftige Alternative. Also habe ich es mit Gott versucht; ich dachte, vielleicht kann Er mir ein erträglicheres Leben geben, mir einen Weg zeigen, wie ich aus dem Stück Dreck, das ich geworden war, wieder etwas Anständiges machen kann. Weißt du, ich wollte einfach jemanden, bei dem ich sagen kann, daß es mir leid tut. Jemand, der *Autorität* hat. Jemand, der mir die entsetzliche Verantwortung für mein Leben von den Schultern nimmt. Also ging ich zu Gefängnisgottesdiensten, sah mir die religiösen Sendungen im Fernsehen an und las die Bibel, und weißt du, was ich überall da gefunden habe, Mann? Ich habe einfach nur, ich weiß auch nicht, überall *Wut* gefunden. Schlagt die Heiden tot, hieß es überall. Vernichtet das Böse. Steckt die Verbrecher hinter Gitter. Haßt die Schwarzen. Haßt die Armen. Haßt die Juden. Haßt *irgend* jemanden, nur nicht euch selbst. Und ich muß schon sagen, ich kam in Versuchung. Mit Haß kannte ich mich ja schließlich aus. Ich weiß auch nicht, vielleicht lag es ja doch irgendwie an mir. Vielleicht habe ich diese Wut einfach in mir, und sie wollten mir etwas ganz anderes sagen und ich habe nicht zugehört. Jedenfalls habe ich die Sache mit Gott wieder aufgegeben und hatte dann plötzlich massenhaft Zeit, und dann habe ich die Sache mit dem Hassen auch noch aufgegeben. Ich hab' mit dem Trinken aufgehört, hab' mir Arbeit gesucht, und jetzt lebe ich einfach, wie die Leute sagen, von der Hand in den Mund und kümmere mich nicht um morgen ... Wie spät ist es überhaupt? Mitternacht? Himmel. Ich muß morgen mit meiner Ladung in Dallas sein, Mann. Da sollten wir lieber weiterfahren, was?«

Es war Buster schon peinlich genug, daß Zack die Rechnung zahlte, und dann mußte er auch noch einen Vierteldollar von ihm für die Zeitung schnorren.

»Ich zahl's dir zurück«, sagte Buster und steckte das zusammengefaltete Skandalblatt unter den Flügel.

»Ach, schon gut«, brummte Zack. »Außerdem, so wie die Dinge in dieser verrückten Welt stehen, bin sowieso *ich* womöglich *euch* was schuldig. Meinst du nicht auch, hm?«

In dieser Nacht fuhren sie fast sechshundert Meilen ohne anzuhalten, hörten Country-Musik und ließen rechts und links die mondbeglänzten Felder vorüberziehen. Dem *National Enquirer* zufolge hatte Sandy beschlossen, Marlene Dietrich nachzueifern, und wollte in Zukunft nicht mehr vor die Kamera. Obwohl das Versandhaus Sears, wo sie Kosmetik für die reifere Frau präsentieren sollte, ihr eine Rekordsumme geboten hatte, hatte Sandy ihre Ersparnisse in blaue Diamanten getauscht und war im Eis der Antarktis verschwunden, ohne Nachsendeadresse. Sie habe, hatte sie oft in

Interviews durchblicken lassen, noch Verwandte dort draußen. Und es gibt, so hatte sie ebensooft beteuert, eben Dinge, die sind wichtiger als Geld.

Am Morgen hielt Zack an einem Truckstop, wo die gewaltigen Sattelschlepper wie gutmütige Walrosse im ersten Morgenlicht schlummerten. Nur noch wenige Meilen bis zum Golf von Mexiko, doch Zack hatte beschlossen, sich erst einmal schlafen zu legen, bis die Rush-hour vorüber war, und sich nach dem Frühstück frisch ausgeruht auf den Weg zu machen. Während Zack in seiner Kabine hinter dem Führerhaus vor sich hinschnarchte, rollte Buster leise sein Bündel in die Zeitung und kletterte nach draußen.

Der Sonnenball hob sich weiß und gigantisch, und Buster war es, als sehe er in dem Silberstreif am Horizont, zwischen aufgehender Sonne und den Bergen, einen schwarzen Vogel westwärts in den Morgen fliegen. Keine Purzelbäume oder sonst etwas Spektakuläres, nur ein mutiges Einherschwingen, dorthin, wo der Tag in die Nacht mündete und die Nacht wieder in den Tag.

»Man sollte ein Schild da draußen aufstellen, Charlie«, sagte Buster, als er den langen, tosenden Highway zur See einschlug. »Ein Schild, das am Rande unseres Planeten steht, so daß jeder es gleich als erstes sieht, wenn er zu uns kommt. Und auf dem Schild sollte stehen:

Willkommen auf dem Planeten der Tiere,
welcher Rasse und welchen Geschlechts ihr auch seid.
Bitte vertragt euch mit allen anderen,
solange ihr hier seid.
Wir haben nur diesen einen Planeten.«

Dann schulterte Buster sein Bündel und watschelte den Highway hinunter, kümmerte sich nicht um das Gehupe und Gejohle der Autofahrer und überlegte nur, ob das schöne Wetter wohl halten würde.

Von hier konnte er den Ozean schon riechen.

Und er konnte es gar nicht mehr erwarten.

**Bernhard Kegel**

---

**Wenzels Pilz**

Roman

1997. 368 Seiten. Gebunden

»Auch LeserInnen, denen die Themen Gentechnik und Freisetzung bisher kompliziert und unverständlich schienen, kann das Buch vorbehaltlos empfohlen werden.«

*Die Tageszeitung*

»Wer *Wenzels Pilz* gelesen hat, wird nicht gleichgültig reagieren, wenn von dem die Rede ist, was unaufhaltsam auf uns zukommt: das Riesengeschäft mit den manipulierten Genen.« *Berliner Luft-Zeitung*

»Man folgt Kegels Fliegenpilz-Story mit lachendem Auge und klammem Gefühl.« *Die Woche*

**Reggie Nadelson**

**Red Mercury Blues**

Roman

Aus dem Amerikanischen von Elisabeth Thielicke

1997. 302 Seiten. Gebunden

Vor dem Hintergrund der Identitätskrise des russisch-jüdischen Emigranten Artie Cohen erzählt die Autorin mit männlichem Blick die Geschichte eines internationalen Atomschmugglerrings. Die Spur der russischen Mafia führt von New York über Brighton Beach nach Moskau zu Red Mercury, dem Stoff, der zum Alptraum der Menschheit zu werden droht.

»Reggie Nadelson hat den Finger am Puls der Zeit.«

*Peter Millar, The Times*

MERIDIANE
Aus aller Welt

MERIDIANE ›aus aller Welt‹ sind Bücher, die zeitgenössisches Erzählen repräsentieren, die durch ihre literarische Qualität Beachtung verdienen und in einer Spanne geschrieben sind, die von leicht lesbarer bis zu artistischer Prosa reicht.

MERIDIANE ›aus aller Welt‹ sind eine Einladung an die Leser, die zeitgenössische Literatur und damit die Welt, deren Zeitgenossen und -zeugen wir sind, in ihrem Erzählen und ihrem Geist kennenzulernen.

MERIDIANE ›aus aller Welt‹ bieten Literatur aus dem unerforscht-altvertrauten Phantasie-Kontinent, Unterhaltung, die nicht langweilt und für alle erreichbar ist.

MERIDIANE 3

**Judith Katzir**

**Matisse hat die Sonne im Bauch**

Roman

Aus dem Hebräischen von Barbara Linner

1997. 320 Seiten. Gebunden

MERIDIANE 4

**Steinunn Sigurdardóttir**

**Der Zeitdieb**

Roman

Aus dem Isländischen von Coletta Bürling

1997. 208 Seiten. Gebunden

MERIDIANE 5

**Dezsö Tandori**

**Langer Sarg in aller Kürze**

Evidenz-Geschichten

Aus dem Ungarischen von Hans-Henning Paetzke

1997. Etwa 200 Seiten. Gebunden

MERIDIANE 6

**Jurij Galperin**

**Leschakow**

Roman

Aus dem Russischen von Therese Madeleine Rollier

1997. Etwa 280 Seiten. Gebunden

Ammann Verlag